藥香蜜醫

1

文創風

958

榛苓 著

目錄

序文

榛苓

兒時我有個女同學叫小小（化名），她個子比我矮，身材精瘦，但脾氣比我大。那時上學要走好幾里路，以前的孩子也不像現在這樣嬌氣，村裡幾個孩子會結伴而行。

小小自然也是我上下學的夥伴，猶記得那時的我，每天上下學路上，都是戰戰兢兢、如履薄冰，生怕得罪了她，只因她那隻瘦小的手，指甲總是留得很長，能抓得我滿臉血痕。

這樣的經歷一直持續到小學六年級，到了初中後，心智成熟些，膽子也沒那麼小了，加上兩人分班，自然可以選擇不與她一起上下學。

因為深知自己膽小怯懦的性格，所以我待人格外寬厚，即便有人得罪了我，也會選擇無視。如此一來，倒也贏得很多朋友，尤其到了高中，長相在班裡算不得特別漂亮的我，竟然還是最多男生追求的，就因為我脾氣好。

多年後，我出了社會，發現自己的好脾性的確吸引不少好朋友，但從未改變過的怯懦性格，也帶來許多困擾。二十八歲以前的我，就算被欺負了，也不跟對方計較。

正因如此，我在感情上經歷了一些事，吃了很多很多的虧。後來我慢慢覺得，自己不能再這樣，若被人欺負，一定要還擊，這樣別人才不會一直欺負我。

再後來，我寫小說，發現自己很喜歡把女主角的性格塑造得堅強霸氣，每回寫的時候，我都會想起小小，那個在我心底留下很深陰影的小夥伴。

我的書裡經常出現相似的劇情，大致與我的經歷有關。

我總是在想，如果我能重生回到小時候，是不是不會再被人欺負？是不是敢壯著膽子與別人爭辯一回？不在意能有多少朋友，只要讓別人知道，我不是那麼好欺負的。

於是，我寫了《藥香蜜醫》這本書，女主角秦念的遭遇算是我個人經歷的縮影，小小的秦念隨母親到了康家後，就被康家人欺負，軟弱無能地度過短短的一生。但等到她再次睜眼，重生回到十二歲那年，她還會任人欺負嗎？

倘若當年小小第一次欺負我時，我便反擊，而不是軟弱得除了哭泣，什麼都不做，或許，下回她就不會再欺負我了。

第一章

殘破的格窗外，斑駁陽光灑進屋子裡，秦念卻覺得如在冰窟。

此刻，她的母親正向康家奶奶楊氏跪地求情。

「娘，求求您了，您就借給兒媳二百銖錢救救念兒吧……她雖不是您的親孫女，但好歹也是一條人命呀！」

「救她？哼！阿蓮，二百銖錢都可以買三石糧食了。再說，以她現在的身子，別說二百銖，就算花上五百銖也救不回來，倒不如放棄，這樣也能省下一些錢，讓我們安生度日。」

「娘，兒媳求求您了！」

正是秦氏最後那一道嚎哭聲貫入秦念的耳膜，終於將她從夢魘中徹底喚醒。

秦念的腦子昏沈得厲害，但在她耳中，秦氏哭聲卻十分清晰。

「阿蓮，我勸妳早早放棄她，來日為康家再生養一個孩子替了她便是。」

楊氏話音一落，轉過身去，帶起一陣涼風，拂到秦念身上，緊接著是一道重重的木門撞在牆上的聲音。

秦氏再度一聲大嚎，又將秦念的腦子炸醒了幾分。

秦念看著伏在門邊的秦氏，心裡震撼。

秦氏應該是在去年的寒冬臘月因為難產而過世，此刻卻在她眼前。

秦念懷疑自己還陷在夢中，掐了大腿肉一下，立時吃痛，確定不是在作夢。

還有，這屋裡的擺設既熟悉又陌生，是四年前在白米村的老房子。

她怎麼會在這裡？她應該是在縣城的新宅子呀！

對了，她想起來，這正是她十二歲那年感染風寒、病得死去活來的那一刻。

但也不對，她現在都十六歲了！

就在秦念詫異之時，腦子裡慢慢又湧起一些記憶。

她昏迷之前，康家大伯的大兒子康震闖進她的新房，撕碎她身上紅豔豔的綢緞嫁衣，她驚怒之下，與之抗爭，結果康震雙手掐緊她的脖子……

秦念費力地抬起自己的手，落在眼前的是一雙瘦小的手掌，一陣狂喜湧上心頭，猛地坐起身，朝還在門檻邊哭泣的秦氏喊了一聲。

「娘！」

她重生了！她回到了十二歲那年。

秦氏頓住哭聲，扭頭看向秦念，糊了滿臉淚水的美顏瞬間綻出笑容，瘋了似的跪爬到床邊，一把抱住秦念瘦弱的腰身，喜極而泣，又是一陣大嚎。

「念兒呀，妳終於醒了！妳活過來了！我的念兒，嗚……」

秦氏的手臂環在秦念身上，讓秦念瑟瑟發抖的身體得到了一些些溫暖。

秦念正欲出聲，屋裡微微一暗，一道明豔身影踏進門口，是康家大伯的小女兒康琴。

康琴時年十四歲，柳眉細眼，模樣倒是標緻，雖比秦念大兩歲，卻和秦念一般高。身著一襲水粉色棉質襦裙，手中抱著一床破席子。

秦念還記得康琴身上穿的這條裙子，是秦氏嫁到康家來之前，親手為她縫製的，當時縫得有些大，便放在箱底，後來楊氏到秦氏屋裡搬走她的嫁妝，還順道把這條裙子拿過去給康琴穿。當時她哭得可傷心了，但秦氏讓她忍著，不要忤逆楊氏。

還有，康琴抱著的破席子，秦念更是記憶猶新，是特地送來給她裹屍的。

康琴看著醒轉過來的秦念，目光中有些驚異，但很快便擺出那張慣常傲慢的臉，冷笑道：「喲，嬸嬸，秦念莫不是迴光返照了？」走近床邊，對秦氏說：「這床席子是奶奶叫我拿來給秦念的，秦念要是熬不過今晚，就拿這床席子裹了，埋到後山去。」

秦氏氣得咬牙切齒，對康琴啐了一口。「妳這妮子！我家念兒還活著呢，你們就急急忙忙地拿席子來，真是太過分了！」

康琴也不怕，她知道秦氏的性子向來軟，斜了臉色蒼白如紙的秦念一眼，冷道：「反正都是要死的，早給晚給不都是給嗎？再說了，這是奶奶的安排，我只是代送而已。」

秦念知道，下一刻康琴會把席子扔到她身上，更知道秦氏會拿起席子，丟出門外，而前世的她，則是被嚇得哭暈過去。

趁這些事情還沒有發生，她拚著遊絲一樣的氣力，硬聲說：「娘，您把席子收下。」

正準備扔席子的康琴一愣，手上的動作也頓住了。

秦氏一臉不可思議地看著秦念。「念兒，妳說什麼呢？現在妳醒了，活過來了，我們要這破席子幹麼？」

就算秦念死了，她也要準備一副好棺木來安葬，哪能用一床破席子草草了事，康家以為她女兒是小貓小狗嗎？

秦念卻瞪著康琴，目光銳利。「娘，我要把這席子留下來，給差點害死我的人裹屍。」最後幾個字，她說得咬牙切齒。

她知道，這次她生了如此重的病，根本不是得了傷寒，而是中毒。

雖然前世她沒被毒死，但自此之後，身子便羸弱不堪了。

康琴聽見這話，一張小臉驚得慘白，抱著席子的手微微發抖，愣了一會兒，對秦念破口大罵。

「秦念，妳胡說什麼呢？誰害妳了！妳生病是得了風寒，沒有人害妳，是妳自己命不好，早早就得死。」

秦念盯著康琴神情中浮現出來的心虛，冷冷一笑，又對秦氏說：「娘，席子留下，把人轟走。」

秦氏從沒發現秦念有這般硬氣過，還有，她剛剛說什麼？她生病是被人害的？

「念兒，妳……」

「娘，席子留下，人轟走！」

秦氏瞧見女兒眼底裡的堅決，心也硬了起來，站起身，走到康琴面前，一把拿過康琴手裡的破席，厲聲道：「滾，給我滾！」

秦念看到一向對康家人低聲下氣的秦氏，此刻表現得如此強硬，感到十分欣慰和解氣。

康琴臉色難看得很，第一次覺得這母女倆似乎不那麼好欺負，死要面子地對秦氏母女冷哼一聲，快步走到門邊，但因為步伐太急，裙襬又太長，不小心被門檻絆到腳，一聲慘叫，摔了個狗吃屎。

「咦，這不是康琴嗎？怎麼了？沒摔疼吧！」

一道男聲傳進內屋，被康琴逗樂的秦念凝住笑容，望向門外說話的男人，正是前些日子剛搬到村裡來住的韓醫工（注），跟在他身邊的，是他的兒子韓啟。

俗話說得好，人生最幸之事莫過於兩者，其一為大病初癒，其二便是久別重逢。

秦念的笑容又浮現出來，目光癡癡地看著韓啟，柔腸百轉。

韓啟比秦念大三歲，現年十五，個子已經長得非常高，身形清瘦，相貌極為俊美。雖然穿的是一身粗布衣裳，布條綰著的髮髻上簪著劣質木笄，但他渾身上下透出來的貴氣，像是與生俱來的。

注：見於《黃帝內經》、《金匱要略》等古代醫書，醫者的意思。

康琴一抬臉，對上韓啟微扯唇角的冷冷笑容，頓時傻住，一張小臉羞得通紅，連忙從地上狼狽地爬起來，看也不敢看韓啟，抹著眼淚跑出院子。

這一幕落入秦念眼中，心中了然，康琴極為喜歡韓啟。

前一世，康琴為了韓啟，不知道給她使了多少絆子，只因韓啟為幫她調理身子，時常與她在一起，直到後來韓啟離開白米村，再沒有半分消息。

第二章

康琴走後，韓醫工帶著韓啟踏進屋。

秦氏見到韓醫工，便站起身，從腰上摸出一塊破帕子擦拭臉上的淚水，盈起笑臉看著韓醫工，興奮地出了聲。

「韓醫工，我家念兒醒了，您快來幫我瞧瞧，她是不是好了？」

韓醫工上前，看著在床榻上坐得穩穩的秦念，臉色依然蒼白，但眼睛裡有了些神采，微微頷首。

「看起來是好轉了些，我來替她搭搭脈。」

秦氏連忙將方才被楊氏踢翻的破椅子扶起來搬到床榻邊，請韓醫工坐下。

韓醫工將手指搭在秦念的手腕上，探了半晌，臉上露出喜色。「的確好了不少。」臉色隨即又微微一沈。「不過她這次病得太重，接下來還得抓些藥來調理。」

秦氏喜得再度落淚，但想到韓醫工說的最後一句，斂住喜色，忙向韓醫工示意，請他出來說話。

屋外，秦氏兩手絞著破帕子，一臉難色地開了口。「韓醫工，您剛剛說，我家念兒還需抓些藥來調理身子，那些藥會不會很貴？」

韓醫工來白米村不過十日，秦念卻是從一個月前開始生病的。

當時秦氏見女兒病得快要死去，便將家裡值錢的東西都拿到鎮上去賣，才換得一百銖錢，去隔壁村請了個巫醫來。

但巫醫看過後，說秦念的病難治，起碼得再花二百銖錢。

秦氏拿不出這二百銖錢，新嫁的男人康有田又去了鄰縣做工，已經兩個月沒回來。她只好幾次三番地求婆婆楊氏借出二百銖錢，但楊氏守著錢，怎麼都不肯借。

昨日鄰里一位大嬸告訴秦氏，說村裡來了戶人家，是個醫工。

秦氏立時去請韓醫工來。

韓醫工替秦念把過脈後，幾乎是跑著返回自己家，小半個時辰後，拿著一碗熬好的湯藥給秦念喝。

秦念喝過湯藥後，還是昏迷不醒。

今兒早上秦氏看著秦念氣息微弱，以為她熬不過去了，韓醫工的那碗湯藥也無力回天，才會在屋裡求楊氏拿錢去找原先的巫醫。沒想到，秦念竟然活過來。現在想想，定是韓醫工昨日那碗湯藥起了效果。

韓醫工環望這套夯土建的三間破屋和一個小院一眼，打量秦念所住的屋裡，除了一張床和一把破椅，再無半件家當，便知道這戶人家當真是一窮二白了。

於是，他轉臉看著秦氏道：「妳家念兒的病若是給別人醫，定是要不少錢。幸好白米村背靠大山，山裡藥草無數，往後我上山多採些藥來醫治她，倒也不需要花錢。妳等她身體好些，儘量讓她吃好一點，把她的身子養壯便是。」

秦氏聞言，心中一哽，對韓醫工跪了下來。

韓醫工虛扶秦氏一把。「康二娘子千萬別這麼客氣，快快起來。」

秦氏抹著眼淚，滿臉感激地道：「韓醫工，您可是我家念兒的救命恩人呀！」

在秦氏和韓醫工說話之際，屋裡的韓啟默默地看著秦念。

這小姑娘的五官生得極為精緻，長眉大眼，鼻梁小巧挺直，弧度完美的唇卻白得像紙一般。或許是因久未見光，她的皮膚白皙通透得像塊玉，不經意瞥過，還以為是尊雕琢精美的白玉娃娃。

只是，細看之下，她白玉般的肌膚裡，居然透著一抹黯青之色。

韓啟想著韓醫工說的話，悄聲對秦念道：「妳可得小心身邊的人，妳的病生得蹊蹺。」

秦念感傷著韓啟在她的生命中消失了足足兩年，一丁點消息都沒有，心裡想念得緊。此刻見到他安然在此，十分激動，聽見這番話，思緒又回到了前世。

她猶記得，當時韓啟也是這般提醒她，但她根本沒把這事放在心上。因為善良膽小，從來不敢相信這世上會有人刻意害她，還覺得是韓啟多心呢。後來，韓啟見她不當一回事，便沒有再說過什麼。

現在回憶起來，在這件事之後，韓啟便一直陪著她，有時看到康家人送東西給她吃，也會故意搶著先吃上一口，怕是想替她試試有沒有毒吧。

韓啟見秦念發呆，完全沒把他的話聽進耳朵裡，又多說了一句。「總之妳得小心一些，別亂吃別人給的東西。」

秦念唇角染上笑意，朝韓啟點頭。「嗯，我會好好聽你的話，康家人給的東西，我一定不會吃。」

韓啟只知道秦念中毒，卻不知道是誰下的毒，現在聽到秦念說這句話，便猜想，那定是康家人下的毒了。

至於康家的事，他昨日聽鄰家大嬸說了一些，算是了解得差不多。現在想想，秦念在康家是極為不易的，看來往後得多照拂一二才是，不然若是再遭毒手，便不好了。

這時，韓醫工在屋外喚了韓啟一聲，韓啟便對秦念說：「待會兒我送藥過來。」說完轉身跑出屋門，跟著韓醫工回去。

秦念看著韓啟俊挺的背影，心中又是一番感傷。前世韓啟消失不見，她默默等了兩年；這一世，她定不會再讓韓啟消失。待她病好，定要緊緊伴隨在韓啟身邊，哪怕到時韓啟真要走，她也得問個明白，他要去哪裡。

秦氏進屋，見秦念呆呆地望著院門，一聲不吭。

「念兒，快快躺下歇息吧。韓醫工說了，等會兒會把藥熬好送過來。」

秦念轉臉看著秦氏，心頭又是一熱。

前世秦氏是因為難產而死，當時楊氏吩咐穩婆，一定要保孩子棄大人，所以秦氏才歿了。既然有幸重活一回，她不會再讓這種事情發生。

她要讓她的母親長命百歲。

所以，她得長命才行。不光長命，還要清除體內的餘毒，把身子養得壯壯實實。

第三章

午時，秦氏將熬好的黍米粥端過來，粥裡還放了些撕碎的菌子和野菜。隨她走進屋的，還有秦念的哥哥秦正元。

三年前，秦念的親生父親意外身亡，母親秦氏為養活兩個孩兒，便從縣城來到白米村，下嫁給三十五歲的光棍康有田。

秦正元比妹妹秦念大兩歲，性格木訥憨厚。早上見秦念昏迷不醒，便跟母親說要上山打獵，弄些好吃的給妹妹。若是秦念救不活，也得吃頓好的才能上路，這樣去了陰間，才不會變成餓死鬼，被別的厲鬼欺負。

不過，秦正元從小生長在長陵縣城，到白米村才兩年，只跟著村裡同年紀的孩子們進過幾次山，鮮少獵到野物，多半是摘些野菜、撿幾顆野雞蛋和鳥蛋。

這一次，許是他抱著不讓妹妹當餓死鬼的心意，居然獵了一隻野兔和一隻野雞回來，還摘了些野菜和菌子。

回來後，他聽秦氏說秦念活了過來，頓時高興得大喊大叫，還是秦氏扯住他，讓他別吵著秦念睡覺。

其實秦念早醒了，一個多月來，她睡得太久太久，上午一直沒有睡著，只是身體累得不怎麼能動。

秦氏照韓醫工所說的，暫時不讓秦念吃葷，便吩咐秦正元將野雞跟野兔殺了，用粗鹽醃在小陶缸裡。

「念兒，妳哥哥獵來的兔子和野雞，等妳病好些後，再給妳補身子。現在妳得將就些，吃點清淡的。」

秦氏說著，一勺接一勺地餵秦念喝粥。

秦正元笑呵呵地坐在床邊看她，心裡高興得很。

妹妹能活下來，當真是太好了。

秦念一邊喝粥、一邊看著秦正元憨笑的模樣，心情也十分好。

自家哥哥雖不聰明，但一向護著她，待她極好。

只是秦正元與她一樣，自從到了康家後，就一直受楊氏和康震兄妹欺負。有好幾次，康震把秦正元打得頭破血流。

秦念想到這裡，驀地凝住笑臉，心道往後定不會再讓康家人瞧不起他們，更不能任康家人欺負。

不過，她該怎麼做，才能不被康家人欺負呢？

前世她除了長得好看點，可說是百無用處，什麼都不會，再拖著病體，倒成了母親和哥哥的負擔。

這時，屋外傳來聲響，秦念透過屋門望去，發現是楊氏帶著康震來了。

秦念心一緊，秦氏低聲道：「糟了，定是他們知道正元獵了兔子和野雞。」

她話音剛落，楊氏的聲音便傳了過來。「喲，阿蓮，聽說正元正在殺兔子呢，我怎麼沒有瞧見？」

楊氏大聲說著話，人卻跑到廚房去了。

不一會兒，廚房響起哐噹一聲，像是有東西被打碎了。

秦氏忙吩咐兒子。「正元，你快去瞧瞧，定要把兔子和野雞藏好。」

秦正元愣住，哦了一聲，連忙起身，準備跑過去。

秦念記得，前世秦正元跑進廚房後，兔子和野雞不僅被楊氏和康震搶走，康震還把他的腿打斷了，臥床好幾個月才能下地走路。

「別去！」秦念猛地喊住秦正元。

秦正元回過頭看著秦念，一時呆住，不說話。

秦氏有點急了。「念兒，妳幹麼呢？還不讓妳哥哥去。要是被搶，他們肯定一丁點肉都不會留給我們。」

秦念表情嚴肅。「娘，他們要拿就拿吧，往後我會十倍百倍讓他們償還。」

秦氏看著秦念，突然覺得女兒好像跟以前不一樣了。此刻秦念的眼睛裡，是滿滿的恨意，還有一種決絕和一股令人信服的氣勢。

秦正元掃廚房的方向一眼，又聽到康家祖孫倆不善的聲音。他十分怕康震，但廚房裡藏的是他上午費盡心思才獵回來的野味，是要給妹妹養身子的，斷不能被康家人搶走。

於是，他深吸一口氣，壯壯膽子，快步跑去了廚房。

秦念一見便急了，忙推著秦氏。「娘，您趕緊去護著哥哥，不能讓康震打他，康震會打斷他的腿。」

秦氏一聽，嗔秦念一句。「念兒，妳是病糊塗了吧？就算康震凶一些，也不至於把妳哥哥的腿打斷。」

秦念找了個藉口，道：「剛剛我的夢裡就有這麼一段，康震來家裡找吃的，卻把哥哥的腿打斷，哥哥流了好多血。」又推秦氏。「娘，您快去，萬一我的夢是真的呢？」

秦氏聞言，頓時也急了，夢是很邪門的，她有好幾回作夢也應驗過，便不敢再多想，連忙將手中的粥碗擱在秦念手上，起身要走。

秦念又說：「娘，他們要那兔子和野雞，給了他們便是，以我們如今的處境，是鬥不過他們的。」深深看了秦氏一眼。「我們要先保全自己。」

秦氏聽著，覺得秦念好像懂事了許多，點點頭。「嗯，娘知道了。」說罷，便提著裙襬趕去廚房。

這時，廚房裡已經傳出秦正元和康震的吵架聲。

「康震，不許你拿我獵的兔子和雞，這些是要給念兒補身子用的！」

「秦正元，你這話就不對了，你們到了我們康家，住我們的屋子，吃我們的糧食，在山裡獵到了兔子和野雞，不拿出來一起分享，還要藏著掖著，這樣做對嗎？」

秦正元不善言詞，聽康震這般說，腦子一時轉不過彎，被堵得講不出半句話來。

秦氏趕來後，看著楊氏，溫聲說道：「娘，是念兒身子太弱了，正元想留著這些，替念兒補身子。」

楊氏打量秦念住的屋子一眼，冷哼道：「阿蓮，不是我說妳，念兒雖然醒了，但也是活不長的。再說，現在她身子這麼弱，也受不得這些葷腥。」暗暗疑惑，中了毒的秦念怎麼又活過來了？難道那韓醫工是個神醫？

秦氏忙點頭。「娘說的是，正元也沒有想要藏起來，只是剛剛才殺好，還沒來得及送過去給你們。」吩咐兒子。「正元，趕緊拿個大盆來，把缸裡的肉分些給奶奶。」心裡仍捨不得這難得的肉食，不願讓康家人全拿走。

康震見狀，突然一把奪過剛被秦正元搶在懷裡的陶缸。「你們今兒做得太過分了，得罰你們把這些全給我們。」

秦正元急了，想去搶回來，卻被秦氏一把拉住。

秦氏對康震道：「既然震兒喜歡吃，便拿去吧。」沒想到康震的性子如此霸道，竟然連分都不願意，直接動手搶，跟強盜悍匪有什麼兩樣？

康震打量缸裡還帶著腥味的肉，高興地對楊氏說：「奶奶，我們走！」

楊氏滿意地瞧著康震懷裡的陶缸，滿是黑斑和皺紋的嘴角難掩笑意。

就在楊氏走到院子裡時，猛然一扭頭，看到坐在床上的秦念，手中捧著陶碗，雙眼直直地盯著她。

雖然她看不清秦念的神情，但秦念這般一動也不動地盯著她，盯得她心裡有點發毛，突然想起親孫女康琴說的，秦念似乎知道了自己不是生病，而是被人下毒。

秦念還說，要把破席留給害她的人裹屍。

楊氏渾身一顫，連忙轉頭，追著大孫子康震小跑了出去。

秦念看著康震抱著陶缸，和楊氏一前一後地走出院子，終於舒出一口氣。

幸好，前世秦正元被康震打斷腿的事，這世沒有發生。這樣看來，前世發生的事，在這世是可以避免的。

想到這裡，秦念的心情格外好，手似乎也多了些力氣，捧著碗，將碗底剩下的粥水喝了個乾淨。

她一定要快快好起來，一定要！

康震和楊氏剛走沒多久，韓啟便提著一只小竹籃走進院裡。

韓啟瞧見秦氏，客氣地施了個禮。「秦二嬸，我把念兒的藥送過來了。」

秦氏看了院門一眼，小聲問韓啟。「剛剛你可有撞見我家婆婆？」

韓啟溫言道：「見著了，怕他們撞翻念兒的藥，我便躲起來，等他們走了才過來的。」

秦氏心一鬆，想著韓啟倒是機靈懂事，居然知曉康家人不好對付，看來村子裡也對康家的事情多有議論。

韓啟進屋後，從竹籃裡拿出藥湯，秦氏接過藥碗，一勺一勺地餵給秦念喝。

藥湯奇苦，但秦念咬著牙根，硬生生地將湯水嚥下去。待到喝完，韓啟像變戲法一樣，掏出一塊糖遞給秦念。

「這是我親手製的桂花糖，妳嚐嚐，可甜了。」

秦念想起前世她總是嫌藥太苦，回回只喝半碗，剩下的都吐掉。後來，韓啟拿出糖果哄她，說喝完就有糖吃，所以她才全部喝完。

想想以前那些吐掉的藥，當真太過浪費。浪費的不光是藥，更是韓家父子的苦心。

第四章

秦念喝完藥後，秦氏便把藥碗和粥碗拿出去洗。

秦正元也出了門，想去偷看康家大房怎麼弄他好不容易獵來的兔子和野雞。他十分不甘心，卻又害怕康震。

韓啟怕擾了秦念休息，便要告辭，秦念卻道：「韓啟哥哥請留步！」

韓啟頓住腳步，看著秦念。

「韓啟哥哥，我想問你一件事。」

韓啟走近床邊。「念兒妳說。」

秦念道：「你爹爹知道我中的是什麼毒嗎？」

韓啟沒想到秦念竟然猜出他之前對她說的話，知道她不是得了風寒，而是中毒。

他黯然搖頭。「我爹不知道妳中了什麼毒，只能診出這並非一般的毒，而是好幾種毒草煉製而成的，所以只能先幫妳熬些解毒藥草救命。若是能找出妳中的是什麼毒，說不定可以對症下藥。」

秦念低首思索片刻，點點頭。「我一定要查出康家人給我下的是什麼毒。」

韓啟問：「妳確定是康家人下的手嗎？」

秦念抬臉看著韓啟，神情沈重。「我於康家來說，就是個多餘的人，除了他們，不會有別人想害我。」

現下世道不好，戰亂剛平，百姓日子難過，多一個人就得多一份口糧。康家人一直嫌棄她不能幫助康家，反而還得吃康家的、住康家的，起了殺機也不奇怪。

尤其是當時康琴心虛的表現，更說明此事定是康家人所為。

康琴跋扈，可年紀尚小，想來動手的應是楊氏，但康琴必然知情。

秦念想到這裡，腦子裡突然冒出一些想法，唇角微微彎了起來。

韓啟見秦念一雙又黑又亮的大眼睛微微瞇起，臉上雖無半分顏色，但她彎唇一笑的模樣，還真是十分好看。

他心弦一動，臉不由有些發熱。

秦念抬眼與韓啟相視。「韓啟哥哥，我能跟你一起學醫嗎？」

前世她就是因為一無是處，才會被康家人嫌棄，而且事事被人牽著鼻子走。如今她既然重活一回，那首先要做的，就是學一門可以養活自己的功夫。學醫，於她來說最適合不過。

她的親生父親是藥商，她自小耳濡目染，對藥草並不陌生，加上前世身體羸弱，久病成醫。韓啟常說她有學醫的天分，讓她跟著他學，但她從沒想過自己能當醫者，所以回回只當這是個閒話。

韓啟被秦念這突兀的問題驚住，好奇地問：「念兒，妳為何想學醫？」

秦念一臉嚴肅道：「一來我想將自己的身體養好，二來是想學些本事，往後不用依靠別人度日。」

韓啟聽了，忽地一笑，爽朗開口道：「行啊！我自三歲起跟著爹爹學醫，如今爹爹說我可以單獨出診了，這樣說來，也可以收徒。往後我便是妳師父，教妳醫術藥理。」

「多謝韓啟哥哥！」

秦念十分高興，精神似乎一下子好了許多。

韓啟調侃道：「妳得叫我師父才行。」

秦念精緻的眉微微一蹙。「叫你師父多彆扭呀。再說，我學醫的事，暫時不想被康家人知道，所以往後只能偷偷跟著你學。」

韓啟欣然應允。「行，那我便偷偷地教妳。以後妳就叫我啟哥哥，別帶著姓，那樣太過生分。」

秦念重重地點頭，笑道：「好，啟哥哥。」

前世，她正是這樣叫韓啟的。

這一世，她依然可以這般親熱地喚他一聲「啟哥哥」。

這一世，真好！

接下來數日，韓啟按一日三餐的時辰，替秦念送藥湯過來。

秦氏擔心太麻煩韓醫工，道是讓她自己熬藥便好，但韓啟說這藥熬起來十分講究火候和手法，不如由他來熬。實則韓醫工不放心康家人，所以都是由他熬好藥，再讓韓啟送去，盯著秦念喝完。

在韓醫工的藥湯療治下，十天後，秦念終於開始下床走動。

這些天，韓啟也常拿醫簡古籍來給秦念看。

原本韓啟以為秦念不識字，本還想順便教她認字，但秦念卻說，她自三歲開始，母親便教她習字。

秦氏出身京城名門，祖父秦襄是位將軍。但在秦氏十五歲那年，秦襄被誣陷謀反，秦家滿門，男兒被斬，女人和孩子被貶為賤民，發配邊疆。

後來，去邊疆的路途中，秦氏被秦念的生父劉仲看上，從官兵手中買下，帶到離京城不遠的長陵縣縣城。

劉仲是藥商，更是個好男人。他待秦氏十分好，秦氏為他生得一雙兒女後，他的生意也越做越旺。可惜，兩年前，他在販藥歸家的途中被悍匪所殺，秦氏無奈，只得帶著兩個孩子改嫁到白米村的康家，還將孩子們的劉姓改成她的秦姓。

秦氏自幼習得琴棋書畫，便將所學盡數教予秦念，又擔心秦念的才華會被康家人嫉妒，所以一直叮囑秦念，不許張揚出去。

這十多天來，楊氏和康琴或許因為破席之事，也可能是因為韓啟天天過來送藥，沒再來找過秦念的麻煩。

可是，聽秦正元說，他好幾次碰到康琴在家門口等著韓啟，跟韓啟說她這裡不舒服、那裡也不舒服，想請韓啟去她屋裡幫她看診，但每回韓啟都說他醫術不好，讓康琴去他家找他爹爹。

秦念聽到了，笑得停不下來。韓啟的醫術分明快要勝過他爹爹韓醫工，是他不想搭理康琴，是康琴自作多情罷了。

不過，這下康琴怕是要來找她麻煩了。

這日一早，秦念覺得身體還行，起了個早，幫秦氏做早飯要吃的粥。

她剛熄了柴火，粥還沒有盛出來，便見康琴踏著大步邁進來。

「秦念，現在妳的身體已經好了，就下地幹活吧。妳總不能一直賴在我們康家，只吃不做啊！」

康琴抱胸冷眼看著秦念，一副盛氣凌人的模樣。

秦念的身體還很虛軟，費力地直起身子，對康琴淡淡一笑。

「康琴，若是以前，妳和妳奶奶要我出去種地幹活，我二話不說。但現在我的身子，不是被你們下毒弄殘了嗎？起碼妳也得好好跟我說說，下的是什麼毒，我好趕緊把體內的餘毒清掉，才能替你們康家幹活呀！不然……」又涼涼地補上一句。「我也只能天天賴在康家，混吃混喝了。」

康琴聽著秦念這話，臉登時脹成豬肝紅，心虛地顫著聲音說：「妳又在胡說八道什麼？我們沒有給妳下毒，妳可別亂講。」暗暗定了定心神，心裡想著楊氏之前交代的，一定不能心虛，不能讓秦念看出她有什麼不對勁，舉動要像往常一樣。

她將背脊一挺，道：「我看妳現在身子挺好的，吃完了飯，趕緊下地幹活。天氣暖了，馬上可以春種，地裡的土也解了凍，得趕緊把土鬆鬆。」

「她的身體還虛弱，不能下地幹活。」

一道清朗的少年聲音傳進廚房，康琴心一緊，朝門外看去，是韓啟提著竹籃來了。

韓啟沾著露水的臉龐，在晨曦中越發顯得俊美，白皙膚色如玉般清透，今日一身白衣，更令他像那天外謫仙，只是那雙如琉璃般的眼瞳望向康琴時，帶著涼薄的意味。

但他轉臉看向秦念時，眼底立時浮現出淡淡柔光，整個人顯得溫柔起來，像渭河河面上的微波，令人一看便挪不開眼，想沈浸於其中。

康琴癡癡地盯著韓啟，完全忽略了韓啟看向她時的涼意，只知道，這位翩翩少年當真是太漂亮了，她從來沒見過這麼俊美的人。

秦念瞧著康琴一副要流口水的花癡模樣，不由得噗哧一笑。

「康琴，我身子未好，這些日子沒辦法下地幹活。哦，不對，往後我都不會去康家的地裡幹活了。」

康琴回過神來，聽著秦念的話，本想厲聲質問秦念為何往後都不到地裡幹活，但此時此刻，她見著韓啟，卻是激動得一句話都說不出來，怕說出口的話都是錯的，只能低著聲音威脅秦念。

「我不過是來傳奶奶的話，妳要不要下地幹活，得由奶奶說了算。」

康秦說完，便轉身提起裙襬，十分刻意地扭著細腰走出去了。

第五章

見康琴走遠，韓啟從竹籃裡拿出藥湯，等秦念喝完，照例從衣袖裡掏出一顆糖遞給她。

「這是我用梨汁做出來的，吃了對喉嚨十分好，妳吃吃看。」

秦念把糖果放進嘴裡，一股甜香立時沁入舌間，她一邊吃著、一邊嘖嘖稱讚道：「這糖的味道比上次的更好，入喉還有種清爽的感覺。」

韓啟回答。「嗯，我還放了些薄荷進去。」

秦念高興地吃完糖果，問韓啟。「聽說你明日要隨你爹爹去山上採藥？」

韓啟點頭。「是的。不過妳放心，我會把明日三餐的藥一併熬好送來給妳，再跟我爹爹上山。」

秦念露出渴望的表情。「我好想跟你們一道去採藥。」

她知道，想學醫必得先學會採藥。但她現在身體餘毒未清，還很虛弱，根本爬不了山。

韓啟黯然。「若是能找到毒藥就好了。」

秦念聽見這話，連忙對韓啟說：「我想請你和你爹爹幫我一個忙。」

韓啟俊眉一揚。「是不是想吃山裡的果子？」

秦念搖頭。「不是，我是想請你和你爹爹避開幾天。」說著，她湊近韓啟的耳朵，說了心中打算。

韓啟聽了，默默點頭，表情卻是玩味起來。

韓醫工父子待在山裡，已有三日未歸，村裡人都在議論，他們倆是不是在深山野嶺遭遇了不測？

這對父子可是好人，遇到窮苦得付不出診金的病人，好比秦念那樣的，一概不收錢；給得出錢的，也不會多要一分。

再說，農村裡極少有醫工，村民們害了病，有錢的就去找巫醫，或是去縣城看病；沒錢的便熬著，熬不過就死了。

如今，白米村裡好不容易來了醫工，還是極為好看心善的父子倆，但人說歿就歿了，村子裡的老老少少、男男女女心中都不是滋味。

尤其是康琴，她急得在屋裡團團轉，轉得楊氏頭都昏了。

「哎呀！琴兒，我說妳不要再轉了，就算轉再久，韓哥兒也不會回來的。」

楊氏捧著一大塊深藍色的細棉布縫著，想趕著幫自己做件暖春穿的薄衫。

康琴心情本來就不好，又看見楊氏手中的料子是新的，心想楊氏年紀都這麼大了，還講究個什麼呀，不如給她穿呢。

但家裡是楊氏掌權，她不敢抱怨什麼，只得把怨氣出在隔壁院子的秦念身上。

「秦念斷藥三天了，不知道她體內還有沒有毒？要是就此死了，我倒也平了這口氣。」即便韓啟能回來，也只會往秦念屋裡跑。若是韓啟死了，她雖是心疼可惜，但秦念怕是也好不了，遂又覺得心情好了些。

楊氏突然停住手中的針線，抬眼看康琴。「聽妳這麼一說，我心裡倒是有了個主意。」

康琴愣愣地問楊氏。「奶奶，您有什麼主意？」

楊氏滿是皺紋的臉揚起冷酷笑容，對康琴勾勾手，要她近前，在她耳邊說了幾句。

康琴聽完，臉上頓時也現出一抹冷森森的笑意。

這日傍晚，秦氏突然慌慌張張地跑到康家大房的院子，見著康琴，忙問道：「奶奶呢？」

康琴見秦氏這般著急模樣，心道定是秦念不好了，一把抓住秦氏。

「奶奶在屋裡。」

秦氏鬆開康琴的手，要進屋找楊氏，卻被康琴拉開。「嬸嬸，是不是秦念出事了？」

秦氏帶著哭腔道：「是啊，這三天念兒斷了藥，又病倒了。」說著便跑進屋裡找人。

康琴一聽，知道有戲了，先在外面聽了秦氏的哭訴，是想再次找楊氏借錢，請巫醫來替秦念看病。

這一次，楊氏非常大方，秦氏一開口就答應了。「既然這樣，那我拿出二百銖錢來，妳趕緊去找巫醫。」

秦氏千恩萬謝地在楊氏這裡拿了二百銖錢，又說天色已晚，她今夜定是趕不回來，懇請楊氏照顧秦念。另外，秦正元進山打獵，到現在還沒有下山，她也著急，讓楊氏幫忙留心。

等交代得差不多，秦氏便拽著錢，匆匆離開了康家大房的院子。

秦氏一走，康琴便去了秦念房裡。

此刻，秦念躺在床榻上，不停地捂著肚子痛哼，又喊：「餓，琴姊姊，我好餓。」

康琴虛情假意地應道：「不急不急，我這就幫妳端粥來。」轉身去了康家大院的廚房。

康琴把粥端出來後，先去敲楊氏屋裡的門，問楊氏。「奶奶，我們是不是現在就……」朝粥碗看了一眼。

楊氏忙從几案邊的席子上爬起來，快步走到門前，四處張望，見沒有別人，才低聲吩咐康琴。

「我們得趁著秦正元沒有回來，趕緊下藥。不然等他回來，就沒這機會了。」

康琴興奮地點點頭。「好，奶奶快把藥拿出來吧！」

楊氏掩住門，進了屋，在一個堆滿雜物的牆角蹲下，從裡面拿出一只小木盒來。

康琴看著楊氏打開木盒，裡面放著白色的小瓷瓶。

「奶奶，這毒藥花了不少錢吧？」康琴看著精緻的瓶子，既害怕又好奇。

楊氏點頭。「那可不，這藥是我在縣城買來的，費了一百銖呢！不過秦念若是活著，那在康家浪費的可不只一百銖，所以我們斷斷不能讓她活下來。」

楊氏拿起瓶子，轉身將盒子放下，走到康琴面前，打開瓶塞。

此刻，康琴十分緊張。

就在楊氏要往粥碗裡下藥之時，轟隆一聲巨響，門突然被人踢開，門口站著一個人，正是失蹤了數日的韓啟。

隨在韓啟身後的，是秦正元。

秦正元拿著打獵用的弓箭，舉起箭頭對著楊氏。有韓啟給他壯膽，便不怕康家人了。

康琴猛地瞧見滿臉怒氣站在門口的韓啟，頓時緊張得手一抖，粥碗掉落下來，哐噹一聲碎了，半碗粥湯淌在地上，還濺到她的鞋面和裙襬。

楊氏年紀大，沈得住氣，連忙將手中的白瓷瓶往掌心一收，又將手負在後背，渾身繃得緊緊地看著韓啟。又見著韓啟身旁的秦正元虎著臉舉起弓箭，箭頭直指著她，頓時驚懼得心臟好像要跳出來。

以前秦正元可是連看都不敢看她，膽子小得跟小老鼠一樣，這會兒的眼神怎麼可怕得像是要殺人？

這下糟了，大孫子康震被她派出門，在半道搶秦氏手裡的二百銖，若是康震在，她才不怕秦正元這小兔崽子。

韓啟已經看見楊氏手中的毒藥瓶子，長腿邁進屋裡，站在楊氏面前，厲聲道：「康奶奶，把妳手裡的藥瓶交出來吧！」

楊氏顫著聲音裝糊塗。「什……什麼藥瓶？」

畢竟是長輩，韓啟先禮後兵。「康奶奶，剛剛妳說的話我都聽到了，若是不交出藥瓶，我便去報官，說是妳下毒害秦念。」

楊氏聞言，反駁道：「沒有的事，我沒有下毒害秦念。」

韓啟提高了聲音。「既如此，那便讓官府來斷一斷，看妳有沒有下毒！」

康琴一聽韓啟要報官，也急了，她是楊氏的幫手，若要報官，勢必會被一道抓進官府。於是，她連忙跪在楊氏面前，哭道：「奶奶，您將毒藥交給韓啟吧！」又轉動雙膝，抱著韓啟的腿哭訴道：「求你不要報官，給秦念下毒之事，與我不相關，我都是被奶奶逼的。」

楊氏一聽康琴幾句話就把所有責任推到她頭上，頓時氣得一腳踹在康琴的後腰上，康琴立時趴倒在地。

韓啟見楊氏在踹康琴時，手順著身子擺到前面，趁著機會，一把奪過楊氏手中的藥瓶。

楊氏見藥瓶瞬間到了韓啟手中，傻住了，撲通一聲跪下，對韓啟哭道：「韓哥兒，求你別報官，給秦念下毒是老婦犯渾，往後斷斷不敢再做這樣的事情了。」

秦氏交代過韓啟，若是拿到毒藥，切不能將此事宣揚出來，因為她將來還要在康家做人呢，若事情做絕，便待不下去了。

於是，韓啟厲聲警告楊氏。「康奶奶，只要妳往後不為難秦念，我便不會報官，更不會把此事告訴別人。但妳要是……」

楊氏一聽，心中一喜，連忙點頭。「不會不會，往後愚婦定不會再為難秦念。」

韓啟心中一鬆，軟下聲音。「既然秦念隨著她母親進了康家的門，你們理應好生對待，做出這種事，實在太過分了。」嘆了一聲，心中不平，這般毒婦不送官，真是太輕饒她。

楊氏哭著道：「是老婦錯了，往後再也不敢了，嗚……」

韓啟看了還舉著弓箭的秦正元一眼，見秦正元滿臉怒容，手繃得緊緊地不離弦，遂抬手壓下他的弓箭。

「正元，這事便罷了，反正我們也拿到毒藥了，我想往後康奶奶一定會厚待你們，你也得好好地跟康家人相處。」

秦正元雖然不善言詞，膽子不大，但楊氏毒害他妹妹之事，可是犯了他的逆鱗，若非母親有交代，他定會一箭要了這毒婦的老命。

韓啟說完，拿著毒藥瓶，帶秦正元離開康家大房的院子，去隔壁的小院子找秦念了。

第六章

康家大院和秦念住的小院原本是一整排的屋子，兩年前秦氏嫁過來後，楊氏覺得屋裡多了外人，平時想吃個什麼、用個什麼，不方便藏著掖著，於是叫兩個兒子修了道圍牆，隔出了三間房。

正因為只有一牆之隔，剛剛康家大房那邊動靜又大，秦念便聽了個七七八八，此刻見韓啟手中拿著白色的小瓷瓶過來，驚喜道：「真拿到毒藥了？」

韓啟點頭。「嗯，我們現在就來看看這毒藥是什麼。」

秦念看著剛進屋的秦正元，忙道：「哥，你趕緊去追娘，想必康震就要對娘下手了。」她算準康震不會害死秦氏，畢竟康家娶秦氏進來，也花了些錢財，還指望著秦氏替康家生兒育女呢。不過，她仍是擔心秦氏會有危險。

秦正元聞言，立時轉身跑出去。

此刻暮色已臨，秦念點上油燈，見屋裡不夠亮，又將油燈挑亮了些，與韓啟湊在燈下，研究起這毒藥來。

韓啟將藥粉小心翼翼地倒在一塊麻布上，要秦念別靠得太近，撚起一些粉末，放在鼻端仔細聞，又仔細看。

秦念能聞出平常治病醫人的藥草，卻從沒有見識過毒草，韓啟又不讓她聞，好奇心簡直翻了天，心道往後她也得認些毒草，好以防萬一。

好一會兒後，韓啟才道：「這毒藥是各類毒草所研製，要是吃多了，毒死一個人完全沒問題。」抬頭看著秦念。「妳是怎麼撐了一個多月的？」

韓醫工替秦念解毒時，她已中毒一個多月。這麼久還能活著，也真是奇蹟。

秦念早想起自己中毒的緣由，擰眉低聲道：「那日剛好是上元節，康奶奶拿了一碗魚湯來，說是康震在溪裡捉的魚，讓我嚐嚐鮮。當時我還想，康奶奶怎麼這般好心了，還給我喝魚湯，雖說只有湯和幾根魚刺，但那鮮香的味道，真是挺誘惑人的。

「我端著碗喝一口，覺得很好吃，又想著讓我娘和我哥也嚐嚐，他們自我父親過世後，再也沒有喝過魚湯。可就在我端著碗去找我娘時，不小心被我哥擱在門邊的小矮凳絆倒，魚湯全灑在地上，碗也碎了。」

當時她還急哭了呢，但不好意思跟韓啟說。

韓啟抽了一口氣。「幸好妳只喝一口，湯又灑了，不然妳娘和妳哥喝到，怕是都……」後果不用多說，便能知曉。

秦念捂著胸口。「就是呀！」現在想想，還真是後怕。

韓啟見狀，抬手撫撫她的肩。「念兒，妳這是大難不死，必有後福。」

大難不死，必有後福！

死過一回的秦念聽著這句話，心境有些複雜。

這一世，她真能大難不死，還有後福嗎？

她的福就是韓啟，如果韓啟兩年後不會離開她，便是福。

韓啟繼續說：「幸虧我爹爹將家裡的解毒丸帶來，再配著他採的清熱解毒藥草，才能先保住妳的性命。接下來，我已知道要用哪些藥草來解妳體內的毒了。」

之前韓醫工不敢把解毒丸全用上，因為解毒丸也是以毒攻毒，如今知道毒藥為何，解毒丸便可全部用上，再加上一些化解毒性的藥草，必能除去秦念身上的餘毒。

秦念想著剛剛韓啟所說的解毒丸，好奇地問了句。「你以前的家在哪裡呀？剛剛你說的解毒丸，又長什麼樣子？」

韓啟聽著秦念這般問，神情突然凝住，臉色微微一沈，聲音輕輕地道：「我以前的家……那些事就不說了吧。總之，那解毒丸不是一般醫工會有的，都是從宮……」說到這裡，他頓了頓，改口道：「是我爹爹的一位朋友給的，說是千金難求。」

秦念從韓啟斷斷續續的話語裡聽出，韓啟一定是個有故事的人，前世她也這樣想過，但韓啟從來不說，她也從來不問。

但這世，她想弄清楚韓啟的事。

唯有弄清楚韓啟的過去，或許她才能在兩年後的那一天，韓啟突然消失的時候，可以找到他。

當然，她最大的希望，是韓啟不會消失，他會一直陪在她的身邊，甚至，白頭到老。

半夜時，屋外傳來聲響。

韓啟擔心秦念安危，一直守在秦念屋裡，此時聽到外面的動靜，連忙幫秦念披好衣服，與她一道出了屋門。

是秦氏回來了，一同進門的，還有秦正元和康震。

秦念見到秦氏，立時迎上去，拉著她細細檢查，生怕秦氏哪裡有受傷。

「我沒事，念兒，康震蒙著臉跑出來時，正元趕到了。只是正元下手太重，一箭誤射在康震的腿上。」秦氏說著，滿臉擔憂。

這時，康震已被秦正元揹進康家大院。

秦念知道秦氏是擔心不好向康家交代，但她剛才聽到了細節，安撫道：「放心吧，這是康震咎由自取，他蒙著面，活該受哥哥那一箭。」

前世自她隨母親到康家後，康震一直明裡暗裡欺負她，尤其是待她長到十四歲那年，康震見她已長開，韓啟也離了白米村，沒在她身邊保護，便開始尋找機會對她圖謀不軌。

她覺得，哥哥這一箭射在康震腿上，簡直太解氣了。

這時，康家院裡傳來康震的悶哭聲，想必是箭傷疼得厲害。

秦氏聽著不忍，對韓啟說：「韓哥兒，要不，你去幫康震瞧瞧他的傷。」

韓啟心裡十分不願意，他看著秦念，想聽她怎麼說，畢竟康震是因為要謀害她，才會被秦正元射傷。

秦念思索片刻，對韓啟道：「啟哥哥，要不你就去治治康震吧。不管怎麼說，這箭是我哥射的，以後我不待在康家，但我娘還要待著。」她不能讓母親跟大房一家人結怨。

韓啟點頭，去了康家大院。

至於往後不會待在康家，這只是秦念的想望，因為前世她便是嫁給大伯康有利的二兒子康岩，也正是在與康岩成親那一日，她被康震輕薄，而後掐死。

秦念細細回憶，好像要過半年，康岩才會回家。

康岩自幼愛讀書，康有利便費了些錢，把他送去縣城的書館。康岩與他大哥康震和妹妹康琴完全不是同一類人，待她極好，長大後也算是有了點出息，後來還成為太子的門客。前世她死的那日，正是打算先在縣城的新家成親，再隨康岩一道前往京城。

秦念很明白，康岩雖是有些才學，但他性子軟，當時她是因為找不到韓啟，楊氏又以母親生下的弟弟要挾她，才答應嫁給康岩。

這一世，即便康岩一如前世那般待她好，她也不會再選擇康岩。她要選的良人，只能是韓啟。

前幾日，秦念本是跟韓啟商量，讓他和韓醫工在山上避幾日，至於如何逮出下毒的人，她來做便好。但韓啟不放心她，便讓韓醫工留在山裡，他則偷偷下山，藏在秦正元的房中。

秦念沒想到韓啟會為她出頭，還不怕得罪康家，所以很清楚，只有韓啟才能護她一生。

秦氏一進屋，便問起毒藥之事，秦念一五一十地說了，當秦氏知道韓啟能根據這毒對秦念對症下藥時，高興至極。

「念兒，這些日的謀劃，足以證明妳是個有能耐的，往後但凡有機會能出得了這山村，一定要出去。長大以後，嫁個好人家。」

秦念聽著這番話，心中很明瞭母親的意思。秦氏之所以從她三歲起便教她琴棋書畫和讀書寫字，為的就是有一天讓她嫁入高門。

正因為有這執念，所以在秦氏前夫未死之時，她便常常帶秦念出門，甚至到相隔幾十里遠的京城見見世面。她憑著少女時在家中的見識，教秦念識玉斷寶，教她世家大族的規矩。

「念兒，我知道韓哥兒喜歡妳，但妳不能和他在一起，知道嗎？」秦氏拉著秦念的手，神情嚴肅地看著她。

秦念蹙起秀眉。「娘，啟哥哥人很好，我往後要跟他在一起。」

「妳這個傻孩子。」秦氏氣得跺腳。「我說的話，妳沒聽進去嗎？往後妳即便是當個妾，也得進高門大院，唯有這樣，才能榮華一世。」

秦氏明白，憑女兒的身分，不可能進高門當正妻，但若能在裡面混個妾室，憑著女兒的聰明才智，也能過得很好。

秦念非常不以為然，但她不想跟母親起爭執，只是淡淡道：「娘，我還小呢，才十二歲。嫁人之事，待我及笄以後再說吧。」

「那妳與韓哥兒相處，不可失了分寸。」秦氏生怕女兒跟韓啟相處久了，會日久生情。

秦念故作害羞道：「娘，剛剛我都說了，我還小呢！我只覺得啟哥哥人好，他能救我性命，也能護我。」有這些不就好了嗎？她才不管什麼高門大院，只求一世安穩，能和相愛的人在一起。

「唉！」秦氏微嘆一聲，心思一轉，也覺得自己說得有點早了。畢竟秦念才十二歲，或許還不知道感情是什麼呢。

第七章

不一會兒，韓啟和秦正元回來了。

待韓啟踏進門檻，秦氏焦急地問：「韓哥兒，康震的腿沒事吧？」她越想越覺得不好跟大哥和大嫂交代。

如今康家兄弟都在鄰縣做工，康家大嫂也跟著一起去，倘若康震的腿殘了，她該怎麼跟大哥大嫂說？

韓啟看出秦氏的擔心，微微笑道：「嬸子放心好了，康震沒有傷到筋骨，只是一點皮外傷，養個十多天就好了。再說，這次康震會受傷，是因為他蒙著臉裝成悍匪，怪不到正元身上，康奶奶想必也不願把這事鬧大，不會給您和念兒找麻煩的。」

秦氏聞言，心下一鬆，見天色已晚，便對韓啟說：「韓哥兒，今日這事，當真太感謝你了。待你爹爹回來，我當登門拜謝。」

韓啟道：「嬸子不必客氣，我爹爹應該到家了。」看秦念一眼。「明日我還得上山去幫念兒採藥，先回去了。」向秦氏拱手行禮。

秦氏還禮，看著韓啟快步離去。

接下來一個月，秦念天天喝著韓啟替她配製的解藥，肚腹終於不再疼痛，身體也漸漸恢復正常。

不過，由於她太久沒有活動，筋骨有些疲軟，於是這日清晨韓啟來送最後一碗藥湯時，她便要求韓啟帶她上山，這樣既可以強身健體，又可以多學些藥理。

「啟哥哥，你拿給我看的醫書，我全都背下來了，但光看醫書沒有用，得親自採過草藥，診過病，我才能成為一名醫者。要不，往後我跟著你一起上山吧？」

韓啟見秦念嬌俏的臉上雖有了點氣色，但還不夠紅潤，確實該讓她多出去活動筋骨，便爽快地答應她。

「上山沒問題，但妳得跟緊我。」

秦念興奮地點頭，立時在院子裡收拾了一個竹製背簍、一把小小的鐵製曲柄鋤。

韓啟則替她找了根長麻繩，還去廚房拿了燒火棍。

秦念看著焦黑的燒火棍，好奇道：「啟哥哥，要燒火棍做什麼？」

「當然是怕妳爬山費力，拿來當枴杖用。」韓啟將燒火棍擱進她背後的竹簍，又道：「明天我再幫妳做一根好些的爬山枴杖。」

「嗯！」秦念笑著應下。

前世她身子不好，從來沒有爬過山，所以不懂這些，此刻只覺得韓啟真真是個極其體貼之人，心不由又是一暖。

時值陽春三月，背靠大山的白米村正是山花盛開，暖風薰人之時。

在屋裡關了數月的秦念自踏進大山的小路開始，便心花怒放，嬌美小臉燦笑得可與滿山的山花媲美。

不過，秦念才爬了一座小山頭，就已經累得氣喘吁吁，這是太久沒有出來活動的原因，氣血不足，於是忍耐著繼續爬，儘量不讓自己扯韓啟的後腿。

但韓啟能看得出秦念的疲累。

「念兒，我們休息一會兒吧！」

韓啟說罷，頓住腳步，就著山坡上的大石坐下來，又把掛在腰上的水壺遞給秦念，讓她先喝水。

秦念見狀，接過水壺，喝了水後，把水壺還給韓啟，而後坐在他身邊，環望著壯美連綿的山巒。

「我到白米村這麼多年，還是第一次發現此處的風景這樣美。」她感嘆道。

韓啟笑著接話道：「聽說妳來白米村不過兩年，怎麼就這麼多年了？」

秦念收住笑，發現自己不小心說漏了嘴，忙辯駁道：「兩年難道還不夠久嗎？」

韓啟發現秦念臉色有些嚴肅，定是來到白米村後，她就受到康家人的欺負，才會覺得度日如年。

秦念垂首想著過往，轉頭卻發現身旁石縫裡有一株小草，便拔出來，看著草葉欣喜道：「啟哥哥，這應該是菥蓂吧！」

韓啟笑道：「正是。這株還沒有長大，待過兩個月，等它成熟，就可以採來當藥了。」

秦念高興地說：「這是我第一次採藥，沒想到就採對了。菥蓂子補五臟，治目痛，長久服用，能輕身不老。」

韓啟微微頷首。「這一帶的菥蓂可多了，往後妳可以多多採些，帶下山曬乾。」

「嗯，待到四、五月我再來採，曬乾後拿去鎮上賣。」秦念笑著看韓啟。「啟哥哥，到時你和我一道去如何？」

韓啟神情突然微微一沈。「我還是不要去了。」

「為何？」秦念擰眉，嘟著小嘴，滿臉不解。

「因為……」韓啟沈吟片刻。「因為我爹爹說，除了進山，我不能離開白米村半步。」

秦念想起，韓啟提過他以前的家，又想著前世的種種疑惑，或許在韓啟的故事裡，自有不能出村的緣由。

於是，她不再多問，站起身。「啟哥哥，我們動身吧！」

韓啟起來，看著近在眼前的山巒。「山裡的藥草非常多，保證妳今天會大開眼界。」

秦念循著他的目光仰頭朝山上看去，心中滿是期待，感覺像有一枚枚銅錢往口袋裡裝。

不過，她是不會滿足於銅錢的，她要賺金子，像太陽一樣亮晃晃的金子。

但她很清楚，只靠普通藥材不可能實現她的發財夢，她要採的是上好的名貴藥材，還得學好醫術，將來開醫館。

現下醫者的地位不算高，卻是稀有。

最難得的是，韓啟十分願意教她。

而她不僅識字，還記性驚人，可謂過目不忘。是以此刻沿著山路攀爬，不一會兒便識出好些在書本上見過的藥草。

這一路來，韓啟顧著秦念的身體，沒太用心採藥，全部心思都花在保護秦念上。

另外，他並不多提醒，也是想考一考秦念，看她有沒有把書本上的藥草都記下來。沒想到，她竟然完全沒有認錯，看來這小妮子不容小覷。

秀麗的山巒中，一高一矮兩條清秀可人的身影穿梭其間，歡笑聲連連。

正如韓啟所說，秦念大開眼界，採了滿滿一簍藥草。她覺得帶的竹簍太小，裝不下那麼多，打算回去後找人做個大些的簍子。

下山時，韓啟對她說：「今日爬的山不夠高，也沒有去山谷，所以採的藥草十分普通，賣不了高價。往後妳習慣了爬山，我帶妳去深遠些的地方，或許能採到名貴的藥材。」

秦念聞言，心中一動。

「我已經習慣了，啟哥哥，你明天就帶我去吧！」

韓啟輕撫了下秦念的頭，笑道：「念兒，妳太心急了，妳的身體剛好，做什麼事都得慢慢來。」

秦念聽了，覺得有些可惜，但還是笑著說好，隨他下山了。

第八章

秦念揹著竹簍回到家時，秦氏和秦正元剛從地裡回來。

康家的地不少，但康家兄弟都不在，在鄰縣幫人建房子或是做木工，楊氏帶著康震和康琴待在白米村，也不願去幹那些辛苦的農活，所以那些地多數是荒廢的。

自從秦氏帶著一雙兒女嫁過來後，楊氏就說秦正元是男兒，應當幫著家裡多種些地。

對此，秦氏認為是應該的。秦正元憨厚，也沒覺得這有什麼。

不過，秦念總覺得楊氏為人太苛刻。楊氏不幹活，康震比秦正元大兩歲，也不下地，卻讓秦正元從早忙到晚，把他當成牛一樣使喚。

原本秦氏在家裡織布，幫人縫衣裳，但心疼兒子太過勞累，便跟著一起下地，但地裡的活實在太多，每每回來，她都累得渾身不能動彈。

秦念想著，母親本是含著金湯匙出生，從小養尊處優，即便後來家道中落，遇上父親，父親做著藥材生意，也沒讓母親這般吃苦。

不承想，父親一過世，母親便過上如牛馬一樣的生活，堪比奴隸，還是康家的奴隸。

前世她雖會為此事氣憤，卻從不敢多說什麼。

這世，既然她重活一回，定不能再讓母親和哥哥成為康家奴。

此刻，秦氏累得坐在院子裡的矮凳上歇息。

秦念擱下竹簍，站到她身後，幫她揉肩背。

「娘，您寫封信讓繼父回來，我們跟康家人商量著分家吧！」

秦氏一愣。「分家？」扭頭看秦念一眼，很驚訝她能想到這層，微嘆一聲。「妳繼父是個孝子，凡事都聽他老娘的，他老娘不肯分家，我們就分不成。」所以，叫康有田回來也沒什麼用，楊氏絕對不會答應分家的。

秦念以指腹用力揉著秦氏硬邦邦的肩頸，試著說服她。「娘，您想一想，自前年我們到康家來，康家人便不下地幹活，只讓我們做。等到有收成時，康奶奶和康震、康琴他們才來幫忙收，收來的糧食全進了康家大院的倉廩，可分給我們的糧食，還不夠一日兩餐吃飽。」

也在一旁歇腳的秦正元突然板著臉出聲。「娘，我們累得要死，一天只勉強吃兩頓；他們閒得慌，卻一天吃三頓。」多餘的話，他不欲多講，但聽到妹妹說這些，就覺得要把心裡的氣出一出。

秦氏蹙起眉頭。「他們三個，一天吃三頓了嗎？」

秦正元嘟著嘴，氣道：「我都瞧見十幾次了。午後那頓，他們是偷偷吃的。」

秦氏聞言，胸口瞬間竄入一股氣，這股氣壓得她心裡沈沈的，難受得緊。

楊氏給的糧食，當真不夠他們一天吃兩頓，若非秦正元時常去山腳下摘些野菜什麼的充飢，真會餓死。卻沒想到，他們餓肚子，楊氏卻帶著兩個孫子一日吃三頓，真是太可惡了。
秦念見秦氏生了氣，忙趁熱打鐵。「娘，我問您一句話好嗎？」
秦氏轉頭看秦念。「有話問便是。」
秦念停了手指間的動作，移步蹲到秦氏面前，仰著臉，仔細問道：「娘，您帶著我們兄妹倆來康家，為的是什麼？」
秦氏沒多想，直接回答。「當然是為了好好養大你們。」
秦念聽了，冷冷地斜睨康家屋子方向一眼，咬牙切齒。「娘，您說是為了好好養大我們，我卻差點被康家奶奶毒死。」又看向秦正元。「您瞧哥哥，以前多有精神，如今瘦得皮包骨，一點人樣都沒有，這兩年也沒長個子。」
接著，她轉臉凝視秦氏。「娘，以前您皮膚白裡透紅，現在呢？皮膚蠟黃，眼角還起了皺紋，難道這是您想要的日子嗎？」
秦氏心中一驚，腦子突然變得無比清醒。
是呀！這是她想要的日子嗎？
當初前夫劉仲死了，她一個寡婦帶著兩個孩子住在縣城，由於她長得貌美如花，時常被城裡的地痞惦記，好幾次差點被那些人羞辱。
後來，鄰居勸她改嫁，好為自己和孩子謀條生路。可是誰又願意娶個拖著一雙兒女的寡婦呢？

鄰居大嬸的娘家在白米村，在縣城的營生又是替人作媒，便把秦氏說給康有田。

康有田自十多歲開始就在外當兵打仗，由於太過老實，打了二十年的仗，依然還是個兵。但難得的是，他上過無數次戰場，卻手腳齊全，身體強壯。後來天下太平，他便解甲歸田，回了老家白米村。

能娶到秦氏這麼水靈的女人，康有田覺得是老天開了眼，不計較秦氏帶著一雙兒女嫁到康家，對秦念和秦正元也不錯。

不過，康有田把秦氏娶回來沒多久，就跟著他哥康有利去鄰縣做工，一年才回一次家。

正因如此，秦氏不好把在康家受的委屈全告訴康有田。

然而這次，她還能不說嗎？

片刻後，秦念繼續說下去。

「娘，我知道繼父是孝子，但他的母親是毒婦，是個害人精，是個不值得被我們尊敬的人。倘若我們能與康家大伯分家，往後亦可盡到責任，每個月給些錢米奉養康家奶奶，但沒必要連康家大伯的兒女也養，您說是吧？」

秦氏沈默許久，終於點頭。「念兒，妳說得對，康家奶奶不是值得我們尊敬的人，也沒必要去養康家大房的孩子。再說了，康震和康琴的年紀比你們大，卻不幹活。」

秦正元忙接話道：「其實康家奶奶身體很結實呢，她也可以種地。」

秦念笑著點頭，覺得哥哥能為自己爭辯一句，是多好的事情呀！

秦氏道：「既然如此，那明天我們不幹活了。」

秦念聽著她這般說，心中驚喜萬分。原來母親並非懦弱，需要的只是開竅！

這時，秦氏目光落在旁邊的竹簍上。「念兒，妳那竹簍裡裝的是什麼？」天未亮她就出門種地，不知秦念跟著韓啟去了山裡。

秦正元也起身去看竹簍。

秦念笑道：「娘，那些都是藥草。往後只要天氣好，我就跟著啟哥哥上山採藥，等藥草累積多了，再拿到鎮上去賣。」

秦氏點頭。「嗯，這倒是個能養活人的好法子。」但轉念一想，又覺不妥。「可妳一個小姑娘家，整日跟小子一道上山，那多不好，往後妳不要再去了。明日我會捎信給妳繼父，讓他回來商量分家的事，以後妳跟著我們下地幹活，或在家做些家事也成。」

秦念一聽，心裡不太高興，但知道這事得好好說。

「娘，您想得太多了，我還是小孩子呢，啟哥哥是好人。再說，我們光是種地，哪能賺到錢？待到我及笄成人，又怎麼可能嫁個好人家？」

秦氏聞言，心頭一震，覺得秦念說得十分有道理。

她的執念不就是要讓女兒嫁到京城的高門大院嗎？眼見秦念再兩、三年就要成人，若是不能存到錢，那只能嫁給村裡人了。

沒想到，當她掉進康家這個坑後，竟慢慢連初心都忘了。

按照她以前的計劃，是要存很多錢，好好調教秦念，再找找少女時在京城認識的人，看能不能托關係，讓秦念進高門大宅當妾室。

秦念見秦氏的神情稍有鬆弛，又加了一句。「娘也知道，近來我一直在看醫書，如果我成為一名醫女，就可以去京城開醫館，便有機會見到京城的名門子弟了。」

秦氏聽到這裡，心中了悟，看著秦念，臉上浮起欣慰的表情。「沒想到我家念兒年紀小小，就會為將來盤算。」又是一笑。「既如此，妳往後跟著韓哥兒一道上山採藥吧，向他多學習藥理醫術，往後若能在京城開醫館，當真再好不過。」

秦念見秦氏終於想通，重重鬆了口氣。跟韓啟學醫的事，倘若沒有母親的同意，就是最大的阻礙。

接下來，她要清除的是康家那邊的阻礙，因為她能感覺得到，康琴按捺不住了。

因下毒一事，康琴極為心虛，一直不敢面對她和韓啟，怕他們會報官抓她。但時日一長，這事就算過去了，這兩日康琴總是偷偷地跑到門口朝裡觀望，看到她都是橫鼻子豎眼睛的，一臉仇視的模樣。

她很明白，她與韓啟走得太近，康琴心生嫉妒了。

第九章

正如秦念所想，楊氏的屋子裡，康琴正在奶奶和哥哥的面前哭訴。

「奶奶，您看，現在秦念天天跟韓啟廝混在一起，韓啟還十分護她。這幾日，秦念的身子都好了，也不見她去地裡幹活，今日還跟著韓啟跑到山上，不知道是幹什麼。」

楊氏一聽這話，臉色立時陰沈下來。「既然秦念隨著她娘到了康家，便是我康家的人。她一個姑娘家成日跟一個哥兒廝混在一起，丟的不僅是她娘的臉，更是康家的臉。」

康震被秦正元那一劍射的腿傷，直到這幾天才好，一想到那日韓啟鄙視他的神情，氣不打一處來。

現在村裡的姑娘們整日嘴裡掛的都是韓啟，說韓啟這好那好，更有甚者，還說韓啟是天上仙宮派下來的神仙。現在姑娘們個個都想嫁給他，連自家妹子也喜歡他。

「哼！韓啟有什麼好的，秦念天天跟他在一起，往後要是被他破身，就嫁不出去了。」

康琴聽到這裡，哇的一聲哭起來。

楊氏被康琴的哭聲吵得心煩，對她吼道：「哭什麼哭，這有什麼好哭的！」

康琴掩面泣道：「如果秦念跟韓啟一塊睡了，必定要嫁給韓啟，那我該怎麼辦？我這輩子非韓啟不嫁。」

自從韓家父子來到村裡後，便一直護著秦念，讓楊氏格外氣憤，尤其是韓啟那日搶了她花一百銖錢買來的毒藥，還讓她丟盡顏面，在一個毛頭小崽子面前跪地求饒。這件事，她一直擱在心上，鬧得她吃也吃不下，睡也睡不著。

「絕對不能讓秦念嫁給韓啟。」楊氏咬牙切齒。

「不行，秦念是我的，我得趁他們還沒有好上之前，先把韓啟殺了。」康震說罷，猛地站起身，走到牆邊，要去拿掛在牆上的大斧頭。

康琴一聽康震要殺韓啟，連忙攔腰抱住他。「哥，你不能殺韓啟，往後我可是要嫁給韓啟的，不能殺他。」

康震怒吼道：「韓啟有什麼好的，妳幹麼非得嫁他？」

康琴哭道：「韓啟不管哪裡都是好的，我就是要嫁他。除了他，我誰都不嫁。」

楊氏也上前攔住康震。「震兒，你可不能在村子裡行凶，這般明目張膽地動手，可是要償命的。」

康震氣道：「那我不殺韓啟，我去要了秦念，讓她跟了我。」

自秦念到了康家，他就覺得這小妮子長得可人得很，再過兩年長開些，肯定會更好看，遂下了決心，往後要娶她。

康琴聽見這話，立時不哭了。

楊氏擰眉打量康震好一會兒，猛地一拍大腿。「震兒，這事成啊！」不能對付韓啟，但讓大孫子對付秦念是沒有問題的，反正秦念是康家的人。

康琴笑著猛點頭。「嗯，哥要了秦念，韓啟娶不了她，我就有機會嫁給韓啟。」

康震腦子裡已經開始幻想這事了。

楊氏又道：「但秦念也太小了吧，怕是還得過個一年半載才行。」十二歲的女娃，還沒有長好呢。

康琴冷哼一聲。「小有什麼關係，她現在不是天天跟韓啟在一起嗎？若是再過個一年半載，他們成日在一起，那就太晚了。」

楊氏想了想，點點頭。「行，往後震兒若是有機會，便辦了這事。」她年輕時正是十二歲來月信的，只要來了月信，就可以生孩子，早點為康家生兒育女，這是秦念身為康家人的本分。

再一想，往後經年累月都可以欺負秦念那丫頭，她就覺得心裡爽快得很。

康震本來還有點擔心楊氏會罵他幹這事缺德，沒想到她會這般贊成，嘴角不由咧起既得意又期待的賊笑。

翌日一大早，秦念從屋子裡走出來，見東邊朝霞滿天，便知今日又是個好天氣。

天未亮透，秦氏和秦正元便動身去鎮上，找人給繼父康有田送信去了。

秦念將昨日採來的藥草拿去後院，準備曬乾。

後院地方不大，幸好康家人無事不會到後院來，多少能防些。

秦念忙完，便去廚房吃秦氏熬的粥，打算等會兒跟著韓啟上山採藥。

吃完早飯，秦念從缸裡舀了勺粗麥粉，再拿一顆昨日韓啟給的雞蛋，把蛋打進麥粉裡，和了井水，放進鍋裡，烙了兩張蛋餅。

韓啟家裡沒有養雞，但他和韓醫工經常替村民治病，又不收錢，村民們就會送些雞蛋、糧食什麼的，當作診金。

前些日子，秦念在家養病，韓啟沒少拿吃食給她補身子。

秦念想著，平時都是一日吃兩頓，爬山又非常消耗氣力，昨天正是因為太餓了，才爬不動，也去不了深山。於是烙了兩張蛋餅，打算等會兒肚子餓了，分一張給韓啟，一張自己吃，這樣一來，便可以走得更遠些。

秦念將烙好的蛋餅用乾淨的麻布帕子包起，擱進竹簍裡，準備揹著竹簍去找韓啟，卻聽到院裡有腳步聲。

定是韓啟來了，她心裡歡喜，一走出廚房門，卻發現康震賊兮兮地小跑進來。

康震見到秦念，笑嘻嘻地道：「念兒，妳這是要去哪裡呀？」

秦念冷道：「我要上山採野菜。」看著康震笑得有點奇怪的表情，心中忐忑。

康震經常欺負她，不給她好臉色，但像現在這樣一副笑嘻嘻的模樣，卻是前世她十四歲之後才有的。

這是康震想輕薄她時所露出的淫笑。

這世的許多事情都發生了改變，難道康震也改變了嗎？她現在只有十二歲，還沒有完全長開呢，身子瘦得跟門板似的。

秦念緊張地朝院外瞥了瞥，沒有韓啟的身影。

康震一看便知秦念是在等韓啟，驟然收起笑容，冷哼一聲。「念兒，妳不需要再等韓啟了，這時他正與我妹妹在一起呢。」

秦念心道這下不好，定是康震讓康琴去纏住韓啟了。

她得自救，絕不能被康震得逞。

於是，她快步走到牆角邊，彎身拿起昨日上山採藥用的小鐵鋤，對康震道：「我要去採野菜了，你有什麼事情，等我回來再說。」

康震忙上前，伸手想拿過她的小鐵鋤。「念兒，我跟妳一起上山摘野菜。」

秦念將拿著小鐵鋤的手往背後一收。「不必了。」往後退一步，背後握著小鐵鋤的手緊張得手心都出了汗。

她的身子剛康復沒多久，昨天又爬山，今日身上不僅痠疼，還有些無力。

「念兒，妳娘和妳哥去地裡了是吧？」康震跟秦念套著話。

秦氏和秦正元早早出門，就是為了避開康家人，看來康震他們以為兩人去地裡幹活了。

秦念怕康震去阻攔秦氏和秦正元捎信給康有田的事，點頭嗯了一聲，又順勢譏諷一句。

「康震，你比我哥還大上兩歲，怎麼不到地裡幹活呢？還讓我娘和我哥養著你。」

康震卻只是厚顏無恥地笑了笑。「我往後可是要做大事的人，怎麼能做種地這種低賤的活計。」

秦念暗暗冷哼，就他這樣什麼事都不願做的人，還能成什麼大事？

不過，她很明白，後來康震的確做出不少的「大事」。

前世，康震認了一個山賊當大哥，成了悍匪，專幹殺人越貨的勾當。因為此事，康震的弟弟康岩為了自己的仕途，與康震斷絕兄弟關係。

因此，康震懷恨在心，在秦念與康岩成親那日，偷偷進入新房，想要奪取她的身子，卻害她殞命。

幸好，她重生了，一切還來得及。

她要改變前世的命運，便得先改變自己。她不會再像以前那樣懦弱，任由康家人欺負。

「念兒，我有事跟妳說，我們進屋裡去吧！」康震說著，想上前扯秦念的手。

秦念忙將身子一側，避開康震，又朝院門口大喊：「啟哥哥，你來了！」

康震心虛，被她這一聲嚇一跳，連忙抬頭看去。

韓啟在哪？門口連個人影都沒有。

秦念趁著康震發愣的瞬間，連忙朝院門快步跑出去。

康震發現上當，連忙去追，可剛追到外面，便見韓啟遠遠地朝這邊走來。

「他還真來了，真是晦氣！」

康震暗罵一聲，轉個彎，跑回自己家了。

韓啟看秦念揹著竹簍，手上拿著小鐵鋤，急急地朝他跑來，也看到從門口離開的康震。待秦念滿頭是汗地跑到他面前時，他忙問道：「怎麼了？康震在妳家幹什麼？」

秦念張口，想說康震意欲輕薄她，但話到嘴邊，心想這事被她躲過去了，康震也沒有對她怎麼樣。萬一韓啟聽到此事怒了，去找康震麻煩，康震一口否定，反而會連累了韓啟。

於是，她改口說：「沒事，康震來找我，我不喜歡跟他待在一起，就跑出來了。」

韓啟畢竟是個少年，想不了那麼深遠，便道：「那好，我們上山去吧！」

秦念與韓啟並排走著，想起剛剛康震說康琴與韓啟在一起的事，便問：「康琴是不是去找你了？」

韓啟點頭。「嗯，她說肚子痛，想請我幫她瞧瞧，後來我讓我爹爹去。」

剛被康琴纏了許久，他又是個直性子，最受不得纏，後來索性推開康琴直接跑走，也不管康琴在後面喊他。

不過，這些細節就不必跟秦念說，免得她聽了心煩。

第十章

他們一道走到山腳下，韓啟突然頓下腳步，喊住秦念，再將他肩上的竹簍取下放在地上，從裡面拿出一個用麻布裹得緊緊的陶碗，遞給她

「前些日子，我爹爹幫木匠家的娘子治好了多年肺病，木匠送來五斤牛肉，今早我拿了些出來醬燒，剛好給妳補補氣血。」

秦念打開碗蓋，一股醬肉香味撲入鼻腔中，香得她愣愣地盯著碗中的牛肉，想著前世跟康岩到縣城時才吃到葷腥，沒想到這一世，韓啟會拿肉給她養身子。

她心頭一熱，淚水禁不住盈滿眼眶。

韓啟見秦念捧著陶碗哭了，以為她是太久沒有吃肉，饞得哭的，忙揉著她茸茸的頭髮安撫道：「念兒別哭，往後只要有肉，我就會帶來給妳吃。」像在哄一個小孩子。

秦念感受著他掌心的溫熱，看見他清俊面容上滿是憐惜之意，淚水卻像是決了堤一般，越流越多，止都止不住。

她感動的不是有肉吃，而是這肉是韓啟給的。

韓啟見秦念哭得停不下來，忙又安慰道：「念兒不哭不哭，放心好了，往後就算沒有肉吃，我也會想辦法弄給妳。下次我帶把弓箭，獵兔子給妳吃，好嗎？」

秦念迎視韓啟溫柔的眼神，咬著嘴唇，慢慢地收住眼淚，深吸一口氣後，點點頭。

「好。」

韓啟見秦念沒有再哭，鬆了一口氣。剛剛秦念哭成那樣，不知為何，他的心像是要碎了一般，直至此刻，還沒有完全緩過來呢。

秦念就著坡上的大石席地而坐，一手端著陶碗、一手拿著醬牛肉，開始大口大口吃起來。吃了幾口，見韓啟臉上漾著笑看她，咧開滿是醬汁的嘴，也跟著笑了。

韓啟見她笑得如此可愛，心中湧起往後要讓她多多吃肉、多多長肉的想法。

這時，秦念突然將手中的醬牛肉遞到韓啟嘴邊，要他吃。

韓啟搖頭。「我不吃，念兒多吃點。」

秦念嘴裡嚼著肉道：「啟哥哥也吃，這麼大一塊牛肉，我吃不完。」這應該足足有二斤多，很重呢。

韓啟見她堅持，便一口咬去，笑呵呵地與她一人一口吃了起來。

其實，自從韓啟來到白米村後，就再也沒有吃過肉。這次羅木匠拿來的牛肉，他除了留下韓醫工的分，他自己那份，是打算全部都給秦念的。

早上他做醬牛肉時，實在饞極了，便把鍋底的醬汁吃了。

當時韓醫工不小心看到，心疼不已，說他以前哪裡稀罕過醬牛肉。

秦念見韓啟每次咬都是很小很小的一口，索性將手中的牛肉分出一大半，要把大塊的給韓啟，韓啟卻奪了她咬過的那塊小的。

秦念見狀，又是一陣感動。

韓啟不僅心疼她，要她多吃，還不嫌棄她的口水。

兩人拉鋸般推讓了一陣，最終秦念拗不過韓啟，拿了大塊的吃。

秦念和韓啟吃完後，去附近的小溪邊洗淨手。

待到上山時，秦念道：「啟哥哥，其實我今天還做了兩張蛋餅，看來今日我們可以吃得飽飽的，然後走得更遠些，看能不能採到名貴的藥草。」

韓啟聞言，低頭思索片刻，而後抬臉，一本正經地看著秦念。「念兒，如果要妳和我在深山裡過夜，妳怕不怕？」

秦念想著，母親和哥哥去了鎮上，這會兒也沒辦法回去告訴他們，但她跟母親打過招呼，說她要跟韓啟進山，想來母親不至於那麼擔心。

猶豫了一會兒，她看著韓啟，道：「我不怕。啟哥哥，你是怕走得遠了，天黑之前趕不回來嗎？」

「嗯。」韓啟回頭看村子康家的方向一眼。「不過還是不要了吧，我怕妳娘會擔憂。」

這時，秦念在溪邊瞧見兩個孩子在玩水，心中一喜，忙道：「啟哥哥，不如讓他們去跟你爹爹說一聲。我娘見我沒回來，定會去你家問。」

韓啟點頭嗯了聲，忙跑過去找兩個孩子，拿出兩顆自製的糖果，託他們去給韓醫工捎個話，說他今晚帶秦念進深山採藥，怕是趕不回來。

等到孩子們跑進村子，韓啟也給了秦念一顆糖。依然是梨糖，其中加了點中藥，不僅好吃，還能潤肺清咽。

秦念吃著梨糖，腦子裡突然冒出一個想法，問韓啟。「啟哥哥，你願意把做梨糖的方子教我嗎？」

韓啟笑著撫她的頭。「傻念兒，我都答應教妳我所學的醫術了，區區一個梨糖的方子，難不成還會藏下掖著？等明天我們從山裡回來，我便教妳。」

秦念興奮地重重點頭。「嗯，謝謝啟哥哥！」她篤定韓啟願意教她醫術，才會提出這個要求。

上坡時，韓啟牽緊秦念的手，讓她爬得輕鬆些，又問了一句。「念兒，往後妳想吃梨糖，我幫妳做便是，免得妳親自動手，耗費工夫。」

秦念道：「我是想做些梨糖出來，往後去鎮上跟縣城賣藥草時，也拿去兜售，看有沒有人要買。」

韓啟聞言，連連點頭。「嗯，妳這想法好，往後多賺點錢財，日子過得舒服些。」

他打量秦念，她身上穿著短了一大截的粗布衣裙，再想著以前他錦衣玉食，身邊的姑娘、婆子們穿的都是華麗衣裳，便覺得秦念當真是太可憐了。

想到這裡，他又道：「到時我再教妳幾個方子，都可以做成既好吃又能治病的糖果，可以一起賣。」

秦念聽到這些話，心頭更加興奮了。

他們爬山爬了一陣，秦念在路邊看到幾株藥草，想伸手去摘。

韓啟忙道：「念兒，我們今天的目的是要進深山採名貴的藥草，所以先不要去管普通的。如果這趟我們採不到好的，回程路上可以再來採這些。」

秦念愣住，她的腦子還是不夠聰明，想不到那麼多，幸虧身邊有韓啟為她考慮周全。

這一路往深山裡走，韓啟和秦念沒有採藥草，直到走了足足兩個多時辰，漸入深山腹地，韓啟才讓秦念多多留意腳底下，看有沒有名貴的藥草。

「這裡雖入了深山，但常有獵人會來打獵，不過相較之下，人還是少一些。若想走到別人沒走過的地方，還得走上兩個時辰，怕是要到天黑。」

韓啟說著，看著秦念烏黑的大眼睛裡，沒有一絲一毫畏懼，反而透著一抹興奮的光芒。

「妳真的不怕嗎？」

秦念迎視他探詢的眼神。「是怕你，還是怕野獸？」

韓啟吃吃一笑。「都有。」

秦念搖頭。「反正我是不怕你的。至於野獸，不是有你在嗎？」她知道韓啟身上有功夫，前世見識過好幾次。

韓啟見狀，心裡放鬆了下來。

「放心吧，我會保護好妳的。」說著，將揹在背上的弓箭拿到手上，警戒起來。

秦念看著韓啟手中的弓箭，又想著早上康震到她院子裡來，她驚怕不已的失態模樣，腦中又多了一個想法。

「啟哥哥，要不，你教我弓箭和武術吧！」

韓啟沒想到這小姑娘如此好學，不僅想習醫，還想跟他學功夫和弓箭。

他自三歲開始，便練騎射和武術，讀四書五經，學詩詞書畫，從未中斷，所以也極喜歡好學上進之人。

於是，他很開心地答應。「好呀！」頓了頓，道：「不過學武可是很苦的。」

秦念秀眉微揚，抬高下巴。「我不怕苦。」若是現在趁著年紀小不能吃苦，往後長大，就得吃很多很多的苦！

兩人就此說定，韓啟帶著秦念一邊往深山裡走、一邊教她使弓用箭。

秦念雖然瘦弱、力氣小，但聰明伶俐，不論什麼東西，教一次便會。再加上她十分有耐性和毅力，這也讓韓啟省心不少。

到了太陽西落之時，秦念在韓啟教導下，竟獵得一隻野兔，高興極了。

此刻，他們已經進了無人所至的深山老林，韓啟趁著暮色未至，尋了一處較為妥當的地方，撿了不少枯葉和枯柴，生了一堆火，又將方才殺好的兔子抹上備在竹簍裡的鹽巴，再架到火上烤。

天色漸漸黑下來，寂靜的山林裡，不時傳來蟲鳴獸叫，秦念心中還是有些怕的，但一見韓啟那張剛毅英俊的臉，便覺得心中安定不少。

不一會兒，火堆上的兔肉被烤得滋滋作響，一股肉香瀰漫開來，饞得秦念口水都要流下來了。

韓啟撕下一整條兔腿給秦念，自己則揀了塊多骨少肉的部位拿著啃。

秦念拿著沈沈的兔腿肉，笑道：「啟哥哥，照這樣的吃法，過不了多久，我就會長得很胖的。」

韓啟咧嘴笑道：「長胖才好，妳太瘦了。再說妳要習醫學武，得多吃肉，才有力氣。」

秦念想想，覺得韓啟說得很對，於是不再客氣，就著噴香的兔腿，一口一口吃了起來。

第十一章

這一天吃了牛肉、蛋餅，又有兔肉，路上還嚐了不少野果子，秦念覺得今日像是以前在縣城時過年一樣。

韓啟吃著兔肉，不時看著秦念。

秦念那張五官精緻的臉蛋被火光一照，膚色變得極為紅潤，看起來更加嬌美。

只是，她臉上還未脫稚氣，年紀到底太小了些。若是再過個二、三年，道她美得傾城，也能說得過去。

韓啟倒不是因為秦念長得美才喜歡她，他剛遇見秦念時，只是對她起了憐惜之情，覺得要是不保護這個小妮子，只怕她活不了幾天，就要被人害死。可到後來，他慢慢發現秦念那骨子裡透出的堅強和智慧，令他為之著迷。

秦念正吃得歡喜，猛一抬頭見韓啟傻傻地盯著她看，頓時紅了臉。「啟哥哥，你看我做什麼？」

韓啟愣怔之時，聽到秦念這麼一說，也脹紅了臉，一口咬在兔肉上，含糊不清地低頭道：「沒、沒什麼。」

秦念的身體雖是十二歲，但靈魂已有十六歲，哪會不明白韓啟的心思，只是羞澀地淺淺一笑，啃起兔肉來。

夜深時，韓啟見秦念抱著膝，知道她定是冷了，便將身上的袍子解開，披在她身上。

秦念怕韓啟凍著，不肯要，推回去給他。

韓啟快生氣了。「念兒，我讓妳穿，妳便穿上。我是男兒，身體強壯，妳卻是病體初癒，萬一凍著了，明日可是麻煩。到時不僅採不到藥，怕是還得連累我揹著妳下山。」想讓秦念趕緊穿上他的袍子。

秦念聽著韓啟這番話，也覺得有理，於是接過韓啟的袍子，在韓啟早早鋪了枯葉的地上睡下。

韓啟卻不敢深睡。

在深山老林，最怕的就是野獸了。

其實，他早早便發現有幾雙綠色的眼睛在盯著他們，知道是狼來了。

他很清楚，狼怕火，只要他們不動，把火堆再燒旺些，這群狼就不敢近身。

一整夜，韓啟在半睡半醒間度過。

倒是秦念，睡得深沈至極。

半夜，狼群試圖靠近火堆，韓啟拿著石塊用力敲擊著地上的大石，把狼群嚇跑。

這麼大的聲響，秦念竟然也沒醒，真是個沒心沒肺、膽子像天一樣大的姑娘！

韓啟卻不知，他這般擊石的聲響，到了秦念夢裡，卻是韓啟穿著一身絕豔的紅衫，提著鞭炮在迎親。

所迎之人，自然就是她了。

翌日，秦念笑著醒來，見韓啟還在睡，不想驚擾他。

她把快要熄滅的火堆重新生起來，在附近摘一把野菜和幾顆菌子，在溪水裡洗乾淨，放進之前裝醬牛肉的陶碗裡，煮起野菜湯。

煮好湯，再將冷透的兔子肉烤熱，這般葷素搭配，吃著才不膩。

兔肉的香味將韓啟饞醒，這種一睜眼就有東西吃的感覺，簡直太好了，就像是回到了過去。雖說不是那般飯來張口、衣來伸手的富貴日子，但心底卻比過去還要舒坦百倍。

秦念對他一笑。「啟哥哥，快去溪邊洗把臉、漱個口。」

韓啟打量著秦念，昨日被葷腥滋養過的姑娘，又睡了個飽飽的覺，此刻在朝霞下，臉色紅潤清透，一雙眸子清澈漆黑，再配上秀美山色，此情此景像極了一幅絕美的畫卷。

若是有筆有墨，他定會將這景色畫下來。

秦念見韓啟像昨日那般呆呆地瞧著她，臉一熱，忙低下頭，心裡像是藏了一顆太陽般，暖得燙人。

韓啟被秦念抬眼又低頭羞澀一笑的模樣驚醒，也紅了臉，連忙從地上爬起來，小跑著去了溪水邊。

接下來，他們填飽肚子，到附近的山谷裡找藥草。

韓啟說，今日最多只能走到這個地方，若是再走遠些，怕是日落前趕不回村裡。

「咦！那邊有什麼在動？」

秦念快走到山谷時，看見有個尖尖的、像樹枝一樣的東西在移動。

韓啟心中一喜，噓聲道：「念兒，小聲點，那是頭鹿。」將背上的弓箭取下來，開始張弓搭箭，小心翼翼地朝著那頭鹿的方向追去。

秦念連忙靜靜跟在韓啟身後，一邊看著韓啟獵鹿、一邊留意腳底下有沒有好的藥草。

走沒多遠，當真有一棵。

秦念仔細看著腳底下的草，像極醫簡上所畫的何首烏。

她蹲下身，拿起別在腰上的小鐵鋤，連著草的根部挖出來。肥厚的黑褐色根莖，看起來有手有腳有身體，形狀像是個人，這不正是何首烏嗎！

秦念興奮至極，抬眼準備喊韓啟，卻發現韓啟不見了蹤影。

看來韓啟是追那頭鹿去了，她不敢大喊，怕驚了鹿，索性待在原地等。之前韓啟說過，如果兩人不小心走散，就在原地等著，不能瞎跑。

秦念把這棵何首烏沾上的泥土清理乾淨，放進背簍，又在附近尋找起來。

當她走到一棵大樹下時，手臂上猛然感到一陣刺痛。

「是蛇！」

天啊，一條足足半丈長的黑花大蛇咬中了她的手臂。

秦念嚇得往後一仰，摔倒在地，看著那條蛇在咬過她之後便後退滑走，懸得緊緊的心稍稍鬆弛下來。

但那條蛇是毒蛇，若不及早救治，只怕她會殞命在此。

她深吸幾口氣，鎮定下來，連忙吸出手臂上的蛇毒，再吐掉。

幸好韓啟一路上有跟她講解深山老林裡的各種危險，倘若遇上了要如何處理，其中一件便是蛇咬。

秦念在醫書上看過，有好幾種藥草能治蛇毒，韓啟說過，在這片山嶺，重樓最多，萬一遇上蛇咬，就用重樓。

她在腳下尋了一番，當真是她命不該絕，踩在腳底下的一株七葉草，正是重樓。

她連忙把重樓的根挖出來，也顧不得根上有泥土，直接放在嘴裡咬破，啃掉髒兮兮的外皮，再將整條根嚼碎，嚥下汁液，吐出碎渣敷在傷口上。

接下來，她不敢再亂動，以免蛇毒在體內流竄。

第十二章

小半個時辰後，一道道呼喚聲在山間響起。

「念兒，念兒……」

秦念在地上歇著，不敢隨意移動，怕蛇毒會浸入臟腑，只輕輕地回應了一聲。「啟哥哥，我在這裡。」

深山寂靜，秦念的聲音雖不大，但韓啟聽到了。

不一會兒，韓啟扛著一頭大鹿朝秦念氣喘吁吁地跑來，猛然見到她臉色蒼白，手臂上綁著一條粗布帶子，急問道：「念兒，妳怎麼了？」

秦念非常鎮定地說：「被蛇咬了。」

韓啟忙把背上沈重的鹿往地上一扔，蹲在秦念面前，仔細查看秦念手臂上的傷。知道秦念採了重樓治蛇咬，他心中一鬆。「幸好妳想得到自救，不然就死定了。」

秦念淺淺一笑。「我死不了的。」

重活一世的人，怎麼可能在這個時候死？要死，也是在她十六歲那年吧。

她希望這世不要再重蹈覆轍，將來不要與康家兄弟有任何牽連。哪怕康岩待她極好，她也不要。

只要不與康岩成親，康震就殺不死她！

但轉念一想，這世的改變如此多，又怎能斷定這些呢？

這時，韓啟從懷裡掏出小藥瓶，拔開木塞，掏出一顆麻灰色的小藥丸，往她嘴邊一送。

「念兒，把這個吃下去，這是解毒丸。」

雖然秦念處理得及時，又用上重樓，但他擔心秦念先前中過毒，身體還沒有完全恢復，很是虛弱，所以拿出他從以前家中帶來的解毒丸，讓她吃上一顆，便可保證絕對無事。

秦念二話不說，張口吃下解毒丸，不過一會兒，便覺得身體輕鬆許多，頭腦也不昏沈了，手腳也有力抬動。看來，解毒丸解了她體內餘下的蛇毒，真是藥到病除的神藥。

「啟哥哥，我挖到了一株何首烏。」秦念恢復精神，心情格外好，起身將竹簍裡的何首烏拿出來給韓啟看。

韓啟見這何首烏成了形，也驚喜萬分。「這麼大個的，一定是有些年分了。」

秦念也笑著點頭。

四周瀰漫著腥甜的血氣，秦念的目光落在旁邊那頭死鹿身上。

韓啟忙將何首烏擱回秦念的竹簍裡，又取下腰上的牛皮水壺，笑著舉到秦念眼前。

「念兒，我取了些鹿血，待會兒煮給妳喝，可以幫妳滋補身體。」他忽然語氣一頓，又搖頭。「不行不行，妳剛中了蛇毒，不能吃這些。我拿回去煮了，過兩日再給妳吃。」

秦念看著眼前沾著鹿血的水壺，還有韓啟俊臉上的心疼，心底一暖，粉唇微微彎起。

「啟哥哥，你真好。」

韓啟時時刻刻都在想著，她的身體要如何滋養才能好，簡直太讓她感動。

不知為何，她覺得這一世的韓啟，比上一世對她還要好。

因為多了一頭十分沈重的鹿，秦念和韓啟沒辦法再去找藥草。其實獵到這頭鹿，可說已經找到最好的藥材了。

鹿的全身都是寶，鹿角有溫腎陽、強筋骨、行血消腫等功效，還可製成鹿角膠、鹿角霜。鹿的骨頭可以補虛弱、壯筋骨，也可熬製成骨膠或骨粉。

鹿尾治腰痛之症、益腎精和頭暈耳鳴。另外，鹿心、鹿鞭、鹿筋皆可入藥。

對了，韓啟正缺治療外傷的縫線，剛好拿鹿筋來用。

下山的一路上，韓啟都在跟秦念說鹿身上部位的藥理，還說要幫她製幾味藥，調理氣血。唯有氣血充足，身體才會強壯。

韓啟說完藥理，又道：「念兒，到時我將這塊鹿皮刮乾淨，妳用它來做皮襖。」

秦念心裡感動得不得了。「啟哥哥，你別總想著我，昨晚你便說要將那兔皮弄出來，給我做圍巾和手套。這塊鹿皮你可以自己留著做皮襖，或給你爹爹做也行。」

這頭鹿是韓啟獵的，她不能將好東西都歸給自己。

韓啟卻道：「我和我爹爹都有冬襖，倒是妳……」看著瘦瘦弱弱的秦念，身上打了好幾處補丁的衣衫，短到不能再短。「初見妳時，天氣正冷，妳就穿著現在這套衣裳，那時便想著，妳應該要有件襖子。現在既然獵了頭鹿，剛好可以給妳做皮襖，這樣下次入冬時，便不會再受凍了。」

那時，他天天給秦念送藥，瞧見她縮得像隻蝦米一樣，在又薄又硬的被窩裡，凍得瑟瑟發抖，看來往後還得尋思著替她換床軟綿綿的厚被。

秦念聽他這麼說，便不再堅持了。

韓啟對她的好，她會記在心裡。若是她能與韓啟有未來，會千倍、萬倍地待他好。

兩人終於趕在天黑之前下了山，進到村裡，天色已經全黑。

正因為天黑，韓啟扛著鹿，才沒有驚動別人。

韓醫工看到韓啟獵了頭鹿回來，也很高興，連忙幫著將鹿血倒進鍋裡，添木柴生火煮了，又仔細切下鹿身上的各個部位，妥善處理。

秦念幫了一會兒忙，韓啟擔心她受累，便叫她回去，也免得她娘和哥哥擔心。

當秦氏看到秦念安然回家，一直懸著的心才放下來。

秦正元幫秦念卸下背上的竹簍，查看一番，見裡面的藥草並不是很多，只有半簍。

「念兒，妳進了深山，採的藥草怎麼比前天還要少？」

秦念看著秦正元疑惑的眼神，笑了笑。「雖是比前天少，但這半簍子藥草，卻比那些貴上幾十倍。」

秦正元聞言，立時笑開了。「真的嗎？」

秦念笑著點頭。「嗯，啟哥哥還獵了頭鹿呢！」把手中抱著的大陶罐遞給秦正元。「這是他送給我們吃的鹿肉，有好幾斤重。」

這頭鹿起碼有一百多斤，但韓啟怕康家人惦記這些肉，所以每次只給秦念幾斤，等他把鹿肉曬成肉乾，往後可以分次拿給她吃。

秦念想著，韓啟真是細心，曉得提防康家人。

韓啟自然是會提防的，先前好幾次他送雞蛋什麼的食物給秦念，楊氏撞見後，等他走了，便去找秦念要。

不過是雞蛋，楊氏都這般不要臉地上門討，若讓她知道秦念這邊有鹿肉，豈不來搶啊！上回聽說秦正元獵了一頭兔子和一隻野雞，就被康家人搶走，連塊皮都沒有給秦念這邊留。

倘若康家人是好人，韓啟自是不會小氣，但康家人毒害秦念之事，他是銘記在心的。

第十三章

秦念歎了口氣，坐上飯桌，問秦氏。「娘，捎信給繼父的事，您和哥哥辦妥了嗎？」

以前他們住在縣城，來白米村後因日夜勞作，沒工夫去鎮上，對鎮上不太熟，所以秦念擔心秦氏找不到捎信的地方。

秦氏道：「在鎮上找了個會去鄰縣的貨行，想必能送得到吧！」她也不是很肯定。「總之，要是過個十來天，妳繼父沒有回來，也沒有信，我便去尋他，讓他回來把家分了。」

「分家？你們倒是想得美！」

這時，一道尖利的暴喝聲傳進巴掌大的小廚房，把秦氏母子嚇了一跳。

秦正元看著楊氏帶著康琴和康震走進來，連忙快手快腳地把桌上的鹿肉藏到桌子底下。

秦念見他變得如此俐落聰明，覺得十分歡喜。看來上次被康家人搶了兔子和野雞，吃一塹，長一智。再加上先前在秦念的謀劃下，由韓啟帶著他拿到楊氏的毒藥，又聽了韓啟的教導，大起膽子射康震一劍，面對康家人時，不再那般懦弱了。

秦氏看著楊氏黑青得像殭屍一樣的臉色，心裡有點發怵。

秦念悄悄握了握她的手，附在她耳邊低聲說：「娘，您別怕她。越怕她，她越欺您。」

秦氏聽女兒這般說，立時鎮定下來。沒想到女兒生過一場病後，說話做事與先前大不相同。女兒變得堅強起來，她這個當母親的，更需要剛強些，唯有這樣，才能護得一雙兒女安然長大成人。

楊氏雙手扠著腰，站在秦氏面前，虎著臉道：「阿蓮，這兩日不見你們幹活，原來是跑到鎮上給有田捎信去了。妳剛剛說的分家，到底是什麼意思？」她簡直不敢相信，一向老實任她擺布的秦氏會忤逆她不幹活，還說出分家之言。

秦氏學習儒家之道長大，即便楊氏不善，但楊氏是她的婆婆，說話還是會忌憚幾分。於是，她語氣平和地說：「娘，康家的田地這麼多，光由我和正元來耕種，實在有點吃不消。」

站在楊氏身側的康琴聽了，指著秦念。「不是還有秦念嗎？你們有三個人，怎麼就種不了那些地了？」

秦氏冷冷掃了康琴一眼。「琴兒，妳可比念兒還大上兩歲。」又望著康震。「震兒也比正元大兩歲，怎麼就不見你們去種地？」

康琴被秦氏堵得說不出話。

康震冷哼一聲。「嬸嬸，妳跟外人生的兒子和女兒，平白無故住我們康家的房子，吃我們康家的糧食，不該做點事情來回報嗎？」

楊氏覺得大孫子說得十分有理，抱胸昂首，兩條稀疏粗黃的眉毛往上一揚。「正是如此！你們娘兒三個就該種地幹活，這樣才對得起我們康家。」

秦念看著母親被康震頂得腦子一時轉不過彎，立時衝著面前的老妖婆楊氏道：「我娘是繼父明媒正娶來的，不是你們康家花錢買的奴隸。」

「哈！」楊氏看著秦念，又把目光定在秦氏那張風韻猶存的美顏上。「阿蓮，妳帶著兩個拖油瓶嫁到康家，我兒還不如去買個奴隸來，起碼能做事，能生兒子，還能省口糧。可妳呢？與我兒成親兩年多了，光是吃我們的、住我們的，也沒見有個肚子。」

秦氏聽到這裡，有點心虛了。

秦念忙替她回嘴道：「繼父被妳趕去鄰縣做工，我娘的肚子怎麼大得起來？」

秦氏心頭頓時湧上萬分委屈。她倒是願意與康有田生個兒子，但她與康有田處不了幾天，康有田就去了鄰縣，任她一個人，怎麼可能生得出兒子來。

再說了，她自小嬌生慣養，後來嫁給前夫，住在縣城的日子也是十指不沾陽春水。可自從嫁到康家後，她沒日沒夜地幹活，又吃不飽，這兩年越發覺得身體不好，月事的量非常少，實在難以生養。

楊氏見秦氏的臉色發白，原先嬌豔欲滴的紅唇沒有一丁點顏色，遂道：「怕是妳娘生你們兩個時壞了身子，往後不能生養了吧！」

康琴忙接話道：「奶奶，既然嬸嬸不能生養，不如把他們三個趕走，讓二叔重新娶個娘子回來。」

楊氏瞪了康琴一眼。

秦念高興地道：「好呀！反正我娘在康家不受待見，我們就走吧！」說罷，拉起秦氏和秦正元，準備走人。

楊氏一見便急了，展開雙臂攔住他們，對秦念吼道：「我兒娶妳娘可是花了本錢的，哪能說走就走？」

秦氏被秦念這般一鬧，本有點難堪，見楊氏挽留，心裡忽地一鬆。

秦念看著康琴，說道：「她都趕我們走了，我們當然要走呀！反正在康家，我們也是待不下去的。」

秦氏看著女兒那張對康家不屑一顧的臉，明白了，她這是要嚇一嚇楊氏這老妖婆。

「走什麼走，我只是來問一問你們怎麼不幹活，還說什麼要分家，到底是鬧哪一齣？」楊氏的聲音低了幾分，說話也沒有那麼衝了。

秦氏索性不回答，讓女兒與這老妖婆對峙。

秦念道：「剛剛我娘已經說得很清楚了，康家的田地這麼多，你們不幫一丁點的忙，把我們當成奴隸一樣使喚。不，連奴隸都不如，起碼主人家會給奴隸吃得飽飽的再幹活，更不會毒害奴隸。」說著，凌厲目光剮向楊氏，令楊氏不敢與她對視。

「妳說的是什麼話，什麼毒不毒的，沒有這回事。」楊氏索性來個不認帳，反正這件事已經過去，即便秦氏母子再拿出來說，也沒有證據了。

秦念一眼便洞穿楊氏的心思，冷冷一笑。「康奶奶……」以前她還叫楊氏為奶奶，現在連著姓氏一起喊，分明是不認這個奶奶了。「妳買毒害我的事，雖然過去了，但若交給官府來查，還是能查得到的。」

「怎麼可能查得到？」楊氏一聽便急了，冒出這般等同認罪的可笑話語，又覺得自己說錯了，慌忙改口道：「沒有的事，官府不可能查得到。」

康震的腦子好一些，聽見話拐遠了，連忙扯回來。「我奶奶在說分家的事呢！我們好好的一大家子人，幹麼要分家？」

若是分家，那地便沒有人種了，他身為康家男丁，就必須下地。他可是要做大事的人，怎能去做種地這樣的賤活。

秦念不想再與他們多糾纏。「這個家是一定得分的，不然我們娘兒三個會被你們欺負死。若不分家，那我們走了便是。」

楊氏看秦念滿臉堅決的樣子，覺得這小妮子不像以前那般好擺布了，看來不能再與她計較，遂將目光移到秦氏臉上。

「阿蓮，妳可是我家有田花錢娶回來的女人，要是敢走，我會……」本想說去報官，告秦氏騙婚，但她忌憚自己曾下毒害秦念，不敢再提報官之事。

秦念一聽楊氏這話，心裡又來了氣，盯著楊氏頭上的金簪子質問道：「康奶奶，我記得繼父娶我娘時，不過只替她打了一對耳鐺，和一只手鐲，還都是銅的。可我娘卻將城裡那套家什，還有她積攢下來的金銀首飾和布疋全帶到康家來，另外還有三千銖錢，全被妳搜刮走，連繼父給我娘打的手鐲都要去了。」想罵楊氏一句「妳要不要臉呀」，但還是忍住了。

原先康家一窮二白，大房那裡，連把像樣的椅子都沒有。後來秦氏嫁到康家來，楊氏便將秦氏帶來的家什都搬去大房那邊，自己也住在那裡。

這兩年來，楊氏又打著各種名目找秦氏要東西、要錢，最終把秦氏壓箱底的金銀首飾、布料和錢搜刮了個一乾二淨，之前才會沒錢醫治秦念。要不是碰上韓醫工父子倆，後果不堪設想。

楊氏聽著這些話，臉黑得像死灰一般，猛地一跺腳，指著秦念罵道：「妳這死蹄子，竟然敢這般跟長輩說話，看我不打死妳！」理說不通了，索性不動嘴，直接動手，揮起拳頭要打秦念。

秦正元忙上前阻擋，康震見楊氏要吃虧，一步邁上前就打秦正元。

就在雙方你一拳、我一爪，打得難捨難分之時，門外忽然傳來一道厲喝。「住手！」兩邊的人停手，齊齊朝門口一看，發現韓啟橫眉怒目地站在門口。

對於韓啟，康家人還是非常忌憚的。

康琴心儀韓啟，自不用說。而楊氏身上有隱疾，見韓醫工醫術過人，還指望著要找韓醫工看病。

至於康震，他腿傷好後，曾想去找韓啟麻煩，卻見韓啟正在韓家院子裡舞刀弄劍，那叫一個出神入化，把他嚇得掉頭就跑。自此，他也在自家院子裡開始揮刀弄鋤，卻舞得毫無章法，康琴總說他這般像極了玩雜耍的猴子。

韓啟上前，把秦念他們護在身後，對楊氏厲聲道：「康奶奶，秦念做錯了什麼，妳要如此欺負她？」

楊氏想起先前韓啟搶她毒藥瓶子那一幕，像個癟了氣的魚鰾一樣，立時收手，後退幾步，放低聲音。

「韓哥兒，念兒想攛掇著她娘離開康家，但她娘可是我兒花了錢迎進門的，還等著她給我們康家生兒育女呢！」

韓啟聽楊氏這話說得好像秦氏是被康家花錢買來的一樣，冷道：「剛剛秦念的話，我可是聽清楚了，康奶奶說妳兒子花了錢將秦二孃迎進門，但秦二孃不也倒貼了那麼多的嫁妝嗎？若妳不承認這事，那我們去找里正大人論一論，要是論不出個曲直來，去報官也成。但康奶奶這般動手打人，想立私刑，那是行不通的。」

「我沒有打她。」楊氏說罷，指著秦正元。「是這小兔崽子揮拳要打我！」

秦正元忙道：「我沒有要打妳，我只是護著念兒。」

秦念捂著臉。「我哥是要保護我，並沒有要打她。」嬌嫩的小臉上，被楊氏這老妖婆撓出一條明晃晃的血印。

秦正元也被康震揮了一拳，直直打在眼眶上，此刻已經紅腫起來。

再看楊氏和康震，還有剛迎上來要幫忙的康琴，他們三人完好無損。

這論理也論不過去呀！

楊氏不敢與韓啟硬碰硬，於是自找臺階下，對秦氏大罵一聲。「阿蓮，我告訴妳，妳想出康家的門，那是不可能的，要分家更不可能！」袖子一揮，轉身快步離開了廚房。

康震不甘心地怒瞪韓啟一眼，卻也無可奈何。

至於康琴，剛才她一爪子要撓在秦念臉上時，韓啟進門，被他瞧了個透。

她羞憤至極，忐忑不安地跟著楊氏和康震出去，還一步一回頭，戀戀不捨地看了韓啟幾眼，這才消失在院門口。

第十四章

康家祖孫一走，廚房立時安靜下來。

秦氏幾步上前，對韓啟微微鞠躬。「多謝韓哥兒相助。」

韓啟虛扶一把。「秦二嬸別客氣，剛剛是康奶奶太無理了。」說罷，移步走到秦念面前，蹙著俊眉打量她臉上的傷。「念兒，妳沒事吧？」

此刻暮色漸深，但秦念臉上的血印子仍能被看得清清楚楚。

秦氏瞧著韓啟對女兒關切的模樣，心情格外複雜。

若韓啟有好的家世，秦念與他倒是絕配，但韓啟一看便是從京城淪落到白米村的，雖說往後能往上走，但往後的事情，誰能說得準？萬一韓啟打算一輩子待在這山溝裡，那秦念豈不是也得一輩子窩在白米村！

這時，秦正元想到了被他藏起來的鹿肉。「娘，肉還擱在桌底下呢！」想想也驚險，要不是康家祖孫的心思都在他們身上，那碗鹿肉大概保不住了。

秦氏道：「不急，待會兒再吃。」

韓啟忙接話道：「秦二嬸，我把鹿皮拿來了，放在念兒房裡的床底下，您有空就幫念兒縫件皮襖，若能做雙靴子，也是頂好的。」看向秦念那雙腳，腳上的麻布鞋早破了幾個洞，大腳趾都露在外面呢。「這兩天念兒跟我上山，被這雙鞋折騰得夠慘，腳破了好幾塊皮。」

秦氏笑道：「韓哥兒真是個有心人，能得你照拂，是我家念兒的福分。你不用著急，我會看看那塊皮子，斟酌著給念兒做雙能穿上山的皮靴。」

「嗯！」韓啟高興地點點頭。「你們先吃飯吧，念兒也餓了。」

「我不餓，這兩天肉吃得多，還沒有消化呢。」秦念羞澀地看著韓啟，又瞧秦氏，有點不好意思。

秦氏聽著韓啟一口一個「念兒」，叫得可親熱，糾結而尷尬地笑笑。「行，我們先吃，吃完了替念兒做靴子，做完靴子再做皮襖。反正冬天剛過，不急。」

韓啟聽著，怕是自己失禮了，忙道：「秦二嬸，那塊皮子大，加上念兒獵的兔子皮，您和正元都可以做一件襖子和靴子。要是不夠，過幾天上山我再去獵來湊數。」或找村裡的獵戶買幾張皮子也行。

秦氏心裡裝著事，不知道該說些什麼，對韓啟微微躬身。「多謝韓哥兒。」

「嬸子太客氣了。」韓啟說罷，從腰間摸出一只精緻的小藥瓶給秦念。「把這傷藥抹在臉上，就不會留疤。」

秦念接過藥瓶，抿唇微笑著點點頭。

韓啟又仔細地看了秦念臉上的傷一眼，這才轉身離去。

隔壁的康家大院裡，康震對楊氏說：「奶，剛才在那邊廚房裡，我聞到一股肉香。」

康琴猛點頭。「嗯，我也聞到了。」

楊氏瞇著老眼細細一想，又嗅了嗅，搖搖頭。「我沒聞到呀！」

「莫非他們躲著吃獨食？我去看一眼。」康震說著，就要走人。

「昨日秦念進山了，定是韓啟獵了東西給她。」康琴也準備跟去。

楊氏一把扯住他們。「你們別去，不知韓哥兒走了沒呢！再說，我真的沒有聞到。」

「奶奶，您這是老了，鼻子不靈。」

楊氏聽到康琴這般頂撞自己，頓時火冒三丈，一揮拳打在康琴的肩頭上，罵道：「死妮子，怎麼這樣說妳奶奶呢？」最容不得人說她老。

康琴吃疼，捂著肩哭道：「就是嘛！我聽別人說過，人年紀大了，眼睛、鼻子什麼的，就不靈了。」

康震見楊氏又要揮拳揍人，忙把康琴拉到一邊，又安慰楊氏。「奶奶，琴兒不會說話，您別跟她計較。」

楊氏嗔罵一句。「這妮子的嘴，的確是臭得很。」

康琴剛在韓啟面前出醜，又被楊氏一罵，心頭更加委屈。再加上她想到秦念居然跟韓啟在山裡待了兩天，更加鬱悶，嗚咽一聲，哭著朝自己屋裡跑了。

另一邊，待秦念將廚房收拾乾淨後，便隨秦氏去了她屋裡，在床底下找到那塊被刮洗得乾乾淨淨的鹿皮。

「韓哥兒真是仔細，這皮子不僅刮得乾淨，還弄得沒有一丁點難聞的腥氣。」秦氏拿著沈沈的鹿皮，心裡歡喜得很。

秦正元看著這塊鹿皮，昏暗的油燈下，一雙眼睛像發了光一樣。「娘，下回我也要隨念兒和韓啟上山打獵。」

秦氏卻搖頭。「如果真能分家，那我們分得的地，還是要種的。」又嘆了一聲，抬眼看向屋外。「其實我心裡有點打鼓，不知道你繼父會不會回來，這家分不分得成？」

秦念道：「若是分不成，那我們就不下地，等到分成了再去幹活。種地也只種我們自己那份，絕對不能幫康家大房那邊種。」

秦正元猛點頭。

見秦氏還是有些憂心，秦念勸她。「娘，人善被人欺，您想想這兩年待在康家忍辱負重，得到了什麼？」

秦正元附和道：「就是呀！娘，我們累死累活，吃不飽飯，念兒還差點被他們毒死。」

秦氏看著面前這雙原本極有精神的兒女，自到了康家後，瘦得像根乾柴一樣，心頭一酸，眼角溢出淚水，將秦念和秦正元的手齊齊握在手心。

「都怪娘沒用，本來想著找個繼父讓你們過好日子，沒承想這日子越過越差，還差點害死念兒。」

秦氏說著，神情嚴肅起來，目光泛著厲色。「你們說得對，人善被人欺，我秦蓮這次豁出去了，萬一康家人不肯分家，我便帶著你們走。若是你們繼父不願和離，就算逃，也要逃出這白米村。」

反正他們在康家混得一無所有，除了人，也沒有一丁點值當的東西，要走容易得很。

秦念見母親下了這樣的決心，心頭甚覺安慰。但因為韓啟在這裡，她暫時不能離開白米村，所以這次一定要讓康家人分家。

娘兒三個說了一會話後，秦氏拿起鹿皮在秦念身上比劃，秦念又讓秦氏用鹿皮比了比她和秦正元的腳，得先做出三雙靴子來才行。

秦氏卻道，她與秦正元穿靴子太招眼了，還是先替秦念做兩雙靴子、兩件皮襖。

秦念拗不過秦氏，心想反正過幾日又要隨韓啟上山，而且她已經學會了打獵，之後再多弄些皮子給母親和哥哥便成。

這晚，秦氏熬夜幫秦念做靴子。秦念因為爬山受了累，早早躺在破床榻上歇息了。

隔天，韓啟早早就來找秦念。

「念兒，妳不是說，要跟我習武嗎？」

今日韓啟穿了件緊身短衫，下面是合襠褲，加上俊秀的面容，顯得格外神采奕奕。

秦念揉著惺忪的睡眼，喃喃道：「今兒不是要做梨膏糖嗎？」

韓啟道：「既然要練武，那每日晨起的鍛鍊是不可少的。妳隨我在村子裡跑上幾圈，再去我家，我教妳做梨膏糖。」

秦念聽到這裡，精神為之一振，興奮地點點頭。「行，你等我梳洗一下。」忙跑到院子裡的水井邊洗漱去了。

第十五章

這時，秦氏也早早地醒了。昨夜她幫秦念做靴子做到半夜，已經做好了。

此刻，她聽到動靜，開了屋門，對站在院子裡的韓啟道：「韓哥兒，你來瞧瞧我替念兒做的靴子，看怎麼樣。」

韓啟向秦氏躬身問安後，便隨她進了屋。

秦氏出自大家，總覺得韓啟不似一般的孩子。

韓啟十分有禮，這些教養不是尋常人家可以有的。還有，他舉手投足之間，自有一派風度和貴氣，明顯是高門出身。

聽韓啟口音，秦氏猜測他是京城人，怎會隨他爹移居到這個小山村？她探問過韓啟幾次，但他總是岔開話，不肯說出實情。

韓啟拿過秦氏遞給他的皮靴，發現縫得甚是精巧，驚嘆不已。

「秦二嬸，沒想到您會縫這種靴子。」這樣式，分明是世家大族的閨閣女子才會穿的。之前秦念向他提過秦氏的身世，也是個可憐人，本是貴女，最終卻淪落到山村裡，受康家人的欺負。

秦氏輕輕一笑，解釋道：「年少時經常跟我娘一起縫這種鞋子，我也只懂得這樣縫。」

韓啟笑道：「念兒一定還沒有看過吧！」剛剛他可是把秦念從她屋裡喊出來的。

秦氏望向門外。「還沒有呢。」

「娘，您是說我的靴子做好了嗎？」

秦念清亮的聲音傳進屋裡，緊接著提起破破的裙襬進了屋。

韓啟把手中的皮靴遞給秦念。「念兒，妳趕緊穿上吧。」穿好一點的靴子，出去跑才不會硌腳。

「哇，這靴子真好看！」秦念興奮地看著秦氏。「娘的手藝真好。」

秦氏滿臉慈祥。「快些試試，看能不能穿。」

秦念忙坐在床沿，將腳上的破鞋一腳蹬了，歡歡喜喜換上這雙她從未見過的鹿皮靴子。她親生父親在世時，雖然日子過得不錯，但穿的都是布鞋或木屐，還沒有穿過皮靴呢。

「很合腳，不大也不小。」

秦念站起身，在地上踩來踩去。

韓啟見秦念高興，也十分開心。「過幾日上山，念兒穿上這雙靴子，就不會再喊腳疼了。」

秦念笑著抬頭看韓啟，抿唇直點頭。

韓啟對她招手。「走，跟我出去跑跑。」

秦念應好，坐回床沿，想把靴子脫下來。

韓啟卻道：「別脫，村裡的路不平，妳穿著靴子才好跑。」

秦念看秦氏，秦氏笑著朝她點頭。「念兒，穿著吧。」

秦念立時下床，衝到韓啟面前，一把牽住他的手，一溜煙跑了出去。

秦氏看著兩個孩子的背影，自言自語地笑道：「這妮子，也不知道男女授受不親。」

不知道為什麼，她似乎有點默許韓啟與女兒這般好了，但一想到女兒將來極有可能與韓啟在這小山村待一輩子，又非常不甘心。

山村的小道上，秦念跑在韓啟身後，已是氣喘吁吁。

「啟哥哥，我不行了，得歇一會兒。」

韓啟停下來，跑回秦念身邊，撫著她的背，幫她順氣。「念兒，妳若是想學武，得先有個好身體。往後妳隨我上山，倒是個鍛鍊身體的法子；若沒上山，每天就得這樣練。」

他說完，看著東邊升起的太陽，道：「直接跑回我家吧！我教妳幾招簡易的拳法，這樣萬一有人對妳不利，也可應對。」

秦念一聽，便想起康震來。她跟韓啟學武，就是為了對付康震。

「走，我歇好了。」

「好。」

兩人再度跑起來，秦念想到要學拳法了，心裡高興，跑得更賣力了些。

到了韓家，韓醫工正在院子裡碾藥草，秦念與韓醫工打過招呼，便在韓啟的教導下，學習拳法。

韓醫工看著秦念學起武來，倒是有模有樣，心道這姑娘是個聰明伶俐的。

只是，如今韓啟與她處得好，將來怕是個麻煩。

不過，秦念還小，未必對韓啟存有那份心思。

想到這裡，韓醫工的心情又輕鬆了些。

今日的主要活計還是做梨膏糖，秦念練了半個多時辰的拳法後，便跟著韓啟進了屋。

韓家與康家的宅子一樣，都是夯土所建，面闊三間。

白米村的男人們多數以替人蓋房為生，所以村子雖小，建的房子卻比一般村子要好些。

當初韓醫工帶著韓啟到了白米村，找里正打聽村裡有沒有人要賣房子，或是能否建兩間簡單些的屋棚。恰好這戶人家搬去鎮上，已經有兩年沒回來住，里正就找人尋了那戶主子來，韓醫工出的錢不少，便將這房子賣給他。

三間房，韓啟和韓醫工各住一間，另一間偏房用來堆放藥材和雜物。

這時，秦念跟著韓啟進了偏房，去拿做梨膏糖的材料。

昨夜韓啟託了去鎮上賣山貨的村民李二叔，幫他買梨子和冰糖回來。李二叔半夜就動身去鎮上，辰時剛到便回村，把東西交給韓啟。

偏房內，韓啟從櫃子裡找出一道道藥材，讓秦念來認。

「半夏、杏仁、甘草……」

秦念唸著藥材的名字，激動得簡直要哭。「這些藥材，都要給我做梨膏糖嗎？」

韓啟抬手輕撫她的頭，笑道：「自然是要給妳了。」

秦念道：「那這些藥材，還有買梨子、冰糖的錢，等我賣了梨膏糖之後，都還給你。還有，你得拿大半的利潤，我只分些跑腿賣貨的錢就成。」

如今她手上沒有本錢，僅能靠韓啟幫助，但她不想占韓啟的便宜。

韓啟又在秦念的頭上摸了一把，笑容更盛。「傻念兒，這些藥材於我來說，都不是稀罕東西，妳要用就拿去用。梨膏糖若是賣了，妳把賺的利潤都留著當本錢。」

秦念嘟嘴。「那可不成，是你的就必須歸你。」說著，又蹲下來仔細辨認藥材。

她在偏房裡看到不少寶貝，甚至連靈芝這樣名貴的藥材都有。

韓啟附在秦念的耳旁，低聲道：「念兒，要不，妳拿這靈芝去換錢吧！」

秦念被韓啟這番話嚇了一大跳。「不行，靈芝可是要用金子來換的。」說著，抬手摸摸韓啟的額頭。「你是不是發燒了？腦子燒糊塗了。」

韓啟知道秦念不敢收這靈芝，只是笑笑了事。

反正秦念還沒有到需要他送靈芝的時候，要是往後真的缺錢，他定會賣了這靈芝，換錢給秦念。

不知為何，對於秦念，他好像不管什麼東西都捨得。

接下來，韓啟將昨夜寫在白紙上的藥方交給秦念，讓她保存好。這可是生財的秘密，切不能讓康家人知道。

白紙於平常百姓來說，是極其稀罕之物，秦念拿著這張潔白的紙，看著一個個方正有力的墨跡躍於紙上，心情有點激動。

但這紙縱然金貴，她也不打算留，把藥方熟記在心裡之後，便將紙撕碎了。

韓啟不解。「念兒，妳幹麼撕了？」

秦念粉唇彎彎。「我過目不忘。」

對於這點，韓啟深信不疑。先前他拿給秦念的古老醫簡，她不過看了一遍，便能背下來。帶她上山採藥，一路來她沒有弄錯任何醫簡上寫過的藥草。

「那我們開始配藥吧！」

韓啟說罷，彎身要幫忙，秦念卻道：「我自己來就好，我也想試試我配得準不準。」說完，她按照方子上的藥材和分量，開始抓藥材。

藥材總共有十多種，要說這梨膏糖是秘方，還真是沒有說錯。

一會兒後，秦念配好，讓韓啟看過，配得十分準確，便帶她去廚房，準備熬糖了。

第十六章

廚房裡，韓啟洗鍋燒火，秦念削梨備藥。準備好後，韓啟便開始教秦念熬製梨膏糖。熬製梨膏糖可不是一件容易的事，火候和手法都需要把握得極好，稍有不慎就會糊了鍋底，也會影響膏糖的藥效。

韓啟手把手地教秦念，解說得仔細，最後梨膏糖出鍋，一丁點糊氣都沒有。

「啟哥哥，你怎麼這樣能幹，好像什麼都會做。」秦念欣喜地看著出鍋的梨膏糖，聞著濃郁的甜香味，忍不住誇讚了韓啟一句。

韓啟把鍋底的膏糖刮進陶罐裡，朝秦念一笑。「我還會做玫瑰膏糖呢，姑娘跟婦人吃了，對身體特別好。」

秦念腦海間幻想著玫瑰膏糖的樣子，問道：「可我們村裡沒有玫瑰花呀，也沒見鎮上有人賣。」

韓啟道：「我們村裡的確是沒有，鎮上也沒有，但離鎮上往北約莫二十里路左右，有一戶莊園，是專種玫瑰花的。那莊園可大了，足足有十來個白米村那麼大，種了成片成片的玫瑰花，一眼看不到邊。」

秦念聞言，十分激動。「等我有了本錢，就去那裡買玫瑰花。」

韓啟突然神情微凝，看著秦念。「那座玫瑰莊園的玫瑰花，專供應給長安城的皇宮和高門大戶，還有縣城的富貴人家。」後話自不必多說，平民百姓想要，怕是不可能。

秦念的腦子一轉，又想起韓啟的身世，出聲探問道：「啟哥哥，你是怎麼知道那座玫瑰莊園的？」

韓啟的聲音沈下來。「兒時跟著我母親去玩過一次。」

秦念聽了，識趣地不再多問，開始跟著韓啟收尾。

「接下來，可以挑些放涼的梨膏糖切成小粒，剛好我之前買的油紙還有剩，可以用來包裝，這樣放得久些。」

「好，那我先回去，看我娘和我哥怎麼樣了。」

韓啟見秦念臉上泛起一抹憂慮的神情，忙問道：「妳是在擔心什麼嗎？」

秦念點頭。「這幾日我要我娘和我哥不去田裡種地，想必康家那邊不會輕饒。」

韓啟道：「那我隨妳一起去，看康家那些人有沒有作怪。」

秦念忙擺手。「你還是別去了。我家的事情麻煩，不能事事叫你出頭。」

韓啟說：「我才不怕康家人呢！」他誰都不怕，就算是天王老子也不怕。

秦念輕笑。「你還是待在家裡吧。快午時了，你爹爹出去看診，待會兒回來，是要吃午飯的。」

韓啟想想也是，別等韓醫工回來，連午飯都沒做。

「啟哥哥，我先走了啊。等膏糖涼了，我再來與你一道切。」

「好。」

韓啟看著秦念小跑出去，瘦得如柳條一樣的背影漸漸消失在陽光下，唇角輕輕一彎，轉身回到廚房，心裡卻覺得空落落的。

還是跟秦念在一起有趣充實！

秦念剛走到家門前，便聽到屋裡傳來吵鬧聲。

她默默待在外面聽了半晌，正如她所料，楊氏是來找秦氏麻煩，想要秦氏和秦正元去種地，又說分家這事沒得談。

秦氏似乎被楊氏的一番歪理說得快要屈服了。

此刻，秦正元不在家，上山採野菜去了。幸好康震也不在，只有楊氏和康琴過來。

秦念忙一腳邁進門。「康奶奶，家若不分，我們絕不會去種地。」

脆亮的聲音與昂然的氣勢，把楊氏的氣焰生生壓倒了一半。

秦氏見女兒回來，頓時像是見到主心骨般，忙朝著她走過來。

「念兒。」一聲輕喚，卻像是在求助。

楊氏深吸一口氣，似是在做大戰前的準備，定要說出一番話，來壓制這嘴硬的小蹄子。

「秦念，這兩年妳可是吃著康家的飯菜長大的……」

「康奶奶。」秦念提高聲音，打斷楊氏的話。「我記得，這兩年康家的地都是我們娘兒三個種的，可妳給的糧食，讓我們連吃飽都沒辦法，我這條小命也差點交代在妳手上。」目光盯著楊氏的褶子臉，像把銳利的尖刀。

楊氏被秦念的目光所懾，氣勢弱了幾分。「你、你們不是還活得好好的嗎？」給糧和下毒這兩件事，她連提都不敢提，心裡有點發虛。

秦念冷哼一聲。「我活得好好的，是因為我命大。既然我死不了，便容不得你們康家人欺辱我們。」

楊氏被秦念氣得狗急跳牆，指著秦念大罵道：「妳這外來的野種，也配跟老娘我這般沒大沒小地說話？」將手重重一甩。「哼，等我兒回來，自會讓他收拾你們。」

她說罷，一轉身，氣沖沖地要走。

康琴卻拉住她。「奶奶，您看她腳上的靴子，莫不是從哪裡偷來的吧！」

楊氏的目光落在秦念腳上，瞧見那雙十分鮮亮的新皮靴，精神為之一振，猛地上前一把按住秦念，又朝康琴喊：「快來幫忙。」

秦氏慌了，瞧秦念的小身板抵不過楊氏的蠻力，她又不敢對婆婆動粗，只好去拉秦念。

秦念見母親關心則亂，大喊：「娘，您不能抱著我！」這般一抱，反倒叫她吃了虧。

康琴見秦念被楊氏按倒在地上，秦氏又抱著秦念，忙蹲下身抱住秦念的腳，將秦念腳上的新皮靴硬生生脫下來，轉身就跑。

楊氏見康琴得到了秦念腳上的皮靴，心裡暗讚了聲，起身朝秦念跺腳，罵了一句。「死蹄子，居然敢偷人家的靴子。哼，我、我……」一時說不出個什麼歪理來，索性轉身，慌忙跑了。

秦氏見辛苦幫女兒做的靴子被搶，又想著剛剛做錯事，反倒幫了楊氏和康琴，怨恨自己，遂摑了自己一耳光。

「都怪我！」

被按倒在地的秦念忙坐起身，一把抱住秦氏，安慰道：「娘，您可不能傷到自己。」

秦氏心裡自責，哭道：「可我剛剛扯了後腿，反讓她們欺負了妳。」

秦念將她的身子扶正，正聲道：「娘先不要著急，那靴子被搶了也罷，她們終歸是會吃虧的。」

秦氏收住眼淚，滿臉疑惑地看著女兒。「此話怎講？」

秦念道：「這靴子，康奶奶是穿不下的。康琴倒是能穿，她又是個愛炫耀的，必定會穿著這靴子去找韓啟。」說罷，抿唇一笑。

秦氏了悟，抹了把淚水，道：「念兒倒是越發聰明了，到時韓哥兒見康琴穿著靴子，說不定會生氣。只不過……」

秦念知道，母親是擔心，即便韓啟看見康琴穿著這雙靴子，卻不一定好要回來。

「娘，我也想藉這雙靴子來考驗韓啟。倘若他能要回來最好，不能要回來，那便算了。雖然難為娘熬夜做了這雙靴子，但……吃虧也是福。」

重活一世，許多道理她都想明白了，更懂得吃虧未必不好。

唯有吃了虧，才會知道往後遇上類似的，或是更大的事情，應該如何處理。

第十七章

大院這邊，楊氏見康琴抱著那雙皮靴進了她自己的屋，惱得不得了，氣沖沖地進去，將康琴剛穿在一隻腳上的靴子扯下來，驚得康琴大叫一聲。

「奶奶，您搶這靴子幹麼？」

「死妮子，妳還年輕著呢！有好東西，也不知道先孝敬奶奶。」楊氏罵著，將腳上的鞋履脫了，再把靴子套上。

康琴氣極，但見楊氏一雙又厚又寬的腳，心一定，又笑了。

「咦，居然穿不進去。」楊氏一心只想著這雙靴子是她沒有見過的，非得穿上才行，卻不想自己年紀大了，腳雖說不長，但變寬了許多。加上近兩年吃得好，身體圓潤起來，腳也跟著厚實不少。

康琴見靴子快被楊氏扯得變形，生怕被扯壞，忙一把扶住要歪倒的楊氏，勸道：「奶奶，這靴子我穿起來還有點擠腳呢，更何況是您。」不敢再說老了的話，生怕惹得楊氏不高興。

楊氏將靴子又扯又蹬幾下，確定穿不下後，才悻悻然放棄，生氣地把靴子朝康琴懷裡一扔，其中一隻還掉在地上。

「給妳穿吧，便宜妳了！」

康琴興奮至極地抱著靴子，又坐回椅子上，開始穿靴子。待到穿好，在屋裡走幾圈，覺得挺合適的，心裡的小算盤就打起來了。

「奶奶，我出去玩一會兒。」

楊氏見康琴提著裙襬，轉身便跑出屋子，喊了一聲。「喂，妳去哪裡呀？可別被韓哥兒瞧見。」

康琴已經跑得沒了影，並沒有聽到楊氏的話。

吃過午飯，韓啟不放心秦念，便準備去康家看看。

他剛走出門，便見屋前那棵大棗樹下，有個人遮遮掩掩地躲著，走近一看，卻是康琴。

康琴在棗樹下待了許久，終於等到韓啟，緊張又雀躍地從棗樹後走出來，深呼吸幾口氣，定了定心神，朝韓啟走近。

韓啟瞧見了康琴裙襬下那雙招眼又熟悉的皮靴，眉宇間頓時盈滿了怒色。

「啟哥哥。」

康琴完全忽略了韓啟的神情，學秦念那般喚韓啟，卻讓韓啟聽得耳朵裡像是夾了豆子一樣難受。

「啟哥哥，你這是要去哪裡？」

康琴不知道要跟韓啟說什麼，只得隨便找句話來搭。

韓啟腦子一轉，斂起怒色，低頭笑看康琴腳上的皮靴。「妳這雙靴子還真好看。」

康琴見腳上的靴子得了韓啟的誇讚，立時心花怒放。「啟哥哥，你也覺得好看嗎？」說罷，兩手拉起裙襬，在韓啟面前轉了一個圈圈。

「康琴，妳這靴子是什麼皮料做的？」

康琴笑著搖頭。「不知道呀！」這是第一次與韓啟說這麼多話，她興奮得都要跳起來。

「要不，妳脫下來給我瞧瞧。」韓啟指著她的腳要求道。

康琴抿唇點頭，連忙就地而坐，脫下一隻靴子，遞給韓啟。

韓啟裝模作樣地打量幾眼，又指著康琴未脫下的靴子。「那隻也脫下來看看。」

康琴想也沒想，又將另一隻脫下。

韓啟見兩隻靴子到手，再也不看康琴一眼，轉身便跑了。

康琴看著韓啟，呆愣半晌，一時沒懂韓啟是什麼意思。見韓啟朝她家方向跑，才明白過來，韓啟是拿著靴子找秦念了。

她的眼淚瞬間落下，哭了幾聲後，慌張地從地上爬起，光著腳丫往家中跑去。

康琴跑進秦念屋裡，果真看到了韓啟，他正在幫秦念穿靴子。

「韓啟，這是我的靴子，你為什麼要給秦念穿？」康琴完全沒有想到，這雙靴子是她剛剛從秦念腳上奪來的，只想著靴子到了她的腳上，便是她的。
韓啟替秦念穿好靴子，這才站起來，轉身邁出門檻，目光凌厲地盯著康琴。
「康琴，首先妳得明白，這雙靴子是鹿皮所製，而鹿……」他回身看向屋裡的秦念。「是念兒發現的。」又看康琴，手指著自己。「然後是我獵來的。」
康琴聽了，心像是被鐵錘重重地敲了一記。
「我刮淨皮子後，給了秦二嬸，讓她幫念兒做雙靴子。」韓啟冷哼，滿臉的嫌惡。「妳倒好，從秦念腳上生生地搶走靴子，還到我面前炫耀。」
康琴聽不下去了，眼淚潸然而落，雙手捂臉，羞憤地跑出去。
秦念盯著屋外，心底冷笑一聲，康琴這是搬石頭砸自己的腳，自作自受。
韓啟進了屋，見秦念臉上因為靴子被搶而又多了一道傷，氣道：「念兒，康家人太過分了。要不，妳搬到我家去住。」
秦念看著韓啟為她著急的模樣，噗哧一笑。「啟哥哥，我一個女兒家，怎麼可能到你家去住？」
韓啟摸著後腦勺，這般的確不太妥當，想了一會兒，突然開口道：「念兒，妳要快快長大，等妳長大，就可以離開康家了。」
秦念盯著韓啟有些靦覥的俊容，試探道：「我要如何才能離開康家？」

韓啟沈默了，盯著秦念，一副欲語還休的模樣，最終卻什麼話都沒有說，片刻後，才開了口。

「妳不是在學醫嗎？長大了就可以出去賺錢，還可以……」嫁給我這三個字，他思來想去許久，還是沒說出口。

秦念對韓啟的回答有些失望，但從他那副表情中看出了他對她的情意，像有一股溫泉水湧入心間，潤得她身體每一處地方都是暖的。

她喉間一哽，心中發出疑問：啟哥哥，你為什麼會對我這麼好？

她真怕將來會像前世那般，就在她對韓啟期望最大，也最習慣他對她好的時候，他卻突然消失不見……

韓啟擔心康家人又來找秦念的麻煩，一直待在她家，幫她整理從山上採來的藥草。到了太陽快下山時，才帶著秦念去他家切梨膏糖。

現在天氣較暖，梨膏糖難以凝固，韓啟出門前，用吊籃裝了梨膏糖，懸入井中。

這時，他把梨膏糖從井裡拿出來，果然已經凝固，可以開始切粒了。

秦念不想太過麻煩韓啟，說要自己來切，韓啟想著剛好讓她鍛鍊臂力和手勁，便沒有堅持，在旁邊閒坐，看她咬著牙根，十分賣力地切糖。

這是秦念第一次做梨膏糖，做得不多，切了半個時辰左右，大小均勻的糖粒便切好了。

韓啟又將預先備好的油紙和二十個帶封蓋的小陶罐拿出來，讓秦念把切成粒及熬成膏狀的梨膏糖分開裝好。

這些陶罐是找村裡的張大叔買的。張大叔家專製作陶器拿到鎮上去賣，前些日子，韓醫工剛好找他訂製了五十個這樣的小陶罐，用來裝藥。

秦念沒想到連現成的陶罐都有，但她知道這些都是花錢買來的，待賣了梨膏糖之後，便將這些本錢都還給韓啟。

「念兒，妳真打算明日就去鎮上賣藥草嗎？」送秦念回去的路上，韓啟問道。

秦念將滿滿一簍子裝好的梨膏糖揹在背上，對韓啟點頭。「是呀！我想試試這樣能不能賺到錢。」

對於賺錢一事，秦念一日都不想多等。

韓啟低頭沈思。剛剛他去找韓醫工，說明日想與秦念一起去鎮上，但韓醫工沒答應。剛到白米村時，韓醫工就交代過，不許他離開白米村一步，除非是進山。

秦念有隱隱聽見韓啟與韓醫工說話，知道韓啟是在擔心她，勸解道：「啟哥哥，明日我會讓我哥陪我一起去的，反正我哥最近也不去田裡種地。」

韓啟聽秦念這麼說，稍稍放寬了心。亂世剛過，百姓們的日子都不太好，白米村到鎮上，沿途都是山路，怕會有山匪。

這時，他突然想起今早幫他從鎮上買梨和糖的李二叔，便道：「要不，我問問李二叔明早要不要去鎮上？如果要去，那妳和妳哥隨他一起去。」

秦念沒有猶豫地點頭。「行。」其實她心裡多少還是有些害怕，如果有個大人在，自然是再好不過。

韓啟送秦念回家後，便去找李二叔。

剛好，今日李二叔又獵到山貨，要賣給鎮上的人家。不過他半夜就得動身，而且送完貨就要回來，怕是沒辦法等秦念。

韓啟聽了，把這件事告訴秦念，秦念當即就說沒問題，若是能跟李二叔順一程路，也是頂好的。

半夜三更，一直不敢睡的韓啟從床上爬起來，提著燈籠去了秦念家。

當他見秦念一身男兒裝扮，頭髮全部綰起，繫著灰布帶子，差點沒認出來，只想著這是哪來的俊俏小哥，到了白米村來找秦念。

這般打扮，是秦念自己的意思，擔心女兒家出門在外，會受人欺負。

韓啟覺得她挺有主意的，這般甚好！

秦念穿的衣服是秦正元的，她雖比他小，身量卻是一般高，所以還算合身。

接下來，韓啟護送秦念和秦正元去李二叔家。

一路上，韓啟像個老媽子一樣，千叮嚀萬囑咐，生怕秦念出門會有閃失。連向來不愛說話的秦正元都忍不住笑話韓啟，說秦念的耳朵都快生繭子了，因為她一起床，母親便在她耳邊嘮叨，要她注意這個、注意那個，千萬不能出事。不想韓啟一來，又是一頓念叨。

秦正元不明白，這些叨叨，都是真情實意的愛呀！

他們與李二叔碰了面，韓啟又把秦念等人送出村口，這才回家休息。

第十八章

山路崎嶇，秦正元揹著沈重的梨膏糖，秦念則揹著曬乾的藥草。

秦念擔心秦正元背簍裡的梨膏糖，怕他絆倒而摔碎罐子，兩人打著韓啟送的手提燈籠，小心翼翼地走著。

好在鎮上並不是很遠，只有十來里的路程。

李二叔帶著兩個孩子到了那戶人家的大門口，將昨日獵來的三隻野雞和一隻有小兔子那麼大的山鼠交給守門的家奴，等著家奴從管家那裡拿了八十銖錢，便準備走人。

這時，秦念忙對看門的家奴道：「叔叔，我這裡有一棵何首烏，您看你們家主子要不要？」一把背簍裡的何首烏拿出來。

李二叔沒想到秦念採到了何首烏，以為她簍子裡只有一些尋常的藥草，遂也幫著她向家奴說情。

「麻煩您跟管家通報一聲，若是要，這何首烏便不賣給別人家了。」他說著，還塞給家奴五銖錢。

家奴捧著五銖錢，猶豫一會兒，悶聲不吭地將門合上拴好。

不一會兒，門再度打開，出來的卻是一位穿得比家奴好些的中年男人。

李二叔忙躬身，稱呼他為大管家。

大管家拿起秦念的何首烏，在廊簷的燈籠下看了半晌，點點頭。「這何首烏還不錯。」抬頭問秦念。「多少錢？」

之前韓啟便跟秦念交代過，這等粗壯且已成人形的何首烏，若是在京城，運氣好的話，五、六千錢，甚至萬錢都可能有人出。但鎮上大概沒有人會出這個價，不過最少也得賣個二千錢。

秦念第一次出來賣藥草，膽子還是有些小，路上聽李二叔提起，這戶趙姓人家雖是鎮上首富，但平時管家管帳管得嚴，出手並不大方。

她思量一會兒，報出價來。「一千五百銖。」

大管家皺起眉頭。「這也太貴了。」將何首烏遞還到秦念手上。「妳拿去問別家吧。」

李二叔對秦念擠了擠眉頭，低聲道：「妳開這麼高的價錢，他們是不會要的。」

秦念思忖著，自己第一次出來賣藥草，非得圖個吉利不可，於是跟大管家說：「這何首烏可不是隨隨便便就能採到的，麻煩大管家問問您家主子，一千二百銖，看想不想要。若是不想，那便算了，我去尋下一家。」

大管家想了想，點點頭。「你們等一會兒，我去問問。」

等待的時候，李二叔對秦家兄妹悄聲說起趙家的事。

趙家是在渭河做渡船生意的，有百來條船，又在鎮上修了十幾間鋪子，專門租給那些商戶，聽說還有親人在京城，給趙家當靠山。

既如此，一千二百銖於趙家來說，根本不算什麼。

但對秦念的意義，自然就不同了。

她想要個開門紅。

若非想得開門紅，她會把這何首烏藏起來，等往後去縣城或京城，再拿出來賣。

不過，她現在急著用錢，再說有楊氏那老妖婆，好東西難以藏住，還是早些出手的好。

不一會兒，大管家出來，提了錢袋遞給秦念。「小姑娘，這錢妳拿著。我家主母說了，往後若在山裡採到什麼滋補的好藥材，儘管拿來看看。」

秦念捧著錢，歡喜地將何首烏交給大管家，又從竹簍裡拿出兩小包梨膏糖。

「這是梨膏糖，用十多種中藥配製而成，不僅好吃，還可以治療喉疾、肺病。麻煩大管家把梨膏糖拿給您家主母嚐嚐，若有需要，下回跟李二叔說一聲，我可以幫您送來。」說著，又從竹簍裡拿出一罐梨膏糖給大管家看。

大管家一聽梨膏糖可治喉疾與肺病，便問：「一罐多少錢？」

秦念說出先前訂好的價。「一罐三十銖錢。」

李二叔吃了一驚，低聲道：「我賣一隻野雞給他們，才拿十八銖錢呢！」不是怕秦念賣得比他多，而是擔心她開價太高，會做不成這筆生意。

大管家想了想，道：「那先買這罐梨膏糖試試，如果真有功效，往後再向妳買一些；若是沒有功效，也不會再要其他藥材了。」

秦念把手中的梨膏糖遞給旁邊伺候的家奴，高興地接過大管家給她的三十銖錢，和李二叔離開了。

第一次做買賣，沒想到這麼順利，連李二叔都驚詫不已。

「念兒，妳真是厲害呀！光是一棵何首烏，就可以抵過我好多隻山雞和兔子。妳這梨膏糖若是能得趙家主母喜歡，往後便不愁沒錢賺了。」

秦念聽了，只是笑了笑，也不多言。

大管家沒試那梨膏糖，便要了一罐，定是家中有此病人了。

如今懂醫術藥理之人不多，即便懂些，也不一定能把病治好。人一旦生病，只要聽到有對症之藥，都會買來嘗試。如真能治得好，自是歡喜；治不好也沒有關係，對大戶人家來說，三十銖錢算不得什麼。

這時，天色已大亮，李二叔要回村了。

秦念忙數出三十銖錢，遞到李二叔手上。

這舉動把李二叔嚇了一跳，忙阻止她。「念兒，你們不過是與我順路而已，妳當我是什麼人，還要一個小姑娘的錢。」

秦念道：「李二叔，您切勿推辭，今日我的何首烏能賣出去，還賣了一罐梨膏糖，都是因為跟您在一起，才認得這戶人家，不然哪能這麼順利。再說了，您不是還自掏了五銖錢給守門的人嗎？」

「可是……」李二叔還是覺得有點不好意思。

「這錢也不多，權當是給翠枝買糖吃的。」

李二叔的女兒叫翠枝，今年八歲。

李二叔想想，便不推託了。「念兒，妳是個有頭腦、會處事的姑娘，往後有需要幫忙的，只管跟我說一聲。」

秦念抿唇笑著，重重地點了頭。

秦念和秦正元目送李二叔走在回程的山路上。

秦正元一直忍著心裡的激動之情，沒有多說一句話，此刻只剩兄妹兩人，便興奮地拉著秦念，跳著歡呼。

「念兒，妳太厲害了，我們這下賺了一千多錢呢！」

秦念看著經過身旁的幾個漢子，忙一把扯住跳起來的秦正元，壓低聲音嗔道：「哥，我們在外面，切記不能露財。」沒了李二叔壓陣，其實她還挺怕的。

秦正元嚇得連忙捂住自己的嘴，提心吊膽地看了那些漢子一眼。

幾個漢子一直盯著他們，目光不善。

秦正元連忙從劍鞘中拔出韓啟給他的長劍，再把腰背挺直，橫眉豎目，故意讓自己顯得凶悍。

這柄劍還真能震懾人，漢子們一看便知是不同尋常的好劍，持劍之人的功夫應當也不錯，於是識趣地快步離開。

秦念心下一鬆，拉拉秦正元的衣襬。「我們快些走吧，此地不宜久留。」

這幾個人想必只是窮困的流民而已，身上沒什麼功夫，才會這般輕易地放過他們。但就怕他們會轉心思，覺得兩人不過是十多歲的孩子，又跑回來打劫。

待走到沒有人之處，秦念看著秦正元手上的劍，低聲道：「這可不是普通的劍，等我們回去，你得還給啟哥哥。」

秦正元聞言，忙把劍往身後一收。「這可是韓啟送給我的。」

秦念道：「無功不受祿，你不能得這把劍。」

秦正元想想，覺得妹妹說得很對，無功不受祿，是他太貪心了，不由羞愧得臉紅。

「行，念兒，我們回去後就將這劍送還給韓啟。」

秦念點點頭。

第十九章

轉過幾條街後，到了集市，秦念找一塊空些的地，把竹簍裡的藥草拿出來，放在地上擺整齊。

待一切妥當，秦念開始逢人就熱情地解說這些藥草的功效。

以前秦念性子含蓄，從來不敢在人前這般大聲說話，此刻秦正元見她變得如此熱情通達，有點不可置信。

「哥，你別愣著呀，也一起吆喝。」秦念扯了秦正元的衣袖一把，轉頭對走過來的老人道：「伯伯，您這咳嗽之症有些時日了吧！」

她見這老人面瘦眼黃，一直捂著嘴在咳，但似乎連咳的力氣都快沒有了。

老人點點頭。「是啊！小子，莫非你還懂藥理？」說完這句，又捂嘴咳了幾聲。

「大叔，我習得一些藥理，上山採藥草來賣。」秦念指著擺在地上的小陶罐。「這些梨膏糖可治您的久咳之症，要不買瓶試試？」

老人看小陶罐一眼，嘆了一聲，搖頭道：「老朽一介貧農，無錢買這梨膏糖。」說罷轉過身，一邊捂嘴咳著、一邊往前走去。

秦念呆愣片刻，猛然起身，抱起一個小陶罐，衝到老人身邊，喊住了他。

老人以為秦念想拉著他買，不耐地擺手。「不買不買，沒錢。」

秦念微微笑道：「伯伯，您這咳症若是不治，怕是會成肺癆了。這罐梨膏糖送給您服用，最初幾日，一日服用十來顆，後面再慢慢減少，服完再看會不會好些。」畢竟她還沒有親自證實過，所以不敢妄言定能治好。

老人愣了半晌，才反應過來，捧著秦念塞給他的陶罐，掂了掂，挺沈，不敢相信地抬頭看她。

「小子，這梨膏糖當真是送給老朽的？」

秦念笑著點頭。「嗯，大叔，您就拿著吧！」

老人頓時眼眶泛淚，又咳了幾聲，彎腰道謝，這才走了。

秦念回到小攤子上，秦正元皺起眉頭，心裡不捨又不解。「念兒，這梨膏糖可是妳辛辛苦苦做出來的，就這樣給別人了？」

「哥，那個老人咳得太厲害了，若是不醫，定會成為不治之症。」秦念說著，低頭看看地上擺著的一罐罐像寶貝一樣的梨膏糖，又捂了下今日賣何首烏得的沈甸甸銅錢，臉上盈起笑容，湊到秦正元耳邊低聲笑道：「反正今日已經賺了不少，不差這罐梨膏糖。」

秦正元看著那老人一步一聲咳地漸漸走遠，點點頭。「嗯，妳說得對，碰到這樣的，能幫一把是一把。」說罷，高聲朝過路的人大聲吆喝起來，想著定要把剩下的藥草和梨膏糖都賣了，才能將剛剛送出去的一罐賺回來。

一會兒後，秦念見吆喝許久也沒見人來買梨膏糖，想著是不是人家不信，以為他們是騙人的。

她思索片刻，腦子突然一個激靈，捧起一只陶罐，將封得嚴嚴實實的蓋子打開，逢人便送上一小粒糖，讓人嚐嚐。

不承想，這一招果有奇效，路過的人一吃這糖，便覺得喉嚨舒適，有大方的便掏錢買下，也有吃了一粒走老遠又折回來的，順帶還買了攤子上的藥草。

這次，秦念總共帶了十六罐梨膏糖來賣，現在賣得只剩下一罐了。

時值午時，集市行人已少，不少攤位早收攤了，秦念便對秦正元說：「我們回去吧！」

正當秦念抱著僅剩的一罐梨膏糖要走時，突然有一位身著墨色錦衣的公子走到她跟前。

「這罐梨膏糖賣給我可好？」

「自然是好的。公子，三十錢。」秦念高興地把罐子遞到錦衣公子手上。

錦衣公子從錢袋中數出了六十銖錢遞到秦念手中。

秦念看看手中的銅錢，疑惑地問錦衣公子。「公子，我這裡只有一罐梨膏糖。」這分明是兩罐的價錢。

錦衣公子笑道：「多的三十錢，是替方才那位得了咳症的老人家付的。」

秦念更加疑惑。「你認識剛剛那位老人家？」

錦衣公子搖頭。「不認識。」

「那你……」

錦衣公子溫然笑道：「我看妳賺錢這般不容易，還能送梨膏糖給人家。我賺錢容易些，便替老人家把梨膏糖的錢付了。」

秦念見這位公子劍眉星目，長得頗為好看，與韓啟相差不了多少，但自有風度，再看穿著，應是有錢人家的公子。她思量著，這公子給的錢不多也不少，不好駁了他的面子，便欣然接受他為老人家付的錢。

「謝謝你！」

秦念道過謝，收拾空竹簍準備走人，卻見錦衣公子杵在她面前不走。

「公子可還有事？」

錦衣公子又是微微一笑。「姑娘。」

秦念皺起眉頭。「你知道我是位姑娘？」

錦衣公子指了下秦念穿過耳洞的耳垂，秦念恍然大悟，心道這位公子倒是個細心的。

「那你還有什麼事嗎？」秦念看著錦衣公子，雖然他的氣質挺和善，但她對陌生人的警戒心還是有的。

錦衣公子見秦念神情有變，忙道：「姑娘不必害怕，我不過是見姑娘不僅有一顆善心，又恰好懂得醫術，還賣藥材。我家在縣城開醫館，隔三差五便會來鎮上收藥材，剛好遇見妳，便想問問，下回還有沒有藥材賣？」

秦念神情未鬆，疑惑地問：「那我剛剛拿出那些藥材，怎麼不見你來買？」倒是買了這罐梨膏糖。

錦衣公子款款笑道：「姑娘，做生意也是要看人的，方才我在一旁靜靜看著妳，覺得妳是個實誠人，才上前與妳說話。」

「原來如此。」

秦念心中的防備稍稍放下，秦正元握著劍柄的手也微微鬆了一點。

「姑娘，妳經常上山採藥嗎？」

「是，你家需要什麼藥材？」

「只要是藥材，都收。」錦衣公子說話的語氣自始至終都很溫和。「姑娘，妳是哪個村的人？不如，下次我直接去妳家收吧！」

「白米村。」不等秦念說話，直腸子的秦正元便如實說了出來。

秦念暗暗掐秦正元的手臂一下，疼得他咧齒大叫。「念兒，妳幹麼掐我？」

秦念怒瞪秦正元，心道哥哥真是太笨了。

錦衣公子一看便明白，這姑娘是在提防他，遂開口解釋道：「姑娘不必害怕，我叫羅禧良，我家在縣城開了濟源醫館，平日我都在外收集藥材。」

他已經在心裡記下，這姑娘名喚念兒，往後若有機會再相見，叫她念兒就是了。

秦念在縣城住到十歲，濟源醫館的鼎鼎大名，她是知道的，母親還帶她去問過兩次醫呢。原來，這位公子是濟源醫館羅醫工的兒子。

她拱手道：「羅公子，往後你若是需要藥材，便到白米村找我。」

羅禧良拱手還禮。「好，請問姑娘貴姓？」

秦念微笑道：「山裡人哪來的貴？我姓秦，單一個念字。」說罷，彎身將竹簍揹到肩上，對秦正元喊了句。「哥，我們走。」

羅禧良看著秦念清瘦的背影，腦海裡浮現她那張精緻的小臉。

小姑娘的臉蛋還沒有長開，但她剛剛的善舉和那副與別家姑娘不太一樣的大方和俐落，卻是格外吸引他。

待到秦念兄妹走遠，一名持劍的中年男子走到羅禧良身邊。

「公子，我們可不是來收集藥材的。」

「嗯，這次不是，下次就是了。」

第二十章

秦念離開集市後，並沒有馬上回白米村，與秦正元在鎮上四處逛著。

她想找找鎮上有沒有醫館，若是醫館能收她採來的藥材，往後就不用費那麼大的力氣擺攤賣藥。

可她尋了兩個時辰，天將要黑，也沒有找到一家醫館。

她也問了不少人，大家都說鎮上有人病了，都是請巫醫，若巫醫治不好，有錢的就去縣城或京城找醫工，沒錢的便直接等死。

「念兒，韓醫工那麼厲害，他怎麼不在鎮上開一家醫館呢？」秦正元不解地問。

秦念想起韓啟說的，他爹爹不讓他出村，應該是在原來的家裡碰到了難事，不能讓人知曉他們的行蹤，自不能在鎮上開醫館。

「韓醫工許是喜歡待在白米村吧。」她替韓醫工找了個藉口。

秦正元一眼掃過秦念纏在腰間的錢袋，想著一棵何首烏就能賣出一千多錢，那他以後乾脆不要種地，也跟著秦念上山，若是能再挖到幾棵何首烏，運氣更好的話，發現人參、靈芝什麼的，他們就有本錢在鎮上開醫館了。

於是，他像是開了竅似的，扯著秦念的衣袖道：「念兒，妳好好跟著韓啟學醫術，往後我們多攢些錢，妳就在鎮上開醫館，我幫妳上山採藥。」說著，又摸摸後腦勺。「不過，我不會認那些藥草。」

他只想著，往後秦念開了醫館，就不用天天看康家人臉色，受康家人使喚了。

秦念看著滿臉期待的秦正元，輕笑一聲。「哥哥，學醫哪是那麼容易的，我剛開始學，連皮毛都沒有學到呢。就算學成，也得先歷練好幾年，才能單獨出來開醫館。」

秦正元點點頭，說了慣常說的那句話。「念兒說得對。」

秦念倒是欣慰這會兒秦正元的腦子挺好使。

開醫館是她的目標，最好的結果是她與韓啟一道開醫館。若是韓啟不能在長陵縣，甚至京城待著，那他們可以選擇去別處。天下這麼大，天南地北，只要是有人的地方，就可以去開醫館。

但現在說這些為時過早，她剛開始跟著韓啟學醫，年紀也小。重要的是，她得守著韓啟，不能讓他離開。

秦念突然想起，前世秦正元一直待在白米村，日子過得非常不好，便道：「哥哥，男兒志在四方，往後你要去更好的地方討前程，絕不能在白米村久待。」

秦正元又摸後腦勺。「念兒，我從來沒有想過要離開妳和娘。」

秦念搖頭。「哥，你得有自己的本事和前程，才能保我和娘無憂，懂嗎？」

雖然她沒有指望秦正元保她和母親將來無憂，但希望能給他一些鼓勵，讓他有更遠大的夢想，好為此努力。

秦正元還是有點懵。「我能有什麼本事呢？」他沒什麼見識，還真不知道往後能長什麼本事。

「哥，以後你一定會知道自己想要什麼的。」

秦念說到這裡，唇間漾起笑意，心裡念叨著：哥哥，你快些長大吧，我也要快快長大！但是，她又好怕長大，怕兩年後，她沒能阻止韓啟離開她。

秦正元見妹妹一會兒擰眉、一會兒又笑開、一會兒又沈了臉色，摸不著頭腦，遂道：「念兒，我們回家吧。」太陽快下山，母親一定會著急的。

秦念點點頭，跟著他往回白米村的路走去。

當他們走到鎮子的邊界時，秦念看著腳底下的兩條路，一條朝東，一條朝北。朝東的是去白米村，而另一條朝北的，據韓啟所說，走過去二十里，有一座非常大的玫瑰莊園，其實並不遠。

秦正元見秦念頓住腳步，催促了一聲。「念兒，我們趕緊走，不然等會兒天要黑了。」

秦念看著朝北的方向，對秦正元道：「哥，往後我們找個機會，去北邊的玫瑰莊園。」

秦正元循著秦念的目光，朝北邊看去。「哪來的玫瑰莊園？」

秦念彎唇一笑。「有，啟哥哥說他曾經去過。」

秦正元好奇。「念兒，妳要去玫瑰莊園做什麼？」

秦念撫著腰上沈沈的錢袋，笑著道：「我想做玫瑰膏糖。」

秦正元擰著眉頭。「玫瑰膏糖？」

「嗯。」秦念重重地點頭。「再一個多月，就到玫瑰的花期了，我想在花期時去玫瑰莊園一趟，看莊主能不能把玫瑰花賣給我。」

秦正元又好奇了。「梨膏糖能治喉疾、肺症，那玫瑰膏糖能治什麼？」總不能只是好吃吧，一定要是藥才行。

秦念一邊走著、一邊告訴秦正元。「玫瑰膏糖可治肝鬱之症，婦人吃了，還可以美容養顏，延緩衰老。」

秦正元聽著，搖搖頭。「妳說的這些，我都不懂。」

秦念無視他的不理解，繼續道：「等到初夏，村裡的桑葚成熟了，也可以用來製成桑葚膏糖。」

秦正元問：「那桑葚膏糖又有什麼作用？」

秦念耐心地解釋道：「桑葚膏糖養血烏髮，安神鎮魂，可治心肝腎之症。」

秦正元憨憨地笑著。「念兒變得好厲害，才跟韓啟學了沒幾天，就能懂這麼多醫理。」

秦念搖頭。「哥，光懂是沒用的，一定要經常去看診才行。」

韓啟給她看的醫書，她都牢記在心，接下來她得多去幫人看病，才能精進。但她年紀這麼小，又是個女孩子，誰會請她看啊？

村子裡有人生病，只會去找韓醫工。她跟著韓啟學醫的事，韓醫工雖知道，卻不知韓醫工願不願意帶著她一道去看診呢？

秦念心裡盤算著這些事，不知不覺，路程走了小半。

太陽落山後，天色很快便暗下來。

「念兒，我們趕緊走，待會兒天太黑，怕會走錯路。」秦正元有點擔心。

山腳下處處都是深溝暗渠，鄉間小路也有積石和大坑。

秦念跟著哥哥，腳步邁得快了些。

這些日子，她隨著韓啟上山，又習武鍛鍊，筋骨舒展不少，走起路來也格外有力氣。

想想前世，她因為身體裡有餘毒，時感疲乏無力，便一直窩在屋裡不動，走幾步都會氣喘吁吁。

這一世，她體內的餘毒已清，雖只鍛鍊幾天，便覺得走路不會心慌氣短。

想到這裡，她越發覺得，往後要多與韓啟上山，多多鍛鍊身體，學習武術。這樣一來，不僅身體健壯，關鍵時刻也能自保。

這日是月初，天色一旦全黑，便黑得只能看到近在眼前的人影。

秦念與秦正元靠得近些，但因天已黑透，不得不慢下腳步，以防摔跤。

「下回得帶個燈籠出來。」秦正元道。

「咦，哥，你有聽到什麼聲音嗎？」秦念蹙起眉頭，豎起耳朵，仔細辨別剛剛的動靜。

此刻他們正在一片竹林之中穿行，夜風拂起竹葉，沙沙聲中，還摻雜著幾道異響，像是腳步聲。

是除了他們之外的腳步聲。

第二十一章

「念兒，聽說前些年戰亂時，這片竹林便是一處亂葬崗，但凡死人，都拉到這裡丟棄，連個坑都沒有挖。」

秦正元到底只是個十多歲的少年，膽子又小，此刻比秦念還要緊張。

「嗯，我聽說過這事，別人喊這裡叫『白骨林』。」

若說秦念不怕，那肯定是假的，但她強裝鎮定，握緊手心對秦正元說：「我們心術正，便不怕惡鬼欺負。哥，你挨緊我。」說罷，便把手伸到後面，去牽秦正元的手。

牽住後，秦念卻覺得有點不對勁。這兩年秦正元一直在田裡幹活，手掌粗糙有厚繭，但她牽的這雙手寬大，卻無繭子。

秦念一驚，一轉臉，憑著她與秦正元朝夕相處的感覺，斷定這人不是他，而是……

「康震?!」

秦念驚呼一聲，想從康震的掌心中抽回手，卻被康震緊緊一扯，拉進他懷中。

「念兒，哥哥就在這兒，讓哥哥來疼妳。」

康震說著這些肉麻的話，雙臂將秦念死死地箍在懷裡，想親秦念的臉，卻因她不停地掙扎抵抗，挨不著半分。

「念兒，反正妳往後是要嫁給哥哥我的，不如現在就從了我。」

「康震，你這個禽獸！我才十二歲，你……」秦念說到這裡，不想多說，猛然一口咬在康震的肩膀上。

這一口下去，簡直要生生從康震的肩膀上撕下一塊肉來，康震疼得大叫，不得已鬆開了抱著秦念的雙臂。

秦念見康震鬆手，便也鬆了口，唇間一股腥甜味，是康震的血。

康震撫著被咬傷的肩膀，狠狠地破口大罵道：「秦念，我可是妳將來要嫁的男人，妳怎麼下得了口？」

秦念冷道：「康震，即便我瞎了眼，也不會嫁給你這樣的混帳。你快滾，若是再敢碰我，我定會把你的肉啃下來。」

康震朝旁邊啐了一口，狠狠道：「老子偏不信了，妳這個小妮子，還真能把我的肉啃下來。」說罷，又朝著秦念撲過去。

就在秦念躲閃不及之時，猛然覺得手臂一緊，被人生生一拉，跌進一具溫熱的懷抱中。

康震撲了個空，臉著地摔在大石上，疼得嗷嗷直叫，大罵道：「秦念，妳這個死丫頭，居然還敢躲！」

這次機會難得，他就算疼死，也不能放棄，於是一個翻滾起了身，又朝秦念撲過去，卻見黑暗中寒光一閃，撞在一柄堅硬的鐵器上。

這是一把大刀，康震抬臉，看到秦念身邊還有一道人影，那身量輪廓，不正是韓啟嗎？

「康震，你這個惡徒，竟敢趁夜對念兒不軌，我要殺了你！」

韓啟說著，把秦念推到一邊，持著大刀朝康震揮舞過去。可他還沒邁開步子，便被秦念拽住了。

「啟哥哥，不可殺他。」

韓啟怒道：「這等惡徒若是不殺，下回又要欺負妳。」

趁著兩人說話的工夫，康震連滾帶爬，朝村子的方向跑去。

韓啟欲追，秦念又拉他的手臂。「啟哥哥，由著他去吧。」

韓啟不解。「念兒？」

秦念道：「往後我定不會再讓他有機會欺侮我。倒是你，剛來白米村沒多久，若因為這樁事連累到你和你爹爹，無法在村裡立足，那倒不好了。」

「可是……」韓啟不甘心秦念就這樣被康震欺負。

「幸虧啟哥哥來得及時，我沒有吃什麼虧，往後我防著他便是了。」秦念說罷，轉身去尋秦正元。

秦正元躺在離她腳邊不遠的地上，一動也不動。

「哥。」秦念嚇壞，以為他死了，連忙將手探到他脖頸處，見脈搏在動，才放下心。

韓啟道：「妳哥定是被康震從後面打暈了。」

秦念氣極，一邊扶起秦正元、一邊道：「這竹林裡的竹葉聲太大，我都沒有聽到康震近身。」竹葉的沙沙聲，完全掩蓋了秦正元被打倒在地的聲音。

韓啟把秦正元揹到背上，由秦念扶著，小心翼翼往村裡走去。

回到家中，韓啟將秦正元放在榻上，又掐他的人中。

秦正元緩緩睜開眼睛，就在這一刻，他突然大叫道：「鬼，鬼，念兒有鬼……」

秦念忙在他眼前晃了晃手，安撫道：「哥，沒鬼，我們回到家了。」

秦正元渙散的目光終於聚集，舒出一口氣，看著面前的秦念，還有旁邊的韓啟。

「我是怎麼了？」他只記得自己腦袋一痛，便沒了知覺，暈過去的瞬間，以為自己遭了惡鬼襲擊。

秦念傾身上前，扳著他的後腦仔細查看，見只是起了一個大大的包，鬆下一口氣。

「哥，剛剛是康震把你打昏了。」

「什麼？」秦正元一骨碌從床榻上爬起，雙手握著秦念的雙肩，急急地問：「念兒，他沒打妳吧？」他年紀不大，還不懂得康震那樣的人會如何欺負一個女子，只以為康震是因為他們不去田裡種地，所以報復打人。

「哥，我沒事，正巧啟哥哥來了，康震便跑了。」秦念不想把康震欺辱她的事情說出來，畢竟這不是什麼光彩之事，也不想讓哥哥和母親過於擔心。

這時，秦氏端了一大缽鹿肉黍米粥進來，見兒子醒了，也放下心，將粥擱下。「韓哥兒也沒吃吧？我去拿碗來。」

韓啟忙道：「秦二嬸，我吃過了。」其實他沒吃，但他知道這肉粥是早就燉好的，秦念和秦正元在外奔波一整日，想必餓極，他就不占食了。

秦氏自去拿碗，又將院門關得嚴嚴實實，才進了兒子屋裡，聽秦念把剛剛遇上的事情說了一遍。

秦念抹去了康震要欺辱她之事，只說康震想搶她的錢，好在韓啟趕到，康震才作罷。

秦氏咬牙低聲罵著康震，原本還覺得這幾日沒有去田裡，怕康有田回來跟她計較，到時自己不占理。這回合著婆婆下毒謀害女兒之事，她可以拿出來一併跟康有田理論了。

她也想通了，要看看康有田到底中不中用。若是不中用，便也罷了，讓康有田寫一份和離書，她帶著一雙兒女回縣城。總歸兒女也大了，有手有腳，餓不死人。

此刻，夜已經很深，韓啟不便久留，便告辭了。

韓啟出去時，發現康家大院裡一片漆黑，寂靜無聲，想必是康震作賊心虛，不敢亮燈，怕秦念找他麻煩。

「若再敢欺辱念兒，康震，我會讓你不得好死！」

韓啟對著康家大院低聲狠狠說了這麼一句，轉身回去。

與此同時，秦念將今日賣藥所賺的錢全攤在秦正元的床榻上，堆成小山一樣的銅錢，可把秦氏樂壞了。

剛剛韓啟走得急，秦念還沒來得及跟韓啟說今日的戰績呢。

「娘，我打算把這次賺來的錢分出一大半給啟哥哥，一來是做梨膏糖的食材與藥材都是他出的，二來我跟他學醫，總得交些束脩。」

秦氏忙點頭。「嗯，念兒說得有道理，就算這些錢全部都給他，也是理當的。」

秦念笑道：「啟哥哥不會全要的。」她想分一大半給韓啟，都不知道他肯不肯接受呢。

第二十二章

次日一大早，秦念捂著錢袋出院門時，扭頭看康家大院一眼，見院門緊閉，心道不知康震還有沒有臉見人。

她不想回憶昨夜的煩心事，快步朝著韓啟家走去。

韓家院門大開，有個婦人摟著八、九歲的女孩候在院子裡，正是李二叔的妻女。

秦念走到她們面前，伸手撫著女孩的頭問：「翠枝，妳這是怎麼了？」小女孩面色蒼白，本來算圓潤的臉蛋，瘦得只有小小巴掌大了。

她中毒之後，便一直待在家裡，這些天好了，也沒有見過翠枝，所以翠枝定是這一、兩個月瘦下來的。

翠枝的娘親李苗氏一臉憂愁地道：「她鬧肚子鬧了一個多月。先前還算好，不是很嚴重，也就沒在意。近半個月越來越嚴重，一日拉五、六次。」

秦念蹙眉。「嬸子，妳怎麼不早些帶翠枝來找韓醫工？」朝屋裡瞅了幾眼，發現韓啟和韓醫工都不在。

李苗氏道：「之前也不見她肚子痛，以為只是著涼，弄了些平常用的藥草煮水給她喝，以為能好，孰料到現在也沒好，便來找韓醫工了。」焦急地往屋裡看。「不知道韓醫工去哪裡了，韓哥兒也不在家。」

秦念思忖一番，拉過翠枝，仔細看她的小臉小手，又看她的眼睛，對李苗氏道：「嬸子，翠枝雖瀉，但肚腹不疼，這是津液下滑，需用補脾之藥扶持，使津氣上升，才能止瀉。」

李苗氏聽得一知半解。「念兒，妳說這個是什麼意思？嬸子聽不明白。」

秦念覺得自己說得有些難懂了，於是道：「嬸子，韓醫工也不知什麼時候才會回來，要不我幫妳到屋裡取些白朮和大棗，妳拿回去做給翠枝吃。」

她說罷，不等李苗氏出聲，轉身跑進放置藥材的偏房，很快找出幾錢已經炒熟的白朮和大棗。又跑到院子裡，將白朮丟入韓醫工用來磨藥材的石磨裡磨成粉，再熟門熟路地跑到廚房，找了個陶碗來，把白朮粉仔細地用刷子掃進陶碗裡。

秦念將裝著白朮粉的陶碗和大棗遞到李苗氏手中。「嬸子，妳用這白朮粉和大棗肉烙成小餅給翠枝吃，吃上幾日，便可見效。」

方才李苗氏見秦念在韓家裡像個小媳婦一樣跑來跑去地拿東拿西，以為秦念與韓啟相好了，但想著秦念這般小小年紀，還未長開呢。

她半信半疑地打量著手中的白朮粉和大棗，又抬眼問秦念。「這行嗎？」

秦念迎視李苗氏，一臉嚴肅。「應該行。」

應該行？李苗氏杵在原地看秦念，不敢挪步。

秦念心道定是這句不確定的話，嚇著了李苗氏，遂道：「嬸子，翠枝這般病症，屬於脾胃不好，白朮是補脾聖藥，只要脾好了，津氣便會上升，就不會腹瀉了。」見李苗氏還不動，又加了句。「反正白朮無毒，平時沒事吃吃也挺好的，嬸子不如先試試。如果不行，再來找韓醫工看診。」

李苗氏聽到這裡，放寬了心。再說秦念年紀雖小，但剛剛這番話說得有條有理，她雖聽不太懂，卻覺得可信。再說，韓醫工也不知道何時才回來，不如先試試。

「念兒，那我回去做給翠枝吃，是用這粉跟棗肉一起烙成小餅是吧？」

秦念點頭。

李苗氏笑笑。「感覺做出來會很好吃。」

秦念也笑。「應該好吃。」

李苗氏拉起翠枝。「這藥我先拿回去，到時不管好與不好，我都會拿錢來給韓醫工。」

秦念忙道：「若是醫不好，這錢我自會貼補給韓醫工的。」

李苗氏尷尬地笑了一聲，拉著翠枝走了。

秦念有點發虛地望著李苗氏和翠枝的背影，心道翠枝一定要好呀，這可是她第一次替人看病，千萬不能出事。

過了足足一個時辰，韓醫工和韓啟才回來。

他們進門時，見院子裡被打掃得乾乾淨淨，廚房裡已經飄出烙餅的香味，韓醫工還以為自己進錯了屋，走出門檻，非常認真地朝院門外看了一眼，確定是自己的家後，才又進來。

韓啟好奇地跑進廚房，發現秦念在廚房裡燒火、烙餅子。

「啟哥哥，你們去了哪裡？」秦念忙從灶邊走到韓啟面前。「我尋思著你們許是去看診了，怕你們回來得晚，肚子餓，便隨便弄些吃的。」

「念兒，我和我爹爹出診了，村西頭的大爺不太行了，我和爹爹待得久些。」

韓啟說著，直接伸手從熱鍋裡拿烙餅，燙手得很，又掉進去，秦念忙拿鍋鏟來幫忙。

這時，韓醫工也走進廚房，他沒吃早飯就出門，此刻早已肚腹空空，一回來就有現成的吃，心情大好。

「念兒，妳自己吃了嗎？」

秦念忙用鍋鏟劃出一塊餅給韓醫工。「韓叔，我肚子不餓，待會兒回去吃。」又問：「那位大爺怎麼樣了？能醫得好嗎？」

韓醫工搖搖頭。「他年紀大了，無法醫治。不過他已是高壽，這次生病也沒有多大的疼痛，算是有福之人。」

秦念點頭，又將李苗氏來這裡的事說給韓醫工聽。

韓醫工聽聞秦念用的是白朮加大棗，微微笑著，誇讚她藥用得沒錯。又問翠枝有沒有發燒，若是發燒，光用白朮加大棗還不成。

秦念回想，當時她碰觸翠枝的時候，未覺翠枝的身子發熱，搖了搖頭，很肯定地道：「沒發燒。」

韓醫工對秦念點點頭，一臉讚賞的表情。

韓啟見秦念被誇獎，也跟著高興。

接下來，秦念將滿袋子的錢全倒在廚房的案桌上，共有二千多銖。

韓啟正在吃烙餅，看到這些錢時，一臉疑惑地問秦念。「念兒，妳這是要做什麼？」

秦念也沒數，拿著一根燒柴火用的細枯枝，將這堆錢一分為二，一份多、一份少，將少的這份裝起來，揣進自己的兜裡。

「啟哥哥，這是第一次賣藥材呢，就大賺了一筆。」她指著桌上剩下的錢。「這些是梨膏糖的本錢。」

韓啟忙道：「不需要這麼多啊！」

秦念笑著說：「多餘的，算是我交的束脩。」語氣一頓。「雖然不多，但下次若還能賺得多，可以再給。」

人都巴不得給他呢，這些錢又算什麼。

韓啟推拒。「念兒，妳無須給我束脩。」

剛吃完烙餅的韓醫工走到桌邊，撿起桌上還未扔掉的細枝，將錢又分成兩堆，也是一堆多、一堆少。
秦念一愣。「韓叔，您……」
她的話未說完，韓醫工大掌一伸，捧起那堆分量多的銅錢，餘下的幾銖錢，則示意韓啟收起來。
「念兒，在這白米村裡能遇見識字的孩子，已經很難得，更何況妳還有當醫女的抱負，我們自然十分支持，更會毫無保留地教導妳。往後待妳學成，世上又會多一位醫者，可以造福更多百姓。」
這意思是，束脩免了，只收點梨膏糖的本錢便可。
之前秦念還一直擔心韓醫工會不願意讓韓啟教她醫術，不承想，韓醫工竟有如此胸懷，心裡念的都是百姓。而她呢，想的都是利用行醫賺很多很多的錢，不由面色一紅，低下頭。
「韓叔，念兒有愧！」
韓醫工不知秦念這話是什麼意思，捧著銅錢的手有點痠了。「念兒，趕緊把錢袋拿來，把這些錢裝回去。」
見秦念還在猶豫，韓啟索性動手去她兜裡摸錢袋。
韓醫工瞪他一眼。「啟兒，男女有別，不可無禮。」
韓啟咧開嘴笑。
韓啟笑起來的模樣好看至極，表情又頗為豐富，秦念愧疚的心情忽地轉好，不由噗哧一笑，也不拒絕韓醫工把錢還給她了。

細細思量後，秦念覺得，醫者既要造福百姓，也得賺取錢財，這樣才能持之以恆，長長久久。

韓啟見秦念收回銅錢，便把剛才撕下的一半餅子遞給秦念，秦念卻不肯接。

「啟哥哥，我娘做了我的飯菜，我回家吃就好。」

秦念說罷，一溜煙跑回去了。

韓啟看著秦念的背影，將手中原本要給秦念的餅放進嘴裡嚼著，臉上浮起淡淡的笑。

韓醫工則進了屋裡，當他見屋裡並未收拾打掃時，默默想著，秦念這孩子年紀雖小，卻懂得人情世故，知道在別人家只打掃院子，沒經允許不進主屋。重要的是，能見事做事，勤快能幹。

還有，她怎麼就這樣聰明呢？不過十二歲的孩子，光看了幾本醫書，便能對症下藥了。

翠枝能不能治好還不知道，但他在家的話，也會像秦念這般開藥。

第二十三章

秦念回到家時，遠遠見到康震揹著包袱往村口方向走去，心道他要去哪裡，是出遠門嗎？她記得，前世康震是一年後才出門，還投靠了山匪。

接下來兩日，春雨綿綿，秦念歇在家中，看韓啟送過來的醫書。據韓啟所說，這本醫書是他爹爹根據二十多年來的行醫經驗所撰寫的。

秦念明白，這是韓醫工畢生的心血，此番能拿出來讓她學，便是存心要收她為徒。因此，秦念看得極為認真，全部看完之後，索性將這本書默寫下來。

默寫的工具也是韓啟所贈，一支毛筆、一根墨條，以及一卷白紙。

秦念很明白，白紙這種東西不是平常百姓所能擁有，就算是有錢的大戶人家，也不一定會有。看來韓啟不是商戶出身，說不定是官家出身。

原本秦念想根據韓醫工的醫書，來尋找韓啟出身的蛛絲馬跡。但很明顯地，韓醫工將所有醫案做了修改，有一些來不及修的，直接用墨塗黑，讓人只知病症，不知病人身分。如此遮掩，定是有著巨大的難處，不能為人知曉。

第三日，天氣轉好，不過因為地濕路滑，還不能上山採藥，於是秦念便拿著已經讀完的醫書，去了韓啟家中。

秦念剛踏進韓家院門，便見李苗氏拉著翠枝在院子裡跟韓醫工說話。

李苗氏見到秦念進來，連忙笑臉盈盈地拉著翠枝，走到秦念面前。「念兒，真是想不到呀，妳教我做的白朮大棗餅，我家翠枝吃了後，第一天症狀便減輕不少，到了昨日，已經好得差不多了。」

秦念看著翠枝，小小的臉蛋上，氣色的確好了不少。

李苗氏看韓醫工一下，又對秦念說：「韓醫工說了，讓我再給翠枝做點白朮大棗餅吃，把脾調得更好些，身體就會壯實了。」

秦念聽到這裡，心情好得像是要飛起，沒想到她第一次幫人看診，就成功了。

韓啟從藥房裡配藥出來，將白朮磨成粉，與大棗一起打包給了李苗氏。

李苗氏要付錢，韓醫工不收，只收下李苗氏拿來的兩條溪魚。

李苗氏千恩萬謝地走了，韓啟看著她們的背影，也替秦念高興。

「念兒，往後妳有空，便到我家來，跟著我爹一起看診。這樣一來，妳的醫術很快就能長進。」

秦念聞言，開心至極。轉過臉看著韓醫工，斂起笑容，還不知道韓醫工願不願意呢。

韓醫工見秦念一雙黑白分明的大眼睛一眨也不眨地盯著他，頓時哈哈大笑。

「念兒，啟兒說得對，往後妳有空就到我家來，跟我一起看診，這樣才會有進步。」

秦念的臉上再度笑開了一朵花。

韓啟看著，心情大好，忙提起擱置在竹簍裡的兩條魚兒，笑著對秦念道：「中午吃魚，妳就留在我家吃飯。」

秦念抿唇，與韓啟相視一笑，笑過之後，看著韓啟柔得能軟化人心的眼神，又看著韓醫工慈愛的表情，心中一陣酸澀，喉間一哽，忽然跪下，向韓醫工恭恭敬敬地行了跪拜禮。

「師父在上，請受弟子一拜！」

「哎喲！念兒，妳這……」韓醫工十分意外，但轉瞬間便笑了起來，伸手扶起秦念。「行，往後妳喊我師父，師父也定當悉心教導妳。」

秦念再作揖。「念兒多謝師父！」

手中還提著魚的韓啟，看著韓醫工和秦念這般行了拜師禮，欣喜他和秦念之間，又多了一個身分。

師兄妹呀！這下關係更親近了，往後他們時常在一起，也不怕被人指指點點了。

這時，秦念把手中的醫書遞還給韓醫工。「師父，這本醫書還給您。」

韓醫工眉頭微皺。「才看了兩日，就不想看了？」

秦念微微笑道：「我已經全部背下，且默寫下來。」

「哦！」韓醫工滿臉不可思議地盯著秦念，不敢置信這丫頭不過兩日便能全部記下，打算考她一番。想了想，正色道：「婦人妊娠中期乾咳，日久不止，引得胎動不安，是因何而起？又當如何治療？」

秦念不過在腦海中搜尋片刻，便有了答案。「婦人妊娠中期乾咳，是因氣血不足，陰精無法上承，肺氣陰虧所致。黨參可甘平清肺，麥冬則甘涼養陰，兩者煎服可治此症。」

韓醫工聽了，原本嚴肅的面容忽然泛起笑意。「念兒果真記性好，往後學醫，也能事半功倍。」

秦念聽到師父對她這般誇讚，越發覺得，走學醫這條路是對的。

韓醫工說罷，掃過韓啟一眼。「啟兒，那魚我來剖吧！」

韓啟忙道：「爹爹，您去歇息，廚房裡的事情我來便是。」

「我來做魚吧！」秦念說著，朝韓啟那邊小跑過去。

韓醫工看著這雙人兒，不再擔心他們會有什麼了。韓啟雖已懂事，但秦念還小，即便往後兩人會有什麼，也應當順其自然。每個人都有屬於自己的緣法，是福是禍，避也避不過！

廚房裡，秦念待韓啟將魚剖殺好，便接過來。今天是她拜師的日子，留在師父這裡吃頓飯，她心安理得。

韓啟只剖了一條魚，待秦念接過魚後，便提起另一條還鮮活的魚，去了秦念家。

他可不能帶著秦念吃獨食，得去跟秦氏說說，秦念已經拜了他爹當師父，午飯得在師父家裡吃。

秦念獨自在廚房裡忙活，將魚兒洗淨後，放在小竹篩裡瀝水，再往小灶裡添柴，用火石點火，把水加進三足鐵鼎。

廚房裡有生薑和大蒜，還有醬油，這些調料可不是山溝裡能有的東西，想必是韓醫工從以前的家裡帶來的。

秦念想起，偏房裡有藥用的花椒，忙跑進去，取一些來。

鮮魚入鼎，秦念再把鹽巴和所有調料加進去，又用木勺在陶罐裡舀了一勺油膏。這油膏是用韓啟獵的鹿肉煎出來的，加了它，湯水會十分爽滑。

魚在鐵鼎裡烹煮，秦念又快手快腳在大灶裡生火，將洗好的黍米放進鍋裡，加上水，蓋好蓋子。待黍米飯熟，魚也就差不多了。

接著，秦念趁空洗淨韓啟早晨摘來的野菜，用竹篩備好。

不一會兒，韓啟回來，剛入院門就聞到一股鮮香味，心中暗讚一聲，又對韓醫工喊了聲爹爹，快步跑進了廚房。

一進廚房，韓啟便見秦念蹲在小灶邊，像個小媳婦一樣準備伙食。

他與韓醫工搬來後，起初是由韓醫工做飯，韓醫工醫術雖高明，廚藝卻差得很，向來能熟就好，味道可不能計較。

後來，韓醫工在白米村越來越有名氣，開始忙了起來，廚房的事，漸漸讓韓啟接手。

其實韓啟的手藝挺不錯，他總喜歡鑽研新名堂，這會兒蹲在鍋邊，聞著鼎鍋裡瀰漫出來的鮮香魚味，已是口水直流。

「念兒，妳放了花椒？」

「嗯，花椒可以增香。」

「念兒聰明。」

「啟哥哥，去叫韓叔……不，去叫師父來吃飯吧！」秦念說著，將切碎的野菜放入魚湯中稍稍燙熟，接著滅了火，再拿著大陶碗將魚肉野菜湯盛出來，放在案桌上。

片刻後，韓醫工和韓啟一前一後進了廚房，秦念忙從櫃中取出三只小陶碗，盛了三碗飯。

「前兩日吃了念兒做的餅子，美味得很，心裡念著，往後得讓念兒再做一次給為師吃才行。沒想到這回念兒煮的魚竟是新奇做法，滿院子都是香味。」

韓醫工一邊誇著、一邊拿起木勺舀湯，看到裡面有些黑色顆粒，又嘖嘖稱奇。

「念兒，妳居然還懂得在魚湯中放花椒。」這也是奇了，這般做法，可不是山裡人家懂得的。

秦念笑道：「我娘是京城名門出身，這些做法是我娘教給我的。」

韓醫工抬眼看著秦念，心中了悟。「難怪妳能識字，原來妳娘的出身不簡單！」

秦氏生得美貌，雖著粗布破衫，但依然不失大家小姐的風度。看來也是家門落難，才會嫁到白米村這山溝裡來。

人生際遇，變幻莫測，又怎知最終結果是好是壞呢？

韓醫工想到這裡，深深看了韓啟一眼，希望他往後能有機緣走出白米村，有好的際遇。

飯足菜飽，滿滿一鍋魚湯竟被吃得丁點不剩，秦念暗暗決定，他們這麼愛吃，往後就多替他們燒飯做菜。

飯後洗刷，秦念堅持非做不可，但韓啟搶了她手中的碗。「女兒家的手可得好生養著，這洗刷的事情，讓我來吧！」

秦念看著韓啟挽起衣袖刷鍋碗的架勢，心道往後若是能與他成親，他定是心疼妻子的好男兒。

如此好男兒，她一定不會讓他在她的人生中消失不見！

這時，有道低低的男聲響起。「韓醫工在家嗎？」

韓醫工正在屋中歇息，秦念忙跑出去，發現是村東頭的農家子王茂全，和與他成親兩年的娘子。

韓啟也聞聲跑出來，王茂全見著韓啟，表情有些尷尬，而王娘子則是低著頭，一副羞澀之容。

韓啟雖年少，但懂得男女成婚後，許會有些隱疾，一見這夫妻倆皆是難堪之態，便知道定是有隱疾了，於是對王茂全說：「我這就去喚我爹爹來，你們且在這裡候著。」

韓醫工已被院裡的動靜吵醒，走出屋，瞧見王家夫妻的神情，對他們一招手。「兩位若是看病，便進屋裡來。」

王茂全忙去拉王娘子的手，快步走進韓醫工的屋子。

韓醫工在屋裡見秦念站在門外，一副很想見識一番的模樣，便又招手，讓秦念也進屋。

韓啟則回了廚房，繼續洗碗刷鍋。

第二十四章

秦念是第一次進韓醫工的屋子，屋裡有一方簡陋的几案，上面擺放筆墨，還有一疊裁剪整齊、約莫巴掌長寬的黃麻紙。

王娘子見秦念進了屋，看著韓醫工，有些不解。

韓醫工卻不理會，只看著王茂全，等他說出病情。

王茂全低頭搓手，沈默好半晌，才開口說道：「韓醫工，我與我家娘子成婚兩年有餘，卻還未得一兒半女，不知是有何毛病？」

韓醫工讓王茂全把手伸出來，手指搭上脈搏，探了一會兒，又抬眼在王茂全臉上看了一下，沒說話，目光接著轉向王娘子。

「王家娘子，妳平常月事可準？」

王娘子紅著臉點頭。「準。」聲音細得如蚊蚋。

韓醫工又問：「可覺身體有不適？如月事時疼痛、帶下等症狀。」

王娘子思索一番，道：「平時也就月事時覺得肚子有點疼，不太礙事，感覺自己身體挺好，沒有哪裡不適。」

韓醫工又令王嫂子伸出手，取棉布搭在她手腕上避嫌，在她的脈上探了一會兒，點點頭，目光轉回王茂全臉上，問道：「平常可覺腰腳冰涼、肚腹冷痛？」

王茂全滿臉驚詫地點點頭。「正是如此！」

韓醫工道：「你家娘子的身體應該沒有什麼問題，就是往後要吃得營養一些，不要受凍受寒。倒是你……是否常喝冷水，在大冬天也喝？」

王茂全神情更加驚詫。「韓醫工真是神了，我這人嫌喝熱水麻煩，平常渴了就著井水一灌，覺得舒爽。」

韓醫工接著道：「從你脈上可探到，你的身體陽氣耗損不少，想必平時經常晚睡，房……」正欲說房事偏多，但有個未嫁的女孩在這裡呢，不好明說，遂改口道：「你經常熬夜、喝涼水，及行勞累之事，讓你的身體成了寒冰之地。」

王茂全疑惑。「我的身體成了寒冰之地，與我們能不能生孩子有什麼關係？」

韓醫工淡淡一笑，看向站在身側的秦念。「念兒，妳倒是說說，身體成了寒冰之地，與生養孩兒會有什麼關係。」

秦念抿唇點頭，一本正經地看著王茂全。「王大哥，你是個種地的，你倒是說說，冬天能種地嗎？」

王茂全搖頭。「不能，都是春天播種。」

秦念精緻的小臉上盈起笑。「是呀，冬天冰寒，種子放在地裡都會凍死。到了春天，天氣轉暖，種子種在地裡，就能發芽了。」

王茂全露出一副豁然開朗的表情。「我懂了，身體若是寒冰之地，那我體內的種子播出去，也發不了芽。」

這話說得有點露骨，王娘子不過十七、八歲的年紀，不由面色一紅。

秦念本來也覺得這話有點羞，但想到身為一名醫者，這種事情往後多了去，若是一點點小事便害羞，就沒辦法去面對更羞的事情了，於是鎮定下來，正色對王茂全點頭。

「嗯，你說得很對，如果你想要孩子，得先改掉這些習慣，再用參茸固本湯，以養元陽，生精血。」

王茂全與秦念平常無甚交集，但因秦氏是白米村裡長得最美的婦人，加上楊氏潑辣之名，秦念也是個小美人胚子，王茂全對秦念的印象極深，偶爾見了面，也會打聲招呼。

這會兒王茂全見秦念竟能診斷成年人的病症，實在有點難以相信，又見她順著韓醫工的意思，說得頭頭是道，還把藥方說出來，覺得她真是了不起。

不過……

「念兒，妳剛說的是參什麼湯來著？」

韓醫工替秦念答了。「參茸固本湯。」

此刻，他一個行醫將近三十年的老醫工，已經對這位十二歲的小女孩十分佩服了，心中也歡喜，居然能收到這樣一位可謂是天才的徒弟。

王茂全皺眉。「參茸……不會是人參和鹿茸吧？」他也是出去打過仗的人，有些見識，這兩樣都是名貴藥材，他可吃不起。

韓醫工從王茂全的神情中看出他的難處，寬慰道：「你不必著急，大量的黨參可以替代人參，而我家啟兒前些日子恰好獵得一頭鹿，鹿腎可以替代鹿茸。」

鹿茸是幼鹿頭上帶著茸毛的角，可韓啟上次獵的是頭健壯雄鹿。不過雄鹿的腎臟與鹿茸一樣，都有生精益血的功效，可治不孕。

王茂全聞言，心中一鬆。

韓醫工對秦念道：「念兒，妳去找啟兒，讓他把我醃好的鹿腎拿來，再去藥房取黨參。」語氣一頓。「黨參該用多少，妳知道的吧？」

秦念笑著點頭。「知道，師父。」側身出了門，歡快地跑去找韓啟了。

王茂全看著秦念的背影，再看韓醫工。「原來念兒成了您的徒弟，難怪她那麼厲害。」

韓醫工笑道：「今日我才收她為徒，實則是她自己看了不少醫書，都銘記於心，才能幫你看診。」

王娘子驚詫。「念兒看得懂醫書？真厲害。」

秦念會識字這件事，除了秦氏和秦正元，白米村裡，就韓啟父子知道了。今日幫人看診後，她不必再隱瞞，就算楊氏因為這件事想作惡，她也不會再害怕。

前世一直夾著尾巴度日，這一世，她要挺起背脊，大著膽子做人。

一會兒後，秦念拿著包好的黨參遞到韓醫工手中，韓醫工接過，讚許地點點頭。「抓的量很準確。」說罷，將黨參和韓啟剛送來的鹿腎一併給了王茂全夫妻。

王茂全忙問要多少錢。

韓醫工替村子裡的人診病，若是些小病小痛，他向來不收錢，只收點食物。但鹿是韓啟獵來的，黨參也是花錢買的，日久天長，他也不能一味付出，便收了一些本錢。

這些錢於王茂全來說，是他付得起的，還覺得韓醫工收得太少。他想著，等病治好了，再給韓醫工送些東西來，以表謝意。

韓醫工將王茂全夫婦送到門口，又是一番叮囑，一定要忌冷忌累，最後附耳在王茂全的耳邊說了句。「近來要減少同房的次數，先把池裡的魚兒養足了，再放出來。」

王茂全聞言，笑呵呵地應下了。

韓醫工邁進門，見韓啟和秦念並排站在院內，深深看了秦念一眼，忍不住唇角上揚，對秦念點點頭，背著手進了自己的屋子。

韓啟知道韓醫工是打心眼裡認可了秦念，待到韓醫工進屋關門後，興奮得牽起秦念的手跳了起來。

「念兒，妳真是太棒了！」恨不得把秦念抱起來呢。

秦念被韓啟拉得團團轉，看著韓啟興奮的模樣，心道韓啟還是孩子心性呢。也不知道他對她的好，是哥哥對妹妹的憐愛，還是真的愛她喜她？

接下來的日子，秦念除了隨韓啟學武，跟韓醫工看診，遇到天氣好的時候，還會與韓啟上山採藥。

有一次，兩人在深山待了四天三夜，秦念採了一支有些年分的人參，拿到鎮上，賣了兩千錢。

另外，她做了三回梨膏糖，總共六十多罐，全部賣完。向李二叔收山貨的趙家，一次就買了十罐。

這些錢再加上先前賺的，除去一些花銷外，秦念存了將近五千錢呢！

這筆錢是她從未擁有過的，如果接下來再存五千錢，就能去換一個金餅了。

前些年戰亂，物價極高，即便是五千錢，也算不得多少。幸好近幾年世道安穩，一萬錢換一個金餅，也能有些用處了。

只是近來也怪，楊氏和康琴一直避著她，躲在家裡織布，偶爾去菜地給之前母親和哥哥種下的菜苗澆水，再摘些菜回來。

秦氏心善，覺得近日楊氏沒有為難他們，便送了幾次雞蛋和肉過去。雞蛋是她在後院圈了點地方養雞生出來的，肉則是秦正元上山獵來的野味。

第二十五章

轉眼到了四月中旬，天氣越來越暖。

這日陽光極好，秦念便尋思著去找韓啟，問他要不要再進深山一趟。上回他們進山時，她腳滑，差點落入懸崖底下，韓啟便怕了，不敢帶她上山。

秦念知道自己死不了，所以深山是一定要去的。她要攢錢，這樣等她長大後，才有本錢去應對各種能預料到，又或是無法預料的意外。

可秦念剛走出門，便見前方不遠處走來兩個人。一個年紀大些，一個年輕，不正是康家大伯和康震嗎？

秦念頓覺不好，等了將近兩個月，沒等來繼父康有田，倒是把康家大伯康有利等來了。看來，前陣子康震出門，是到鄰縣尋他爹去了。

秦念不願與康家人親近，轉頭打算回屋裡避著，但康有利老遠便見著她，她未踏入院中，便被喊住。

「念兒，是念兒嗎？快到大伯這裡來，大伯給妳帶了好吃的。」

秦念頓住腳步，慢慢轉回身，看著近前來的康有利和康震，朝康有利尷尬一笑。

「康大伯。」

以前她都是喊大伯的，也不知道是不是康有利沒有注意聽，還應了一聲。

之前康震在秦念和秦正元回村的路上，擊倒秦正元，差點欺辱秦念。這件事，秦念可記得清清楚楚，但眼下康震看著她，卻像個沒事人一樣，還望著她笑。

秦念恨不得在康震臉上啐上一口，但她忍住了。

這時，康有利解下肩上的包袱，從裡面掏出個泛黃的麻布包，遞到秦念手裡。

「念兒，這餅子可好吃了，是我們白米村沒有的，妳趕緊拿去跟妳哥哥吃吧！」

秦念不想接，但康有利往她手上一塞，她不得不接下。

就在秦念轉身欲回屋之時，康有利突然問：「念兒，妳娘在家嗎？」

秦念聽到這句話，心裡頓時一陣憎惡。

康有利對她母親的那點心思，她看得比銅鏡還要清楚幾分。

她臉色一變，不回答，狠狠瞪了康有利一眼，便跑進院裡，還把院門關起來。

「咦！念兒這丫頭怎麼這樣沒禮貌？」

「爹，她近來總跟剛搬進村裡的韓啟待在一起，被帶壞了，往後您可得管管她。」

秦念在院裡聽著康家父子那不著調的對話，火從心起，跑去廚房，將沒打開來看上一眼的餅子扔進灶裡。

灶裡雖無火焰，但裡面有明晃晃的火星，一點就著。不一會兒，沾著臭汗味的麻布燃燒起來，餅子連同這塊臭布一起被燒成了灰。

燒完東西，秦念洗淨了手，去秦氏屋裡。

秦氏正在織布，這臺破舊的織布機聲音大，秦氏只隱隱聽到外面有說話聲，以為是鄰居在閒聊。

「念兒，妳不是去找韓哥兒了嗎？」

秦念湊到秦氏身側，一把拉住秦氏的手，要她停下動作。「娘，康家大伯回來了。」

秦氏一愣，臉上忽地浮起笑容。「那妳繼父也回來了？」

秦念搖頭。「沒有。」

一抹失落之色瞬間浮上秦氏清麗的臉龐，微嘆一聲。「沒等到妳繼父回來，康家大伯倒是先回來了。」

秦念一臉嚴肅地盯著她。「一定是康家奶奶讓康震去喊他爹回來的。」

秦氏微皺著眉頭。「喊他回來做什麼？」

秦念輕哼一聲。「定是為了分家的事。」

秦氏道：「那妳繼父為什麼不一起回來？」

「娘。」秦念覺得，母親在白米村待得腦子越來越不靈光了。「康家奶奶讓康震去叫他爹回來，就是想讓我們分不了家，怎麼可能會要繼父回來呢？」

秦氏心底一沈，低聲道：「妳說的是。」心裡可氣得不輕，這明擺著就是要欺負他們娘兒三個。

秦念見她臉色沈鬱，一副沒了主意的模樣，忙道：「娘，這次您可得記住，不管康家奶奶和康家大伯說什麼，您和哥哥都不能屈服，不要去地裡幹活。」就怕母親心一軟，又被康家人拿捏住。

秦氏抬眼看秦念，怨嘆一聲。「念兒，真是沒有想到，我為了你們兄妹倆才嫁到康家來，卻讓你們在康家吃盡苦頭。」

秦念安慰她。「娘，往後只要有念兒在，定不會再讓您吃苦。這次康家奶奶能派康震把康家大伯喊回來，我們也可以讓哥哥去找繼父。」

秦氏聞言，沈默半晌才開口道：「可是我不放心妳哥哥出門。」

「娘，哥哥只比康震小兩歲，如今只差幾個月就滿十五了。您看繼父，他十五歲時，都上戰場打仗了。」

秦念見母親還在猶豫，又道：「男兒志在四方，這回您讓哥哥出門，對他來說，也是個歷練。」

秦氏聽到這裡，覺得有道理，難不成秦正元還不如康震了！

秦正元與康震相比之下，的確有不如康震之處，他沒有康震的賴皮和大膽，也沒有康震那般會耍心眼。

但是，寧可正而不足，不可邪而有餘。

康震的這些性格都不是為人之道，秦氏不稀罕。

「行，妳哥總歸是要自己出去闖蕩一番的，不如讓他先出門，把妳繼父找回來。」

秦念見母親想通，心下一鬆。「那我這就去把哥哥叫回來。」說罷，轉身便出了門。

第二十六章

一大早，天剛矇矇亮，秦正元就去了山裡。

他每天都會這麼早上山採菌子和野菜，有一種味道特別好的菌子，是半夜開始長，等太陽出來，很快就會被蟲子吃了。所以他得趁著太陽出來之前，採了那些菌子。

秦念知道哥哥平時在哪座山裡採菌子，離得並不遠，她剛走到山腳下，便見哥哥揹著竹簍下來。

秦正元見著妹妹，快步跑到她面前，額上泛著一層密汗，陽光一照，顯得格外有光澤。

這兩年來，秦正元因為經常吃不飽，所以一直沒有長個子。但今年春天，秦念的病症被韓醫工治好後，性情大變，他也跟著強硬了些，楊氏不敢來惹，家裡的伙食也就好了許多，時不時添些葷腥。

因此，不過幾個月工夫，他的個頭猛地竄起來，之前看著與秦念差不多高，這一晃眼，就高出大半個頭了。

秦念總說，若不是耽擱了兩年，哥哥長得定不會比韓啟矮。

秦正元不光長了個子，模樣也長開了些，看著越發俊秀，此時揚起燦爛的笑。

「念兒，剛剛我在山裡採菌子時，撿了一窩野雞蛋，中午妳把韓啟叫來一起吃吧！」

最近他跟著秦念去向韓啟習武，韓啟還誇他資質絕佳，是塊練武的材料。

上回他想把劍還給韓啟，韓啟怎麼也不肯收，硬是塞給他。他十分感激韓啟的恩德，所以有好吃的，就想叫韓啟一起來吃。

秦念點頭，又道：「哥，明早你得出一趟遠門。」把康震去了鄰縣把康家大伯叫回來的事說給他聽。

自出生以來，秦正元除了跟著母親從縣城來到白米村，還沒有去過別的地方。一聽要他去鄰縣，心裡微微打鼓，但又有些興奮和期待。

兄妹倆回了家，秦念把秦正元撿來的野雞蛋收進廚房，又將撿來的菌子拿到井邊清洗。秦正元則去找韓啟，明早他就要出遠門，希望能在出門之前，再討教些耍劍的招式。

不一會兒，秦正元和韓啟進門，秦念已經麻利地做出三道菜，這會兒見著他們，便把鍋裡的烙餅拿出來。

秦正元一眼掃過灶臺，見有不少麥粉，他撿來的十幾顆野雞蛋也放在旁邊。

「念兒，弄這麼多麥粉做什麼？還有這麼多雞蛋，怎麼不多煎幾顆出來？」

桌上的其中一道菜是煎蛋，只有兩個。平日裡吃得省，一頓能吃上一、兩顆雞蛋就很了不得了，但韓啟來了，今日又撿了這麼多蛋，倒是可以一人吃上一顆。

秦念道：「哥，今夜我幫你烙十幾張餅，明早再把野雞蛋全煮了，好讓你帶到路上吃。」說完便出廚房，準備去喊母親過來吃飯。

方才韓啟在家裡便聽秦正元說要出遠門，也準備了點東西，將手中的小包袱放在秦正元面前。

「這是我前些天烤的肉乾，你可以帶在路上吃。」

秦正元忙推辭。「這可不行，你還是留著自己吃吧！」肉是稀罕食物，這些日子本就受了韓啟的恩，還沒辦法報答，現在又拿韓家的肉乾，他心裡承受不起。

韓啟又把肉乾推回秦正元面前。「正元，多備點吃的，才有力氣趕路。再說了，倘若碰上惡人，吃飽了才有力氣自保。」

秦正元聽韓啟這麼說，便不再推辭了。

一會兒後，秦念和秦氏一道進了廚房。

飯桌上，秦氏對兒子自是千叮嚀、萬囑咐，就怕兒子第一次出門，會有個閃失。

剛才秦正元去請韓啟時，韓啟多教了他幾招簡單又實用的自保招式，只待早飯過後，再練上一練。

此刻，他已不再懼怕那條從未走過的路，信心滿滿地安撫母親。「娘，您就放心吧！韓啟教了我不少保全自己的武功，再加上他送我的這把劍。」拿起懸在腰間的劍。「我一定會保護好自己的。」

秦氏聽兒子這麼說，安心了些，指著桌上的餅子和菜。「快吃吧！」夾起一塊煎得嫩黃的雞蛋放進韓啟碗裡，又把餘下的蛋夾給兒子。

秦氏這麼做，並非重男輕女，見兒子看著妹妹，便道：「正元，你吃吧，接下來一路上要辛苦奔波，得長些力氣才行。念兒天天在家，想吃都有得吃。」

秦念也點頭。「嗯，哥趕緊吃。」低頭準備吃餅，卻見碗中多了個煎蛋，卻是韓啟剛夾過來的。

韓啟憨笑道：「念兒吃，今早我就吃了兩個呢。」說罷忙將碗移得離秦念遠些，捧著烙餅吃起來。這樣子，分明是擔心秦念又把煎蛋夾回來。

秦氏看著這對可心的人兒，輕聲一笑，也不多說話，拿起木勺舀了一勺菌子湯，一口餅、一口湯的吃了起來。

日子長久了，她也想通了，韓啟對秦念的好，她都看在眼裡。就算往後秦念要與韓啟待在白米村，她也認了，相信韓啟是真的心眼好，往後定不會虧待秦念。

秦念看著碗裡的雞蛋，心中既感動又感傷。感動於韓啟對她的關心，感傷未知的將來。

她把碗裡的煎蛋一分為二，將多的那一半夾到秦氏的湯碗裡。

「念兒，妳……」秦氏嘴裡吃著餅，看著浸入湯中的煎蛋，這不好再撈出來了呀。

「娘，我們趕緊吃，吃完了，您幫哥哥準備出門的衣裳。」秦念看著秦正元。「明早還得避著康家人出去，可不能讓康震知道哥要去找繼父，不然他們定會設法攔截。」

上次康震為了欺辱她，打傷秦正元的事，直到現在還讓她感到後怕，她總想著，萬一康震那一棒沒打好，把哥哥打死了怎麼辦？康震向來是個不知輕重、不計後果的人。

秦氏頷首。「念兒說得對，我們一定得提防。」

飯後，秦念拉著秦正元一起去了韓家。秦正元練武的事，必須瞞著康家人，不然讓康家人知道，又要在門前搬弄是非，說他不務正業，整日遊手好閒了。

第二十七章

秦正元練武時，韓醫工也在院子裡碾藥材，看著秦正元的一招一式，突然開了口。

「正元這副身骨，應該找位高人好好學一學，不然窩在這白米村裡，倒是耽擱了。」

秦念將這話聽進心裡，忙問道：「師父，我們該如何去找高人？」韓醫工他們出身不一般，定是識得一些高人的。

韓醫工想了想，道。「離鎮上不過二十里路，有一座玫瑰莊園，那莊主便是高手。」

韓啟看著秦念。「上回我好像與妳提過，從鎮上往北方走，有一座玫瑰莊園，說的就是那裡。」

秦念了然，自從知道那座玫瑰莊園後，便心心念念著，等到五月玫瑰花開，一定要去上一趟。卻沒想到，那莊主竟然還是個武林高手。

秦念看著韓醫工。「師父，您認識玫瑰莊園的主人嗎？」

「我……」韓醫工愣住，他自然認得，但避居白米村，就是不想讓人知道他的行蹤。

韓啟也低下頭，不敢面對秦念，因為他幫不了她。

秦念心知肚明，她不想為難韓醫工，更不想為難韓啟，於是輕鬆一笑。「多謝師父提點，等哥哥從鄰縣回來之後，我們自己去玫瑰莊園。」

韓醫工不承想，自己隨口一說，卻讓秦念上了心，搖頭道：「沒有熟人引薦，那莊主怕是不會收正元為徒。」

秦念卻道：「有志者事竟成，我們不去試試，又怎知那莊主會不會收呢？」

韓醫工沒想到秦念能說出如此豪情壯志的話來，哈哈一笑。「念兒，妳若是男子，定要去京城入仕才行。」有如此思想才能，不入仕為國效勞，實在可惜。

想到這裡，他又看了韓啟一眼。讓韓啟這樣有才幹的人窩在這山溝裡，不也是可惜嗎？

韓家院子熱鬧之時，秦念家中卻來了一位「客人」。

秦氏正在屋裡幫兒子收拾出門要穿的衣裳，便聽見院門被推開，一道粗聲入耳。

「弟妹在嗎？」

是康有利！

康有利雖是大哥，但她男人和兒女都不在家，孤男寡女的，理當避嫌。

秦氏心中一驚，忙將剛翻出來的衣物收拾妥當，走出院子。

「弟妹，妳一個人在家嗎？」

康有利瞧見模樣俊俏、水靈靈的弟媳婦，眼睛都直了。

秦氏覺得，這雙眼睛看得她心慌。「大哥呀，念兒和正元馬上就要回來了。」

康有利看看屋外，安靜得很，連個人影都沒有。他可是偷偷瞧著秦氏的一雙兒女跟韓啟一道離開的，小兒女出去玩，哪會那麼快回來。

「大哥，你有事嗎？」秦氏渾身都不自在。

康有利手中拎著個包袱，遞到秦氏面前。「阿蓮，這是我在路上買給妳的料子，夏天快到了，剛好可以拿來做件裙衫。」稱呼都從弟妹改成阿蓮了，語氣親熱得緊。

秦氏忙將手背在身後，又後退一步。「大哥，我屋裡織著布，不缺料子做衣裳。」

「唉，妳織的那灰土麻布哪有這個好，這可是有染花樣的，妳做件裙子，穿起來一定是白米村裡最美的。」康有利說著，索性將包袱解開，抖出一塊粉底藍碎花的棉布料子，很鮮嫩的顏色，適合秦念那樣的小姑娘，卻不適合秦氏。

秦氏委婉道：「大哥，我想要料子，有田會買給我的。」

康有利鄙夷一聲。「就他那憨憨的性子，哪會替妳買料子。」

秦氏動了氣，目光嚴肅了幾分。「大哥，這料子留給嫂子吧，我不要。」說罷，越過康有利，想奪門而出。

天時地利人和，康有利哪能錯過這樣的機會！在秦氏經過他身邊時，猛地一把拉住秦氏的胳膊。

「阿蓮，妳別走啊！妳可知道我……」

「大哥，你趕緊鬆手，若是不鬆手，我就喊人了。」

「妳這個傻女人，要是妳喊了人，看是我吃虧，還是妳吃虧。」康有利說著，用力將秦氏一拉，試圖把她拉進自己懷裡。

孰料秦氏此刻像是鐵了心一樣，猛地一腳踩在他腳背上，又乘機使力將自己的胳膊從他的魔掌中抽出來，而後抹著眼淚，奪門而出。

這一回，秦氏可嚇得不輕，若真被康有利輕薄了，她有何顏面活在這世上？

秦氏奔出院子，遠遠地瞧見秦念，像是找著了救命稻草一樣，朝著女兒跑去。

秦念在韓啟那裡練武時，猛然想起康有利回來了，而秦氏一個人在家，於是拔腿就往家中趕。

她本以為只是自己多心，沒想到母親抹著眼淚朝她跑來，一看這般模樣，定是被康有利欺負了。

「念兒。」

「娘，您怎麼了？是不是康家大伯欺負您了？」

秦氏沒想到，自己不曾開口，便被女兒猜出來，抹著眼淚點頭。「念兒，這些日子，妳切不能讓為娘一個人待在家裡。」

也真是奇怪，自從秦念被醫好之後，秦氏就覺得自己十分依賴女兒，她與女兒的關係，似乎都倒置了。

她本應該是女兒的保護神，如今卻是女兒護著她。

「康有利真是太該死了！康家人都該死！」
秦念看著從自家院裡出來的康有利，左顧右盼，一副鬼鬼祟祟的模樣，當真氣極，她就沒見過這麼噁心的一家人。
「念兒，妳可別亂說話，妳繼父也是康家的人。」秦氏覺得女兒說得過了些。
秦念微嘆。「康家人裡，也就繼父和康岩是正常的。」差點把康岩也歸了類。
「娘，我們回家吧！」
由於秦氏被康有利嚇得不輕，她在家裡收拾完兒子的衣裳後，就抱著一盆髒衣裳，去了溪邊洗衣。
秦念擔心她，要跟著一塊去，但秦氏卻讓秦念去韓啟家裡學醫學武。能多學點本領，將來就不會像她一樣被人欺負了。
見溪邊洗衣的人多，秦念放下心，去了韓啟家。

第二十八章

家醜不可外揚，秦念並未將母親受康家大伯欺辱之事告訴韓啟，也沒有說給哥哥聽，以免哥哥擔憂。

這夜，秦念是跟著秦氏一起睡的。

母女倆心裡都裝著事，睡得不沈。天將要破曉時，早早起了床，叫醒了秦正元。

秦氏去廚房給兒子烙餅、煮野雞蛋，秦念則幫哥哥打理行裝。

天亮前，秦正元包袱裡揣著秦念給的二千錢，還有十幾張烙餅和十幾顆野雞蛋，準備出發了。

秦念送他到村口，幫他整了整衣襟，叮囑道：「哥，你可要記得，到了夜裡切不能露宿，我給你的錢，足夠你住客棧了。萬一找不著客棧，就到村子裡找看起來可靠些的莊戶人家，給十幾銖錢過夜。」

秦正元將佩劍懸在腰上，點點頭。「嗯，我知道了。」

秦念又道：「萬一碰上打劫的，你打不過他們，就把錢交出去。萬不能為了錢財，而丟了性命。」

秦正元憨笑一聲。「念兒放心，哥哥雖愚笨，卻也不是個傻的。」他有自知之明。

秦念朝北邊的方向看了一眼。「哥，等你回來，我們就去鎮子北邊的玫瑰莊園瞧瞧。」

秦正元臉色微沈。「沒人引薦，怕是不容易。」他心中嚮往，卻知道不太可能。

秦念微微一笑，拍拍他的肩。「走吧！走快些，說不定今晚可以趕到客棧投宿。」

康有田雖然在鄰縣做工，但聽說得翻過兩座高山、一條大河，又得經過十幾個村子，五座小鎮，這一路上怕是不容易的。

秦正元轉身走了，秦念看著哥哥第一次獨自出遠門，心中擔憂萬分，卻也覺得，哥哥的心性會因這一趟路程，而成熟起來。

秦念回到家時，天色已大亮，院子裡傳來一道令人不悅的聲音，她快步邁進院門，發現康琴在母親屋裡。

「嬸嬸，今早奶奶突然起不來了，大伯說得帶她去縣城醫治才行。這兩年妳帶著兩個拖油瓶在我家混吃混喝，錢被他們花得沒多少了，不夠看病的。奶奶說，她這病怕是要花上萬錢才能醫好，妳把妳家裡攢的那些錢先拿來應應急。」

「琴兒，妳說什麼呢？念兒和正元待在康家，光顧著種地幹活，吃都吃不飽，哪裡花掉你們康家的錢了？」秦氏一聽康琴這話就來氣。

康琴理屈，也不想多辯駁，一跺腳，怒聲問道：「嬸嬸，妳就說妳這個當兒媳婦的，還管不管自家婆婆了？」

秦氏張口，正欲說話，秦念一腳邁入門檻。

「管，當然得管。」

康琴轉頭，見是秦念，手忙朝秦念一伸。「管的話，那快些把錢拿來，好讓奶奶盡早去縣城醫治。」

秦念看著康琴嫩嫩的手掌心，這是雙從來沒有握過鐵鋤的手，冷冷一笑，將一物順手擱在她手上。

康琴覺得掌心一涼，收回手一看，登時連腿肚子都軟了，手一甩，跺著腳，嚇得啊啊大叫起來。

秦念看著康琴被小蟲子嚇傻的模樣，忍不住笑得前俯後仰。

天氣漸熱，小動物明目張膽地四處橫行，秦念在門口見著這條小蟲，便順手抓了，若是康琴太無理，就拿蟲子嚇嚇她。沒想到一進門，康琴就把手伸過來。

「秦念，妳居然敢拿蟲子嚇我，我告訴我爹爹去！」康琴慘白著一張小臉，哭著跑了。

秦氏見狀，有點擔心。「念兒，妳得罪了康琴，怕是有麻煩。」她很怕康有利。

秦念淡然一笑，拉著母親的手安撫道：「娘，您不必擔心，兵來將擋，水來土掩。」

秦氏皺著柳眉，看著康家大院的方向。「聽說康家奶奶今早突然不能動彈了，為娘是不是該去看看？」

秦念點頭。「嗯，娘可是當媳婦的，自然得關心婆婆，我們這就去吧！」與其等著康家大伯來找麻煩，倒不如主動出擊，看看那邊到底想搞什麼名堂。

康琴說楊氏癱了，一來就要一萬錢，別說她現在還沒有攢到一萬銖錢，就算有，也不會給的。

康家大院裡，康琴正在向父親哭訴道：「秦念那個賤蹄子，居然把蟲子丟在我手心裡。爹，您可得替我作主，最好打死她。」

「妳這丫頭說的是什麼話呢？打死人可是犯了律法，要償命的。」

「可是秦念她丟蟲子嚇我呀！爹不整治她，下回她不知會拿什麼東西來害我。嗚……爹，就算您不打死她，也得把她的手和腳打折了。」

「好了好了，別瞎鬧，不過是一條蟲子，多大的事情。」

康有利想著秦氏那張好看的臉，他可是要討秦氏歡心，哪可能傷秦氏女兒的性命。

康琴見父親不護著她，氣得大哭。

自從韓啟到白米村後，時時護著秦念，前兩年她還能把秦念當奴隸使喚，但如今秦念像變了個人似的，她動些歪念頭，秦念就會設法讓她難堪，連自家奶奶都不是秦念的對手，最近都避著秦念，連自己媳婦也拿捏不住。

本以為父親回來後會幫她撐腰，讓父親去教訓秦念，父親卻不肯。

這時，秦氏帶著秦念進了院門，康琴一雙淚眼瞥見她們，瞳仁裡像是淬了毒一樣，牙齒咬得咯咯作響。

「秦念，妳到我家來幹麼？」

秦念雲淡風輕地說：「康琴，剛剛妳不是要讓我娘管妳奶奶嗎？」

妳奶奶？這個詞，把康有利驚著了。

他知道自家老娘厲害，以為楊氏不認這個繼孫女了，便好言道：「念兒，我娘也是妳的奶奶，不只是琴兒和震兒的奶奶。」

秦念微扯唇角。「康大伯，康奶奶是你女兒的奶奶，卻不是我的奶奶。不過康奶奶是我娘的婆婆，所以她生了病，我娘自然是會管的。」

她一口一個康字，就是要把自己和康家區分開來。經歷了前世，她最討厭的就是被當成康家人。

康有利皺起粗厚的眉毛。「念兒，妳這樣說就不對了，妳隨妳娘嫁到康家，就是康家的人，我娘是妳的奶奶，琴兒和震兒是妳的姊姊和哥哥。」

秦念冷哼一聲，一雙黑白分明的眼睛，此刻看起來格外凌厲。「若是一家人，怎會下毒害我？康大伯，你怕是不知道吧，年前那場病，害我差點嚥氣，就是你娘康奶奶和你的寶貝閨女幹的好事。」

「什麼？」康有利瞪圓了眼珠子，滿臉不敢置信。

「爹爹，沒有這回事，秦念她瞎說。」康琴忙辯駁。楊氏早早就教過她，往後秦念再提下毒之事，打死都不承認，還要做到臉不紅、心不跳。為此，康琴可是偷偷練過好多次的。

康有利見女兒的神情不像是騙人，轉臉看向秦念。「念兒，什麼下毒，這等要爛腸子的事情，可不能亂說。」

秦念見康琴神態自若，完全一副無辜無害的模樣，心裡一陣惡寒，不想再跟這父女倆唱戲，便將話頭轉回來。

「我娘是來看她婆婆的，你們若是攔著不讓她看，那我娘就不管了啊！」說著，拉起秦氏就要走。

「慢著！」康有利忙喚住秦念。

秦念心底鄙夷，還真會作戲，看來找她要錢這事，他比他娘還急。但還是頓住腳步，扶著母親轉回身。

康有利和康琴讓出一條道來，秦念挽著母親的胳膊，走進了楊氏屋裡。

第二十九章

這是秦念第一次進楊氏的屋子。

前世，秦念心裡十分懼怕楊氏，平時連抬頭看楊氏一眼都會嚇得瑟瑟發抖，更別說到楊氏的屋裡來討楊氏的嫌了。

一進門，一股潮濕混濁的氣味便迎面撲來，直嗆得秦念想嘔吐。

定睛一看，屋裡更是凌亂不堪，衣裳雜物胡亂放置，地上還有不少塵屑。以前秦氏陪嫁過來的上好家什全堆放在她屋裡，蒙上了厚厚的灰塵，顯得格外突兀，倒像是一間堆滿雜物的倉庫。

炕上的錦被也是秦氏陪嫁過來的，給楊氏睡了兩年，也變得破舊不堪。

越是上好的布料，越得精心護著，像楊氏這樣不講究、不愛乾淨的，自然壞得更快。

此刻，楊氏昏睡在床榻上，一雙老眼閉得緊緊的。但不知為何，這雙眼睛感覺一點都不老實，眼皮子滾來滾去，一直在動。

秦氏幾步上前，輕聲問道：「娘，您這是怎麼了？」

秦氏剛嫁來時，十分敬重婆婆，但兩年過去，楊氏的所做所為，早將她對楊氏的好感消磨得一乾二淨，心底只餘厭煩。不過好歹是自家婆婆，面子上的話，該說的還是要說，該做的樣子也得做，不然被人抓住把柄，給她安個不敬長輩、不孝婆婆的罪名，麻煩就大了。

楊氏躺在床上不動彈，眼皮子依然滾著，就是不睜開，一看便知道在裝睡。

秦念仔細打量著楊氏，瞧見楊氏身上那般富態的模樣，心裡就來氣。

兩年來，楊氏把地裡的活都推給他們娘兒三個做，除了做些織布的活之外，就像頭豬一樣，吃了睡，睡了吃，黝黑皮膚變白不少，原來細瘦的腰也成了水桶。

相較之下，他們母子瘦得一丁點肉都沒有。

其實對於秦念來說，她是不怕瘦的，反倒覺得人瘦些好，但她和哥哥正是長身體的時候，母親也因吃不飽，常常餓得昏倒。

母女倆各自想著心事，康有利卻乘機移動步子往秦氏身邊挨，秦氏一驚，忙挪開一步，但再挪也挪不開了，旁邊就是土牆。

秦念見狀，忙一把扯開康有利，站在康有利和母親中間，道：「康奶奶，要不，我讓我師父來幫您診診吧，他治病可厲害了，保證藥到病除。」她早就不擔心自己學醫之事讓楊氏知道了，所以在楊氏面前，也直稱韓醫工是她師父。

昨天康有利聽聞幾個月前搬來的韓醫工成了秦念的師父，卻不承想，秦念居然識字，這還真是稀奇。這年頭要是能遇見個識字的人，都是得當成寶貝供著的。

「念兒，妳奶奶這病，村裡的醫工怕是治不好，我打算帶她去縣城，找好些的醫工。」

秦念輕笑。「康大伯，你都沒讓我師父來治，怎麼就能說我師父治不好呢？」

康有利將早與楊氏商量好的託詞如數搬出來。「妳奶奶年前找人算過一卦，說有個姓韓的人來了，會衝撞到她。自從韓醫工到我們村裡之後，妳奶奶經常不舒服，運勢也不好，昨晚她與我說話，還說若是生病，絕不找韓醫工看。這也是奇了，今兒早上，她便無端不能動彈了，癱在床上起不來，連眼睛也睜不開。」

秦念道：「既如此，康奶奶擔心我師父會衝撞到她，便由我先來診治吧！」

「妳算個什麼東西？就妳這樣連毛都沒有長開的，還會治病？」康琴一聽秦念要醫治楊氏，立時噼哩啪啦罵出一串話來。

康有利把正在氣頭上的康琴拉到一旁，溫聲對秦念道：「念兒，妳年紀還小，妳奶奶這病，妳是看不了的，還是去縣城治吧。只是，這一上縣城，少不得要花上萬錢，我在鄰縣做工的錢還沒有結算，手中那點零碎的錢，得留著當盤纏。」一雙賊眼盯上秦氏。「弟妹，聽說近來念兒賣藥賺了不少錢，要不先找妳借點？」

秦氏看向女兒，錢是女兒的，她可不好多說什麼。

秦念冷道：「康大伯，你娘明明就可以給我師父治，這樣一來便能省下上萬的錢，卻偏偏不治，非要上縣城。哼，最近我的確是賺了點錢，不過都給我師父了。」

「妳賺的錢不孝敬家裡，給妳師父做什麼？」康有利驚問。

「束脩呀！」秦念無奈，只得把韓醫工拿出來當擋箭牌。「你以為學藝不用付錢嗎？」

秦念語氣不敬，但康有利因著昨日之事，又有求於她，所以也不好多說什麼。

這時，秦念瞧見躺在床上的楊氏身子微微發抖，牙齒咬得緊緊的，似乎可以聽到格格作響，怕是氣壞了。

秦氏見氣氛不對勁，忙打圓場。「要不，還是找韓醫工看吧。娘都不能動了，若是去縣城，一路顛簸，怕是會更糟糕。」

康琴聞言，立時掐著字眼挑錯，對秦氏罵道：「嬸嬸，妳怎麼說話的呢？怎麼去縣城就更糟糕了？是妳不想出這筆錢吧？」

面對康琴的無理取鬧，秦氏一時不知該如何頂回去，只得又求助地看著女兒。

秦念涼涼道：「不想讓我師父診，也不要讓我診，又沒錢去縣城，那康奶奶就在家好好養著。」又抬頭看康有利。「康大伯，要不你還是回工地去，趕緊結算工錢，好給康奶奶治病。」我這裡，你就別盡惦記著了。

康有利忙道：「我那工錢是半年一結，就算現在去要，也是要不到的。」

秦念道：「那你回來做什麼？」想把康有利的目的逼出來，耗著不說，反而不好解決。

康有利是想先把秦念手中那些錢摳出來，再提分家之事。如今錢沒有了，心裡像是壓了一塊大石，沈得透不過氣來。

一時間，他的脾氣也上來了，大聲對秦念喝道：「還不是妳搞出來的事，說什麼要分家。我娘生養我和有田容易嗎，我們康家一大家子人，和和樂樂的，妳倒好，攛掇著妳娘來分家，這好好的家一分，還算個什麼家！」一張惡臉對著秦念，就是不敢看秦氏。

女兒受了如此責罵，當娘的若是再不站出來，當真是無能透頂了。

秦氏把秦念往她身後一拉，想著先前的各種煩心事，對康有利大聲起來。

「分家之事是我提的，年前念兒被婆婆下了毒，差點沒命，若非韓醫工救活她，我也不要活了。你們康家人如此待我的女兒，便是不待見我，若是不分家，我們娘兒三個沒有活路，倒不如讓有田給我寫一張和離書，我帶著我的兒女走人便是。」

秦念聽著母親這番維護她的硬話，心裡覺得格外舒爽。

康有利得知心尖上的人兒有想離開康家的念頭，頓時連心都化了，連忙軟聲道：「弟妹，其中定有誤會，我娘哪可能會下毒害念兒呢。我娘是個良善人，不會做這等惡事。」

秦念道：「康大伯，你娘有沒有下毒害我，你可以私底下問你娘和你閨女。總之，這家是一定要分的，若是不分，我們便離開康家。」

「不。」康有利急忙擺手。「你們不能離開康家。分家之事，待我娘病好之後再商量。」

秦念知道不管怎麼說，也得等繼父回來才能談分家，聽話說到這裡，便順著臺階下。

「那行，我娘也算是來看過婆婆了，如今我們沒有錢給她去縣城，便讓她在這裡將養著。說不定躺到明日，一覺醒來就好了。」

康有利道：「癱都癱了，哪是說好就能好的。」

秦念不想再掰扯，一把拉起母親的手。「娘，我們先走吧，家裡還有幾個雞蛋，待會兒送來就是。」

秦氏動了氣，不想再裝模作樣地問候楊氏，便與秦念走了。

康有利見秦氏這般生氣的模樣，再想著老娘的惡行惡狀，還有秦氏那溫婉善良的性子，相比之下便能料定，母親下毒害秦念一事，是真的了。

秦氏母女走後，楊氏的屋子瞬間安靜下來。

楊氏猛地睜開眼睛，或許因為閉得太久，加上老眼昏花，她眼前一片黑暗，半晌才緩過勁來，瞧見兒子康有利和孫女康琴站在床前。

康有利扶著楊氏坐起身。

「娘，念兒賺的錢全給了韓醫工呢，這可怎麼辦？」康有利說著，心疼得很。康家人賺的錢，憑什麼都給了外人。

楊氏朝門口看了一眼，低聲道：「秦念定是騙人的，怕我們要走她的錢。」

「啊？」康有利大驚。「娘，此話當真？」

楊氏嗔他。「肯定沒錯，就算要付束脩，她也不可能把賺來的錢都交出去。我聽說她做的梨膏糖，一罐能賣三十錢呢。為娘看過幾回，她賣得可不少。」

康琴也湊上前。「聽說她還賣過一棵何首烏，賺了千錢。」

「乖乖，這妮子怎麼這般會賺錢呢？比我們累死累活幫人建屋舍還賺得多。」

康有利滿臉驚訝。先前楊氏只說秦念有錢，說是賣藥賺的，想拿過來。他念著秦氏，沒有細問，就應下騙錢之事。

楊氏憤憤道：「秦念這小野種，自從韓家父子來了後，瞧見有人幫襯，就不把我這個當奶奶的放在眼裡。每日住我康家房、吃我康家糧，卻連一聲奶奶都不喊，直叫我康奶奶。」

康琴添油加醋。「就是。爹，秦念還喊您康大伯呢！」

康有利聽著這話，心裡雖氣，卻記著秦氏說過的事，仔細盤問起來。「娘，您當真給念兒下過毒？」

他記憶裡，秦念來康家後，一直很乖順，平時連說話都不敢大聲，怎會病了一回後，就跟康家人分得如此清楚了？

楊氏臉不紅、心不跳地搖頭。「沒有的事，都是她胡編的，你切莫聽她胡言亂語。」

康有利知道母親的厲害，扭頭看向女兒。

康琴本有些心虛，但見奶奶這般鎮定，膽子大了些，對康有利搖頭。「爹爹，這真是秦念亂說的，我和奶奶縱然不喜歡她，但好歹是一條命呀，哪會做出這等惡事。」

康有利想到，之前女兒還要他打死秦念呢，這會兒倒是會說這等話了？不過想想，老娘雖是厲害了些，倒不至於會害人性命。

「看來這件事就是弟妹想要分家找的藉口。我再去找弟妹說說，這家是切不能分的，念兒往後賺的錢，也要交上來。」不分家，賺的錢自然是交到楊氏手上，由楊氏管著。

楊氏見兒子相信自己，鬆了口氣。「等會兒秦念會去韓家，到時你再去找阿蓮，就說為娘這病非要上縣城治不可，念兒那丫頭一定得把私藏的錢拿出來。」

康有利聽見自己可以名正言順趁秦念不在家時去找秦氏，心裡雀躍得像是有小鹿在撞。

「行，我等念兒一走，就去找弟妹。」

康琴忙道：「爹，我跟您一塊去。」

康有利扭頭瞪她一眼。「大人的事，妳摻和什麼？」

康琴癟嘴，無話可辯，只得轉身走出楊氏的屋門，回自己房間去了。

路上，康琴一邊走、一邊嘀嘀咕咕。

「爹爹是被嬸嬸那個妖精迷住了，巴不得去她屋裡鬼混呢！哼，等娘回來，看我把不把這件事告訴她。」鼓起腮幫子，又念叨起來。「當娘的是個妖精，女兒也是個妖精。」

想到韓啟整日與秦念混在一起，秦念還成了韓啟父親的徒弟，她就氣得要抓狂。

另一邊，康有利在秦氏院外守了大半天，直到暮色臨近，也沒見著秦念從屋裡出來，倒是屋裡飄出一股甜香味，不知母女倆在廚房裡煮什麼？想進去瞅瞅，但想起昨日的事情，又覺得不妥。

還是等明日再看吧，秦氏總有一個人在家的時候。

第三十章

這時，秦念正在家裡熬梨膏糖呢！今早李二叔給她帶了話，鎮上的趙家又要十罐梨膏糖，說是要帶去京城，送給他家的大官親戚。

趙家主母有非常嚴重的咳症，吃了幾罐梨膏糖後，症狀稍有減輕。

這回，李二叔不僅帶話讓秦念送十罐梨膏糖，還替趙家請秦念過去看看主母的病症，有沒有斷根的可能。

本來李二叔是向那戶人家推薦韓醫工的，還說秦念就是韓醫工的徒弟，無奈韓醫工不肯出村子，只得讓秦念去了。

上回翠枝的腹瀉之症被秦念治好，李二叔對秦念是十分佩服的，但想著秦念畢竟是個孩子，再說趙家主母病了好些年頭，與小孩子的病症不一樣，肯定不是那麼容易治，所以對明日秦念去看診之事，心有忐忑。

晚飯前，秦念把梨膏糖做好，便聽見康震在外面喊：「秦正元，秦正元……」

秦念心裡一驚，思忖著該如何應付康震。

康震的身後是康有利。

康有利在外面候了許久，見兒子從村外回來，就叫他進去一探究竟。又想著這一日都沒有見著秦正元，不知道去了哪裡，便讓兒子喊秦正元的名字。

秦氏也聽見了，一時沒了主張，急忙去廚房找女兒。

秦念洗淨手，對母親道：「娘，您別著急，待會兒您只說，哥是去縣城找親戚。」

她生父的哥哥住在縣城，只是自從父親去世後，伯父一家人就變得非常刻薄。

當時，秦氏決定再嫁，伯父一家人便鬧到家裡來，說除了家什和衣物可以帶走之外，錢財和商鋪、田地等，她都不能拿，得歸給他們。

秦氏性子軟，被逼得沒了辦法，只得帶著能拿得到的東西嫁到白米村。

當年的秦念未滿十歲，那陣仗把她嚇得哇哇大哭，可孤兒寡母的，只能任人欺負。

現在想到這事，秦念便決定，待到她有能力之時，定會去縣城找伯父討回公道。

於是，秦氏在後，秦念在前，去開了院子門。

康家父子並排站在一起，秦念猛然間覺得，康震越長越像康有利了，相貌還說得過去，端端正正，只是那雙眼睛透著一股陰戾之氣。

「你們找我哥做什麼？」秦念臉色很冷，語氣不耐。「我哥去縣城找親戚了。」

康震看著秦念，就像康有利看著秦氏一樣，露出一副垂涎三尺的模樣來，讓人看了就覺得噁心。

「去縣城做什麼？」康震有點在意。一直以來，秦正元都是被他踩在腳底下蹂躪的，他都沒有去過縣城呢，秦正元竟然跑去了。

對住在山溝裡的人來說，縣城可是很大的地方。

「他不小了，想到縣城尋點活計，所以去看看。」

秦念想著，待哥哥回來，得去玫瑰莊園找莊主拜師，就算不成，往後也不能讓哥哥窩在這山溝裡種地，所以編出這些話來，想替哥哥先鋪點路。

康震聽說秦正元去了縣城謀活計，心裡有些不爽快了。

「就他這個膽小如鼠的，還能在縣城做活？」

秦念秀眉微揚。「我哥膽子再小，在縣城也是有人護著的。」

康震一臉不屑。「就妳劉家那個親大伯？得了吧！你們都被他欺得田地和鋪子全沒了，還指望他會護著妳哥？」

當初秦氏嫁到康家時，多嘴的媒婆把這事一五一十說給楊氏聽，楊氏氣得差點跑到縣城去找秦念的大伯算帳，還是康有田攔住她，說他能娶到媳婦已經不容易，何況秦氏還沒入門呢，就去找秦氏的大伯一家要秦氏的東西，實在說不過去，楊氏這才作罷。

後來，楊氏每每想到這件事，心肝便疼得很，回回拿這個罵秦氏是沒用的東西。

秦氏也是無奈，前夫家的商鋪和田地雖說都是前夫賺來的，但也是她嫁過去時就有的，沒這個道理把前夫家的東西帶到康家來。因此，當初前夫的哥哥來討要商鋪和田地時，她才沒有要死要活地去爭。

秦念看著康震那副欠揍的模樣，冷冷道：「就算我大伯不喜歡我們，但我哥好歹是劉家的血脈。我大伯得了我家的東西，也覺得虧欠我們，曾經說過，往後我和我哥有什麼需要幫助的，他一定會幫助我們。」

康震聽得秦念如此說，心中悻悻，難不成他還比不過秦正元那小子了？不成，將來他定要混得比秦正元有名堂。

康有利一直想著這院子裡的甜香味，又想與秦氏多說幾句話，於是趁著兒子和秦念說話的工夫，擠進了院子。

秦念見康有利擠進門，忙一腳擋在母親和康有利的中間。

昨日康有利把秦氏嚇個半死，此刻秦氏看到康有利，就像是瞧見一頭大老虎一樣，後退了好幾步，心顫顫地狂跳。

「弟妹，今晚你們吃什麼呢？我去看看，若是菜不夠，明日我去鎮上幫妳買些來。」康有利說著關心的話語，表情卻是一副饞相，還想探著步子往廚房走。

秦念伸手攔住康有利。「康大伯，我哥不在家，男女有別，你還是不要進來的好，免得其他人看見了，說我娘的閒話，到時康家奶奶又誣衊我娘。」

話說到這份上，康有利再不走，那真是太無理了。

他無奈地收回腳步，退出門外，不過還是不死心地又對秦氏說了句。「弟妹，娘的病可得趕緊治，若妳手頭寬裕，還是得拿出錢幫襯。」

康有利真是不要臉，剛剛說要買菜給他們吃，這會兒又提要錢之事。

不等母親說話，秦念已經開了口道：「康大伯，我說過了，我賺來的錢都當成束脩付給我師父了，手上沒有錢，你們就別惦記了。」

她說罷，趁著康有利的話還沒說出來，十分不給面子地將院門砰的一聲關了，差點撞壞康有利的大鼻子。

進了屋，秦氏有些擔心，低聲道：「念兒，妳這樣得罪康家大伯，怕是不好吧！」兒子不在家，還是很怕有人暗地裡欺負母女倆。

秦念轉身看著她。「娘，您越是怕康家大伯，康家大伯越覺得您好欺負。」說完便去了廚房。

她得趕緊吃晚飯，再熬幾瓶桂花膏糖。

近日山裡的桂花開得盛，她摘了一些回來，想先試著做幾罐膏糖，若是沒問題，就去山裡多摘些花瓣來，做個幾十罐拿去鎮上賣。

有了梨膏糖和桂花膏糖，等到哥哥回來，再去找玫瑰莊園的莊主，若是那邊能賣些玫瑰花給她，還能做玫瑰膏糖。接下來山上的桑葚結果，也可以做桑葚膏糖。

有這麼多種膏糖，一定會非常好賣。

吃過晚飯，在熬桂花膏糖時，秦念突然想起楊氏的事，做好後，便匆匆去了韓啟家。

亥時一刻，夜色籠罩著大山山腳下的白米村。半月懸在屋頂，月色朦朧，樹影婆娑。康家大院的圍牆外，一高一矮兩條修長的黑影，矯健地翻牆而入。

院牆內，三間夯土房裡，剛剛才熄了燈。

秦念靜悄悄地走到楊氏屋子的窗沿下，窗戶有些小，也有些高，看不到裡面的動靜。她記得，昨日進來時看到院裡有一塊用來蓋房夯土的石夯頭，趁著微亮的月光找到它，與韓啟一道搬到窗沿下。

韓啟身量高，手中提著一個帶蓋子的竹簍，示意秦念從石夯頭上下來。

秦念想著，韓啟身高手長，比自己更適合行動，便從石夯頭上下來。待韓啟站上去後，她幫他打開竹簍的蓋子，韓啟則將竹簍舉高，將裡面的活物順著半開的窗戶放進去。

作賊心虛，幹完壞事後，秦念拉著韓啟的手，準備逃了。

但韓啟抽手指著窗下的石夯頭，把竹簍遞給秦念，示意她先順著院裡的大棗樹往上爬，他將石夯頭移回去。

秦念爬上樹，瞧見楊氏屋裡已經有了些微動靜，接著越來越大，而韓啟剛剛才把十分沈重的石夯頭搬回原處，心急如焚，招著手，示意他趕緊上樹。

第三十一章

「啊——」

楊氏屋裡傳來一道驚恐的叫喚，伴著細細的吱吱聲，還有櫃子、椅子碰撞的聲響。

秦念拉著韓啟的手，低聲喊快，兩人俐落地攀到樹上，韓啟先躍上圍牆，再來拉秦念的手，跳下圍牆之外。

這個時候，楊氏的屋門已經被打開，楊氏跌跌撞撞地跑出屋子，住在隔壁幾間的康有利和康震，還有康琴，也出來了。

楊氏被嚇得失了魂，從院子裡直接衝到外面。

「娘，您這是怎麼了？」

「屋裡有野獸，有野獸！」楊氏抱著屋外的樹，嚇得腿肚子都軟了，不停地喊叫。

隔壁三間小院的院門打開，秦氏帶著女兒秦念走出來，見楊氏站在樹邊抱著樹，連忙關心地問：「娘，您這是怎麼了？」

楊氏稍稍緩過來，氣喘吁吁地鬆開樹幹，一手扠著粗腰、一手指著自個兒屋裡。

「有野獸進了我屋裡，快打死牠。不打死牠，老娘沒辦法睡得安穩。」她嚇得可不輕。

康有利忙道：「行，我這就去看看。」叫康震去點燈，等燈亮了，才敢進屋。

康琴也被嚇得跑到楊氏身後，扯著楊氏的衣襬。

這時，秦念幾步走到楊氏面前，輕笑道：「康奶奶，妳不是癱瘓在床不得動彈，還昏迷不醒嗎？」

夜色下，楊氏看著秦念，一時語塞。「我，我……」

隔壁幾戶鄰居都被楊氏的動靜吵醒，披著衣裳出來看熱鬧。

小山村的人不多，鄰里間熟得像是自家親戚一樣。

昨日楊氏癱瘓之事，一個時辰不到，便鬧得全村皆知，昨日還有不少鄰居來勸康有利，找韓醫工幫楊氏診治呢，都說韓醫工厲害得很，不管什麼疑難雜症，都能治得好。

當時，康有利都快扛不住了，差點要說出楊氏是裝病之事，後來還是楊氏故意裝出憋了一口氣，一副被人吵得醒轉過來，又氣力全無的樣子，說她命格與韓醫工相剋，絕不能去韓醫工那裡診治。

這時，一個年輕的小媳婦好奇地問：「康奶奶，妳昨日都癱了，怎麼今日就好了？」

楊氏的為人，村民們十分清楚，尤其秦氏帶著一雙兒女嫁到康家來後，楊氏更是把惡婆婆的形象演得跟話本子裡的毒婦一個樣。所以，即便是剛嫁進村的小媳婦，也能聽上幾句關於楊氏如何為難秦氏母子的事情來。

這不，這位說話的小媳婦昨日就跟自家婆婆說，楊氏的病一定是裝出來的，韓醫工是多好的人，怎麼就剋著她了？還不讓他來治，分明是貪上了秦念賺的那些錢。

面對小媳婦的質疑，楊氏結結巴巴，一時不知該如何解釋。

緊接著，鄰居們都來追問楊氏，似乎想逼著她，承認昨日是裝病。

但楊氏又怎麼敢承認？

這時，秦氏上前來，替楊氏解圍，對鄰居們道：「多謝各位關心，昨日我婆婆定是中了邪，屋裡的野獸一來，就把她的邪症治好了。」

這番解釋立時給了楊氏臺階下，楊氏忙點頭。「是是是，昨日我一定是中邪了，無端不能動彈。剛剛那野獸進了屋，定把我身上的邪氣衝跑了。」

鄰居們可不是傻子，他們都明白秦氏心善，更知道楊氏是心虛。但畢竟是鄉親，就算楊氏有多壞，也不會壞到他們頭上去。清官難斷家務事，他們便不再多說什麼風涼話了。

只有兩位好心的鄰居嬸子，把秦氏拉到一旁，低聲說：「妳這婆婆可不是個好相與的，妳這般替她解圍，她不一定會領情呢。」其實這話也是想套套秦氏的口風，印證他們的猜想是對的，楊氏就是裝病，並不是中邪。

對於她們的關心，秦氏只溫然一笑，不敢多說什麼，向她們微微躬身，便轉身走到楊氏身邊。

「娘，我扶您進屋吧。」

楊氏不知道是裝的，還是被嚇的，走得有點艱難。待走到屋門前時，又頓住腳步，大聲道：「不，不，屋裡有野獸。」

這時，康震舉著燈盞，康有利手中提著一隻小獸，從院裡走出來，對楊氏道：「娘，不是什麼可怕的野獸，只是一隻黃鼠狼。」

「啊？黃鼠狼？」楊氏說話還帶著些顫音。

康震將燈盞靠近父親手中那隻已經被亂棍打死的黃鼠狼，道：「奶奶，真的是黃鼠狼，不是老虎、豹子那種大野獸。」

楊氏聽了，懸著的心稍稍放下些，捂著胸口道：「我的娘耶，我都快被這隻黃鼠狼嚇死了。」吁出幾口氣，心神一定，又好奇地問：「這黃鼠狼是怎麼進到我屋裡的？」

這時，一位鄰居大叔道：「我們住在山裡，黃鼠狼多的呢，會跑到屋裡去，也是正常。」

楊氏扭頭看他。「這些野獸從沒有進過屋呀？」

另一位嬸子道：「是不是晚上家裡吃了雞？」

楊氏聞言，頓時明白了。數月不見的兒子回來，她讓康震去弄隻雞加菜，康震便去了鄰村偷雞回來殺，楊氏端進屋裡吃，連雞骨頭都沒有扔掉呢。

但這雞是偷來的，楊氏可不敢承認，只道：「沒有吃雞。想來這黃鼠狼是胡亂竄進門來的。罷罷罷，都散了去睡吧！」嫌棄地鬆了秦氏的手，讓康琴攙扶她進屋。

秦念走到秦氏身邊，把秦氏拉回自家門前，鄰居們說說笑笑、指指點點地各回各家。

很快地，白米村又安靜下來。

片刻後，秦念屋裡，秦念和躲在裡面的韓啟笑得前俯後仰，後來還是秦氏將手指豎在嘴前噓了一聲，讓他們聲音小些，萬不能讓康家大院那邊聽見。

「糟了，我的荷包不見了。」秦念忽然捂嘴，發出一聲驚呼。

並非她小題大作，而是她方才偷溜進康家大院時，荷包掉過一次，她慌慌忙忙地撿起來，隨便往腰上一塞。現在細細回想，好像自從康家大院出來後，她腰上就沒有東西了。

韓啟驚詫。「不會是掉在康家大院了吧？」

秦氏則問：「荷包裡有多少錢？」

秦念先回答母親。「倒也不多，不過十幾銖。」又看著韓啟，點點頭。「我覺得是掉在那裡了。」

韓啟連忙道：「我們先找找，看是不是掉在別的地方。」說著就要往外走。

秦念卻一把拉住他的衣袖。「現在不能出去，他們還沒有睡下呢！我去找找看，若找不到，那定是掉在康家大院了。」急急忙忙地出了屋門。

秦氏一手拿起油燈、一手擋著風，小心翼翼地跟著秦念過去。

母女倆在院子裡仔仔細細找了一番，沒有見到荷包，秦念便接過秦氏手中的油燈，讓她先回去，自己去院外瞧瞧。

不一會兒，秦念提著燈回來，對屋裡的秦氏和韓啟搖搖頭。

荷包不見了！

秦氏著急。「念兒，那怎麼辦？萬一荷包落在康家大院，豈不是讓他們知道妳去過？」

秦念抿唇想著這事該怎麼辦。

秦氏的腦子忽然轉了彎，道：「對了，我們白日不是去過一趟嗎？就說是那時掉的。」

秦念看著母親著急的模樣，反而輕鬆一笑。「娘，若是掉在康家，位置肯定非常偏僻，不是我們先前走的那條路。他們要是看到荷包，定會知道今夜我們有去過院子。」

韓啟不吭聲，見秦念此刻表現出一副非常鎮定的模樣，倒是有點好奇，想知道若荷包真掉在康家，她會如何應對。

秦念卻道：「明日的事情，明日再說吧！」

她送韓啟出去，門外寂靜得很，一個人影都沒有。

回到屋裡，秦氏又為荷包之事著急一番，秦念好生安慰幾句，便各自安歇了。

第三十二章

翌日一早，母女倆被震耳的拍門聲吵醒。

秦氏披著衣服出來，打開院門，見是康琴拿著荷包站在外面，原本還算清秀的小臉上，表情有點扭曲。

「嬸嬸，昨夜奶奶屋裡那隻黃鼠狼，是秦念偷偷放的吧！」

昨晚秦氏提心吊膽了一夜，這時看到女兒的荷包，心虛不已。「念兒她……」支支吾吾半天，說不出一句話來。

康琴看著秦氏這表情，認定昨夜之事是秦念做的了，於是毫不客氣地去撞秦氏的肩膀，朝院內衝進去，對著秦念的屋門大喊。

「秦念，妳這該遭天殺的死丫頭，快給我出來！再不出來，我叫我爹和我哥打死妳！」

吱呀一聲，屋門打開了。

秦念披著短褂子，精緻的臉上睡眼惺忪，閒閒看著氣焰囂張的康琴，拍拍嘴巴打了個哈欠，又將雙手舉起，伸了個舒服的懶腰。

康琴看著秦念這般事不關己，高高掛起的模樣，頓時更加惱怒。

「秦念，昨夜妳爬牆到我家去了是不是？奶奶屋裡的黃鼠狼就是妳放的。」她將手中緊緊握著的荷包朝秦念身上一扔。「妳的荷包掛在我家院裡的棗樹上。」

秦念又穩又準地接過自己的荷包，眉眼彎彎，咧開貝齒一笑。「哎呀，昨晚爬樹的時候，我就說荷包好像被忘在樹上了，沒想到是真的，害我好找。」拉開繩頭一看，秀眉一蹙。「咦，裡面的錢呢？」抬眼看康琴。「妳拿我的錢了？」

裝模作樣！她拿到荷包時，明明就是空的。

康琴本來還以為秦念會來個抵死不認，沒想到她竟然大大方方地承認了。

這時，候在院門外的康有利和康震攙扶黑著老臉的楊氏走進來，剛剛秦念的表現，他們也看得一清二楚。

把這一幕看清楚的，還有正在屋頂上蹺著二郎腿、手中拿著烙餅吃的韓啟。

韓啟擔心了一整個晚上，剛過來想看看情況，便見康琴拿著秦念的荷包進了秦念家中，便抱著看熱鬧的心情躍上屋頂。沒想到，秦念面對康琴的質問，會表現得如此有趣，他得好好瞧瞧。

原本楊氏的腿腳還算索利，但昨夜真是嚇壞了，跑出去時又在門檻上絆了一跤，摔得下巴都破了。

此刻，她下巴上還糊著血跡，走路也走不太穩。

楊氏走到秦念面前，牙齒咬得咯咯響，抬手指著秦念，手指都在顫。「妳這死丫頭，昨夜的黃鼠狼是妳放的吧？」

秦念微微聳肩，抿唇一笑。「是呀。」

「妳妳妳……」楊氏氣得簡直要吐血，就沒見過做了壞事，還表現得這麼坦蕩的人。

康有利也是氣極，質問道：「念兒，妳為什麼要這麼做？」

秦念看著楊氏，目光銳利得像刀。「我這還不是為了給康奶奶治病。」

「治病？」康震擰著濃眉，一臉不解。

康琴指著秦念罵道：「妳都把奶奶氣病了，還好意思說給奶奶治病。」

秦念看都不看康琴一眼，覺得搭理康琴是浪費她的精神，手一伸，指著楊氏的腿。

「康奶奶，妳不是癱瘓在床不能動？還要一萬錢去縣城醫治，這也太費事了。畢竟我們也沒有這麼多錢，不是嗎？」

她說著，輕笑一聲。「妳不讓我師父治，也不讓我治，那我只好用這個法子，找隻黃鼠狼來替妳老人家驅驅邪，癱病或許就好了。」

接著，秦念拉大嗓門。「我這法子真好，康奶奶被黃鼠狼那般一嚇，邪氣全沒了，立時腿腳麻利地從屋裡跑出來。」

她說完，又去看楊氏。「康奶奶，妳不必謝我了，雖然我與妳沒有血緣關係，但我娘好歹是妳的媳婦，幫妳驅邪治病，是我應該做的事情。」得意地抱胸揚眉。

秦氏忙附和道：「是。娘，念兒真是為了您好，替您驅邪治病。」

「娘，要不這事就算了吧？」康有利道，心虛得很，想就著這個臺階下算了。不然能怎麼辦呢？非要鬧到天翻地覆？最終還不是自己吃虧，誰叫昨日老娘的病是裝出來的。

楊氏可是精明到骨子裡的人，哪裡不清楚秦念的意圖，連秦氏都說這是為她驅邪，兒子也勸她放過此事，若還堅持秦念害她，等於昨日癱在床上是裝出來的。雖然氣得發抖，但她必須順著這個臺階下，啞巴虧也只能自己吃了。

「走吧！」楊氏咬著一口爛牙，狠狠瞪了秦念一眼，讓兒子和孫子攙扶她回屋。

「奶奶，爹……」康琴看著父親和哥哥扶著奶奶要走，有點弄不清狀況，以為他們會好好教訓一下秦念的。

康震經過康琴身邊時，伸手扯她的衣袖一下。「還不走。」

康琴回神，一邊跟著康震往外走、一邊扭頭看秦念。憤怒的眼神裡，帶著滿滿的不甘。

到了院外，康琴怒聲問道：「昨夜秦念把黃鼠狼丟到奶奶屋裡，嚇壞了奶奶，難道就這樣算了？」

康震黑著臉。「不算了，妳還想怎麼樣？」他倒不傻。

康琴語塞。「我……」

康有利瞪康琴一眼。「這事我們理虧，沒辦法跟秦念計較。快回去吧，別等外人來了，看咱們的笑話。」攙著楊氏往屋裡走去。

康琴癟著嘴，回頭看秦念家的院子，氣得不得了。再轉頭時，發現韓啟站在離她不遠的地方，那雙如星辰般的黑眸正盯著她。

不知為何，那眼神中似乎帶著一抹戾氣，令她有點害怕。

第三十三章

康家人走了，秦念的耳根子也清靜了，瞧見韓啟大步流星地走進來，一隻眼睛對她輕輕一眨。

鬼靈精怪的樣子，令韓啟溫然一笑。

「啟哥哥，我要送梨膏糖去李二叔家，你跟我一起去嗎？」

「好。」

「對了，昨日我還做了幾罐桂花膏糖，配的中藥都是我自己採來的。你幫我嚐嚐看，看我配得對不對。」

秦念說著，拉著韓啟去廚房，韓啟嚐了桂花膏糖後，讚不絕口。

「這個桂花膏糖，是用蜂蜜調製的吧？」

秦念點頭。「嗯，桂花能散寒破結，入肺經和腸經，加上我配的中藥和山裡的野蜂蜜，對於治療喉症和胃症的效果會更好些。」

韓啟微微頷首，擱下木湯勺，抬手撫秦念的頭，笑道：「念兒越來越厲害了。」

秦念抬眼，笑著看韓啟，心中驀地一動。

韓啟總愛摸她的頭，像是在哄著小孩子一樣，但他不知道，她的靈魂不是十二歲，而是十六歲。

過了幾年，不知韓啟還會不會像現在這般，經常摸摸她的頭，抑或牽著她的手？

想到這裡，秦念的臉色微微沈了下去。

韓啟見秦念的神情突然變了，有些莫名其妙。「念兒，妳怎麼了？」

秦念一臉嚴肅地看著韓啟。「啟哥哥，這輩子你都不要離開我好不好？」

韓啟又輕撫她的頭，修長手指順著她柔軟的髮絲，像在摸一隻可愛的小貓。

「傻念兒，只要妳不嫌我煩，我就會一輩子守在妳身邊。」這話說完，竟是紅了臉。

他怎麼會說出這番話來呢？男子一言九鼎，這句話可是承諾，而且還是一世的承諾。

但是他……

秦念聽了，心裡甜絲絲的，比陶罐裡的桂花膏糖還要甜。

她凝視著韓啟，默默祈禱，希望韓啟能說到做到，這輩子都不要離開她。

接下來，兩人去了李二叔家，李二叔已等候多時了。

之前說好要送秦念去趙家，替趙家主母看病，所以現在就得動身，這樣還可以趕得及回來吃晚飯。

這次沒有秦正元作伴，韓啟叮囑了李二叔好幾句，要他護著秦念，切勿讓她受到欺負。

李二叔倒是好奇。「韓哥兒，你和你爹為什麼不能出村子？」

韓啟聽到這句，立時低下了頭，不說話。

李二叔識趣，笑道：「好好好，各家有各家的難處，我就不瞎打聽了。至於念兒，你放心吧，村子離鎮上也不遠，我們下午便可早早趕回來。」

韓啟見李二叔這麼說，才放下心。

趁著韓啟和李二叔說話時，李二叔的妻子李苗氏把正在逗翠枝玩的秦念拉到她屋裡。

秦念見她一副欲語還休的尷尬模樣，像是有什麼病症難以啟齒，便問：「嬸子，妳若有哪裡不適，我是女孩子，跟我說無妨的。」

李苗氏尷尬地道：「念兒，妳讀過不少醫書，不知道醫書裡是不是有一種病症，就是下處癢……」

說到這裡，她那張典型山裡婦人的臉，已經羞得像秋日裡紅透的野果子了。

秦念一副溫淡如水的表情，道：「嬸子，醫書上的確有記載，婦人陰癢，是子宮虛寒之症，平日裡要少食寒涼，多進溫食。如果常食寒涼之物，便濕邪為患，寒濕一重，內裡就會失調。」

李苗氏聽得一知半解。「那我……」

秦念道：「等我和李二叔從鎮上回來，我幫妳拿一兩蛇床子和二錢白礬來，將這兩種藥一起煎湯，再熏洗。」

這兩味藥，韓啟家的小藥房都有備著，到時她拿一點給李苗氏，也無須特意讓韓醫工和韓啟知曉。

李苗氏笑著點點頭，看著秦念那張還未長開的稚嫩小臉，心道這小女孩不過十二歲，竟還懂得治成年婦人隱私之症，當真是太了不起了。

秦念說完，轉身欲走之時，李苗氏又喊住她。「念兒……」

秦念回頭，瞧見李苗氏那副難言的模樣，知道她想說什麼。「嬸子，妳放心，婦人私病，不可在外亂說。」

李苗氏見秦念如此善解人意，頓時激動得不知該說什麼才好。等她想起要說什麼時，秦念已經走出了院子。

一會兒後，韓啟照例送秦念到村口，又杵在原地看著她，直到她的身影消失在山間小路上，才轉身回去。

山路上，李二叔笑著對秦念說：「念兒呀，妳也十二了，再過個二、三年，就可以嫁給韓哥兒了。妳看他多貼心，相貌又長得像那戲本子裡說的一樣，俊美無雙。念兒，妳真是有福氣，往後我家翠枝要是也能碰上像韓哥兒這麼好的人，那我就不操心了。」

秦念本想大大方方地笑答幾句，但想到自己現在才十二歲呢，對一個十二歲的女娃來說，談婚論嫁十分羞人，若是表現得太大方，就會顯得有些怪異了。想了想，也不想太造作，只淡淡道：「李二叔，我還小呢。」

她說著這話，又想起李二叔說的，韓啟的確是頂頂好的人，相貌自不必多說，就說待她的這份好，已經不會有第二人了。

不過，今世她會有這個福分嗎？

她再一次自問，卻只能等待時間的答案。

第三十四章

到了趙家，看門家奴和大管家對秦念還算客氣，不過大管家在引秦念去主母廂房的時候，有些質疑地開口問了。

「念兒姑娘，為什麼我家主母吃了妳的梨膏糖後，能止一時的咳，卻不能治好呢？」

秦念解釋道：「一種病有千萬種情況，一方也不能包治百病。實際如何，得等我瞧瞧夫人的病情，才能下定論。」

大管家見秦念說得頭頭是道，便不再多問了。

秦念還未走到趙家主母的廂房門口，便聽到裡面傳來咳嗽聲。大管家說，趙家主母白日裡雖不時地咳，但症狀還算輕，到了晚上，就咳得非常厲害。

一踏進屋，屋裡一股濁氣迎面撲來，熏得秦念透不過氣。

秦念雖然在村裡看過不少病人，但這是她第一次替大戶人家診病，還是非常緊張的。

主母倚坐在榻上，面容枯瘦，看起來約有六十歲。榻前一位小姑娘彎著身子伺候，看其穿著，應當是丫鬟。

丫鬟抬眼見著秦念，目光中流露出幾分不可思議，許是覺得秦念看起來比她還小吧。

秦念記得李二叔說過，趙家主母才五十多歲呢，這麼顯老，應該病得不輕。

先前大管家跟趙家主母說過秦念的事，所以趙家主母看見她，並沒有太意外。

丫鬟幫秦念在榻邊放了張椅子，秦念笑著道聲謝，坐在椅子上，看著趙家主母。

「夫人，我幫您探探脈。」

趙家主母的氣色不好，但目光還算溫和，聲音虛弱地問：「妳小小年紀，還會探脈？」

秦念淺淺一笑。「夫人，望聞問切，這是醫者必學之道。」說罷，將手指搭在她的手腕上，仔細診脈。

探了一會兒，秦念又讓趙家主母伸出舌頭，看過之後，問道：「夫人，您是否常覺得腰痛，下肢還會腫脹？」

趙家主母覺得，這小姑娘神奇了，不過是探探脈，看了下舌頭，就知道她腰痛和下肢腫脹，有點不可置信地點點頭。

「是啊！日日犯腰痛，腿腳腫得厲害。不過這些跟咳嗽又有什麼關係呢？」說著，又咳了幾聲。

秦念道：「我給您的梨膏糖能稍稍緩解咳嗽，是因為梨膏糖能化痰清肺，但夫人咳症的根源不僅在肺，還在於腎，屬肺腎兩虛，梨膏糖只能治標，不能治本。」

大管家聽了，好奇地插了一句。「腎跟咳嗽有什麼關係？」

趙家主母盯著秦念，也很好奇。

秦念道：「夫人面容憔悴、腰痛、下肢腫脹，屬於腎虛不能固攝，腎氣不足，若想根治咳嗽，得先補腎。腎氣足了，肺氣也會足，咳嗽就會好轉。」

大管家道：「小姑娘，那當如何用藥？」

「可有紙筆？」

「有有有。來人，趕緊備筆墨。」大管家吩咐伺候趙家主母的丫鬟。

筆墨準備好，大管家看秦念有模有樣地寫著字，誇讚道：「鎮上也沒幾個人是認字的，姑娘是白米村人，又是女兒家，卻不僅能寫字，還懂醫術，當真是不簡單！」而且字還寫得這麼漂亮。

不過，他還是第一次聽說咳嗽與腎是相關的，也不知道秦念診得對不對。總之，藥一吃，便能知分曉。

秦念把寫好的藥方交給大管家。「鎮上沒有藥鋪，得去縣裡抓藥。」雖然她有採些藥草，師父那裡也有藥，但師父不出村，家裡的藥材漸漸見底。再說，趙家主母的病症最好用重藥，趙家有錢，所以她開的幾味藥都是名貴藥材，要縣上的醫館才有。

大管家低頭看著藥方。「一個月前鎮上新開了一家醫館，想必是有這些藥的。」

「噢，真的嗎？那我得去看看了。」秦念驚喜，她一心想著能有醫館收她採來的藥材，這樣一來，她就不必到集市擺攤了。

近來，她一心跟著韓醫工學醫，鮮少出來擺攤，家裡的藥材都堆成小山一樣了。

大管家把藥方交給丫鬟，又對秦念說：「倘若念兒姑娘要去鎮上的醫館，不如讓丫鬟跟妳一起去，這樣醫館的人抓起藥來，也能準些。」

秦念卻對另一件事情好奇，問大管家。「既然鎮上有醫館，夫人為何不去找那家醫館的醫工診治？」

大管家解釋道：「那家聽說是縣上的濟源醫館分館，坐診的是羅醫工的兒子羅禧良，去找過兩次，都說羅禧良不在。」

秦念先是高興於鎮上的醫館是濟源醫館開的，隨即又沈下臉色，擰起兩條秀眉。「開了醫館又不坐診，這也太不負責了吧！」這個羅禧良莫不是個紈褲子弟，仗著家裡有錢，對醫館一事毫不上心？

想到這裡，秦念突然記起一事，她第一次與哥哥在集市擺攤賣藥材時，碰到的那位公子，好像就自稱父親是濟源醫館的羅醫工，而他報的姓名正是羅禧良，還說要到村裡找她收藥材呢，結果也沒有來。

現在想想，羅禧良錦衣華服，手拿一紙摺扇，正像話本裡描述的紈褲子弟。

不過，秦念還是打算帶著丫鬟，去拜訪濟源醫館分館。

從趙家出來，秦念見到一直在門外候著的李二叔，道：「李二叔，我要去鎮上新開的濟源醫館看看，你若有事，就先回去吧，免得耽擱了。」

李二叔忙擺手。「不不不，韓哥兒再三交代過，要我好好護著妳。妳一個姑娘家，我可不敢讓妳獨自走山路回去。」上次秦念還有她哥哥照應，這次他若是走了，秦念一個人，那該多危險。

秦念本也只是跟李二叔客套一下，見他重情尚義，笑著道：「那我們現在就走吧！早去早回。」

她琢磨著，待會兒在鎮上給翠枝買點吃的和玩的，算是報答李二叔的好意。

鎮子很小，不一會兒便到了濟源醫館。

醫館就在集市旁邊，招牌很顯眼。秦念想著，兩個月前她才經過這裡呢，那時只有幾間小小的商鋪，有茶舍、有麵館，還有一家賣雜貨的，都被濟源醫館收了。

醫館的門是開著的，一個婦人抱著二、三歲的女娃，聽說醫工不在，就走了。

秦念帶著丫鬟走進去，把藥方遞給夥計。「請問有這些藥嗎？」

夥計拿著藥方，仔細看了幾眼，又抬頭打量秦念，許是見秦念穿著破舊的布衣，臉上立時露出不屑的神情。

「這些藥貴得很，小姑娘妳有錢買嗎？」

丫鬟的年紀雖與秦念差不多，但她是在有錢人家長大的，向來知道這些人的勢利眼，於是走上前去，對夥計道：「這位姑娘是來替我家主母看病的，你就說這些藥你這裡有沒有，別的無須多問。」

夥計又看秦念一下，笑道：「沒開玩笑吧！這麼小的姑娘，還敢替人診病？」

秦念眉眼淡淡，沒多說一句話。這樣的人不與他計較也罷，免得浪費了自己的精神。

丫鬟冷聲。「你家的藥不賣的嗎？」

夥計見丫鬟倒是穿得精緻整齊些，忙點頭。「賣賣賣，我這就配。」拿著方子配藥了。

第三十五章

趁夥計配藥時，秦念仔細打量這醫館，以及整整兩大排藥櫃上寫的藥品名字。夥計把藥配好後，報了價錢。

秦念看著丫鬟給了夥計幾吊錢，轉身準備離開，但剛走到門口，便撞見一人。

她抬眼看，覺得十分眼熟。

杵在門口的人愣怔地看了秦念好一會兒，俊秀的臉上浮起驚喜笑容。「念兒姑娘，竟然是妳。」

「你是羅禧良。」秦念記性好，已經想起這是誰。

羅禧良忙點頭。「是是是，我就是羅禧良。」

秦念心裡已把羅禧良當成紈袴子弟，所以此刻對他並沒有太好的臉色。

「念兒姑娘來我家醫館，是有事嗎？」

「聽聞鎮上開了家醫館，所以來瞧瞧。」秦念語氣涼涼。

羅禧良在秦念的眼神裡看到了對他的不敬，忙道：「兩個月前我去白米村找妳，但村裡的姑娘說，並沒有叫念兒的人。」說罷，眼睛直直地盯著秦念，想聽她如何解釋。當初她哥說他們家在白米村，難道有錯？

近來為了尋找她，他可說是走遍了附近好幾個村莊，但都沒有一丁點的消息。

秦念本來還在計較羅禧良不坐診之事，卻沒想到羅禧良去白米村找過她，問道：「你去白米村找我幹什麼？」

「找妳收藥材呀！」羅禧良朝醫館裡掃了一眼，又看著秦念。「我要在這鎮上開醫館，而妳剛好是在山上採藥的，就想著往後找妳收藥材，這樣也免得我去別處買了。」語氣一頓。「開業之後，我一直想要找到妳，所以時常不在醫館，孰料剛回來，就在這裡碰到妳了。」說著，臉上又洋溢起歡喜的笑容。

秦念卻擰起眉頭。「你在白米村碰到哪位姑娘了？」她明明就住白米村，為什麼會有人說村裡沒有她這個人？

羅禧良道：「是一位姓康的姑娘。」當時他進村子裡問，村民說康家有個叫念兒的姑娘，便去了康家，結果康家的姑娘說村裡沒有叫「念兒」的人。

整個白米村就一戶康家，又是一位姑娘，看來羅禧良說的人是康琴。

秦念心道，以康琴的性子，瞧見一位錦衣華服的公子來找她，定是嫉妒得發狂，會說村裡沒有她這個人，也是在情理之中。

「我就是白米村的人。」秦念一臉正色地對羅禧良說。

「啊？那我之前沒有找錯地方？」

「嗯，但你找錯了人。」

「妳不是康家的人？」

「我娘改嫁到康家，我和我哥才跟著到了白米村。」秦念無法說她是康家人，倘若康家是戶好人家，她當然願意承認她是，但康家人太壞了，她討厭別人說她是康家人。

羅禧良聽了，便明白秦念在康家的處境，想必那位康家的姑娘與秦念並不和睦。

這時，丫鬟在一旁道：「念兒姑娘，若沒別的事情，我先回去，好早早讓夫人吃藥。」

羅禧良掃了丫鬟手上的藥一眼，問：「妳家夫人得的是什麼病？何人開的藥？」這些天他都沒有看診呢，莫非是其他醫工診治的？

丫鬟看著秦念道：「是念兒姑娘替我家夫人看診，藥方也是她開的。」對羅禧良福了福身，便離開了。

羅禧良一臉不敢相信地看著秦念。「念兒姑娘，妳還會上門看診？」

秦念謙謙一笑。「學了點皮毛。」

羅禧良一眼便能看出，那丫鬟來自富貴人家，富貴人家能找這樣一位年紀小小的姑娘看診，說明秦念定是有些能耐的。

這時，羅禧良身後持劍的中年人低聲附耳提醒他。「公子，人家姑娘還站在外面呢。」

羅禧良忙一臉尷尬地對秦念道：「念兒姑娘，既然到了這裡，不如進來坐下說話。」伸手做了個請的姿勢。

秦念想著，這段時日，羅禧良沒有在醫館看診，是因為在找她，對羅禧良的印象好了不少。又想著，若是能把藥材賣給羅禧良，是件賺錢的大好事，於是點了點頭，喊著李二叔，讓他一道進來。

李二叔是山裡的糙漢子，怕自己的破草鞋弄髒醫館的地，忙道：「我在外面等就好。」

羅禧良見秦念對李二叔恭恭敬敬的，忙熱情地把李二叔招呼進去。「想必你也是餓了、渴了，快些進來吧！」

李二叔指著沾了泥的鞋擺手。「不了不了，我就在外面候著。」

羅禧良卻一丁點都不嫌棄，把李二叔拉進了醫館。

秦念把這一幕看在眼中，心裡對羅禧良的印象又好上幾分。

醫館的夥計沒想到，這穿著破舊衣裙的小丫頭，居然就是公子苦尋兩月有餘的念兒姑娘，剛剛還冷嘲熱諷她一番。這會兒見她進了醫館，頓時難堪起來，生怕她與他計較，跟少公子說他壞話，於是心驚膽顫地過去伺候茶水，又熱情巴巴地準備飯食。

先前被夥計羞辱的事情，秦念完全沒放在心上，跟羅禧良聊起藥材的事。

「羅醫工，你為何偏要找我拿藥材？」

秦念好奇，山裡有不少人靠著幫醫館採藥維生，為何羅禧良偏偏要找她，還每日去尋？

羅禧良溫然一笑。「上次見姑娘送了那位老大爺一罐梨膏糖，想必是心善的。又見妳採來的藥材都十分不錯，品項也多、外型也好。還有妳做出來的梨膏糖，我給我父親嚐過後，他誇讚了許久，說是一定要找到妳，讓妳供貨給醫館。」

秦念越聽越歡喜。「真的？你父親要我供貨？是縣上的醫館嗎？」

羅禧良點頭。「嗯，縣上的，還有這鎮上的，都可以賣，我們可以商議個好價錢。」

秦念抿唇想了想，看向羅禧良。「我還有做些桂花膏糖。過兩個月，等桑葚熟了，也可以做。」

羅禧良聽著這話，十分興奮。「只要有調理身體的功效，都能放在醫館賣。」梨膏糖就能做出這樣好的效果，那桂花膏糖和桑葚膏糖更不用說了。

秦念想著，她還打算做玫瑰膏糖呢，但秦正元尚未歸家。等他回來，再去找玫瑰莊園的主人。

兩人又就藥材之事商議一會兒，待到秦念告辭時，羅禧良要留她和李二叔在醫館吃飯，但秦念說什麼也不肯。

羅禧良無奈，只得把秦念和李二叔送到門外。

他見秦念和李二叔身邊沒有代步的驢子，或牛車、馬車什麼的，便問：「你們可是走路來的？」

李二叔點頭。「是，我們每次到鎮上，都是走路的。」

羅禧良想也沒想，開口對身後的人道：「屠三，趕緊把我們的兩匹馬牽給念兒姑娘和李二叔。」屠三正是時時跟在羅禧良身邊的中年人，是負責保衛羅禧良的護院。

秦念忙擺手。「不用不用。」

李二叔也不敢要。

屠三卻已經去了醫館旁邊的馬廄，將兩匹馬牽出來。

秦念再三拒絕，說她不會騎馬。

羅禧良道：「念兒姑娘不會騎馬的話，我讓屠三套馬車送妳回去。」

秦念還是拒絕。

羅禧良見秦念不願意，便不再堅持，突然想起剛剛丫鬟來拿藥的事，多問了幾句。

秦念把趙家主母生病之事告訴羅禧良，仔細說了她診出來的病症。

羅禧良聽了，覺得應該沒有錯，又覺得秦念真是了不起，這麼小就能幫人看病。

與羅禧良分開後，秦念在街上買了些零嘴給李二叔，讓李二叔帶回去給翠枝吃。

李二叔還以為秦念是買給她自己吃的呢，畢竟她也是個孩子。沒想到秦念不僅有本事，心裡還能想著他女兒，全白米村也找不出第二個像秦念這樣懂事的女孩來。

秦念又在鎮上採買了不少的梨和冰糖，才和李二叔回去。

回到白米村後，秦念先去了韓啟家。

揹著半竹簍梨子的秦念一邁進韓家門檻，便見韓啟正在院裡幫韓醫工碾藥材。

韓啟一直盼著秦念，打算把手上這些藥材碾好後，就去秦念家裡看看，沒想到秦念就來了，忙起身迎過去。

「啟哥哥，師父在嗎？」

「不在，他幫人看腳傷去了。」

秦念心下一鬆。「那我先去藥房拿些藥給李二叔。」

「我幫妳。」

秦念擺手，對韓啟道：「啟哥哥，你倒些水給李二叔喝吧。走了一路，他也渴了。」

她是要去幫李苗氏拿蛇床子和白礬。婦人私病，她也不好跟韓啟說，所以得支開他。

至於拿出去的藥，她知道韓醫工和韓啟不會計較，因為自她學醫以來，她從山上採來的藥材，多半都放在這裡。

韓啟知道她要靠藥材賺錢，不讓她放，但她不想欠韓家太多，所以向來不理會。

韓啟去廚房倒水，秦念從藥房裡秤出一兩蛇床子和二錢白礬，交給李二叔。

韓啟在一旁看著，問道：「念兒，翠枝生病了嗎？」

「嗯，積食了，給她拿點藥化積。」秦念有點緊張，畢竟撒謊這事她不常做。

李二叔有點尷尬地道聲謝，轉身走了。

韓啟聞到了那藥包的味道，已辨別出是什麼。他熟讀醫書，自然知道這藥是用來治什麼的，便不多問了。

第三十六章

待李二叔走後，秦念和韓啟回了院裡。

韓啟見秦念笑得一臉燦爛，便問：「念兒，趙家主母的病怎麼樣？」覺得秦念定是能治人家的病。

但秦念高興的並不是替趙家主母看病之事，幾步邁到韓啟跟前，笑道：「啟哥哥，我要告訴你一件大好事。」

韓啟被她這股高興勁感染，也笑開了。「什麼大好事？這麼讓妳開心。」

秦念便將要與鎮上的濟源醫館做買賣一事告訴韓啟，但略去了羅禧良與她相識的經過，和羅禧良找她的事，覺得沒有必要說。

韓啟也十分替她開心。

秦念把沈重的竹簍放下來，韓啟在一旁幫忙。

「啟哥哥，我打算往後就在你這裡做梨膏糖。」

韓啟知道秦念是擔心她大量的做梨膏糖，會被康家人惦記，道：「妳在我這裡做，我還可以幫妳的忙。」

「啟哥哥，梨膏糖的方子是你給我的，往後賣梨膏糖賺來的錢，我與你對半分。」

「念兒，妳可別跟我計較這麼多。」

「可方子是你教我的呀！再說，我還要在你家占你的地方，又要你幫手，你不占半，那我不做了。」

韓啟默然片刻。「念兒，我和我爹又不出這白米村，要了錢也沒有用處，妳還是自己留著。我幫妳，是我願意，所以不需要任何回報。」

秦念微微蹙著秀眉。「啟哥哥……難道你打算一輩子都不出白米村了嗎？」一輩子都不離開白米村是不太可能，但她很想知道韓啟此刻心裡的想法，或是他能說出些什麼，讓她揣測他的事。

韓啟一時無語，沈默好一會兒，才轉開話頭。「好了好了，累著了吧，快坐下來歇息，我去給妳倒杯溫水。」

秦念喝了點水後，便與韓啟一道把梨子用木桶懸進井中保存。這些梨子都是從冰窖裡拿出來的，還很新鮮，但現在天氣暖和，如果存放不當，很快就會壞掉。

處理好這些事情，秦念起身回家。她一大早就出了門，想必母親也很著急了。

可秦念一回到家中，便覺得不對勁。

母親的屋裡傳來哭泣聲，院子裡的簍子、桶子還有凳子都倒在地上，雖算不上有多亂，但母親向來勤於收拾，這些東西平常也都放得整整齊齊。

秦念連忙跑上前去，掀開草簾後，發現屋門是緊閉著的。

「娘，您怎麼了？」

屋裡哭聲戛然而止。

「娘，您開門呀！」

許久之後，秦氏在屋裡啞聲說道：「我沒事。念兒，妳肚子餓了吧？待會兒娘出來幫妳做飯。」

「娘，您到底怎麼了？」秦念越想越著急。

現在哥哥不在家，她今天又出了門，不知道是誰欺負母親了。會欺負母親的，應該就是康家人。不是楊氏那老妖婆，就是康有利。想到康有利，秦念頓時在心裡打了個顫，嚇得不輕。

一會兒後，秦氏開了門，低著頭，顯然不想讓秦念看見她哭的樣子。但秦念還是看見了，秦氏原本一雙漂亮的杏眼腫得跟核桃一樣，忙拉著她問：「娘，您跟我說，是不是康有利欺負您了？」

秦念很清楚，以前康家老妖婆時常欺負母親，但母親敬老妖婆是長輩，向來忍氣吞聲，就算偶爾被氣著，也不過是哭幾聲，斷不至於如此。

秦氏抬起頭，看向皺著一張俏臉的女兒，沒想到女兒一猜就中，點了點頭，心裡委屈，忍不住又哭出聲來。

秦念連忙抱著她，咬牙切齒道：「這個該死的康有利，竟然敢趁我不在家欺負娘。」

她把母親扶進屋裡坐下，又仔細問了事情的經過。

原來今日秦氏午歇之時，一時大意，沒有關屋門，孰料康有利乘機偷偷摸進了屋子，意欲對她不軌。

秦氏大驚，拿起床頭的剪刀對著自己，揚言要抹脖子自殺，嚇得康有利住手，才沒讓康得利得逞。

秦氏嚇得不輕，又生怕此事傳出去，讓她沒臉做人。幸好當時鬧出來的動靜也不大，沒有人知道這事。

秦念安撫秦氏許久，秦氏還哭著說要去做飯給她吃，她卻讓秦氏先睡下，自己到廚房弄吃的。

廚房裡，秦念生了火，在鍋裡放了黍米，再加上幾塊肉乾，又加了些青菜，簡簡單單做了半鍋肉粥，盛了一大碗送去給秦氏吃。

為讓母親開心起來，秦念把在鎮上發生的事情告訴她，與跟韓啟說的一樣，隱去一些不必要的，包括康琴騙羅禧良之事。

這夜，秦念陪母親睡在同一張榻上，還在床頭放了把匕首。

這匕首打造得十分精緻，也十分鋒利，是韓啟所贈，給她防身用的。

秦念一夜無眠，一直思索要如何對付康有利。她總不能時時陪在母親身邊，讓韓啟來陪著，也不太像話。

待到天亮，秦念起身做早飯，與母親一道吃過後，讓母親去溪邊洗衣。她想著，母親與那些洗衣的姑娘、媳婦說說話，可以解解悶，她則去找韓啟。

韓啟見著秦念，便道：「我這就去把井裡的梨拿出來。」

秦念點頭，她先去廚房準備。

上午熬了些膏糖，剛到午時秦念便回家。這會兒，秦氏已經待在家裡了。

下午時分，秦念帶著母親去山坡上摘野菜。

就在這個時候，韓啟跑去秦念家裡，大喊秦念幾聲，發現她不在，於是跑到隔壁去問康家人。

韓啟站在院門口，看到楊氏、康琴和康有利，還有康震都在院子裡閒坐。

康琴好久沒有跟韓啟說話了，這會兒見韓啟跑到她家裡來，心中十分高興。

「啟哥哥，秦念許是出去摘野菜了吧！我剛看到她和她娘拿著小鋤和簍子往那邊走了。」康琴朝往南的方向指了下，那裡正是野菜多的地方。

韓啟滿臉著急。「我聽從縣城來的人說，正元在縣裡惹出禍事了，特來知會一聲。」

康琴心中一驚，忙問道：「秦正元闖禍了？」她雖然討厭秦念，但秦正元是可以為康家出力的，所以還是不希望秦正元有事。

院子裡的人聽到動靜，都走到了門口。

康有利問韓啟，秦正元出了什麼事，韓啟說不知道，怕是得讓秦念母女去一趟。

正在這時，秦念和秦氏遠遠走來，韓啟便迎過去。楊氏連忙跟上，她摔的那跤還沒有恢復，走路一瘸一拐。

康有利和康震，還有康琴也上前。

韓啟照著原話跟秦氏和秦念說了，頓時把母女倆嚇得臉色慘白。

秦氏急道：「那我現在動身去縣上。」

秦念忙拉住秦氏。「娘，您還是不要去了，要去也得我去。」

秦氏擺手。「不行不行，妳一個姑娘家，怎麼可以走那麼遠的路。」

秦念安撫她。「娘，近幾個月我跟著啟哥哥學功夫，有武藝在身，壞人欺負不到我頭上的。娘身子弱，要是被壞人盯上，那就糟糕了。」

康有利也忙道：「是是是，弟妹不能獨自走那麼遠的路。要去，也得我陪妳一起去。」心裡正美著，這幾十里路，總有他欺上美人身的機會。

楊氏卻暗地掐了康有利的手臂一下，低聲道：「你跟著幹麼，都不知道是什麼禍事，可別扯到我們康家來了。」

康有利聽老娘如此一說，不敢再作聲了。

康震忙插話道：「要不，我陪著念兒去。」

韓啟橫了康震一眼，即便不說話，那意思也明明白白，關他屁事！

康震畏懼韓啟的武功，不敢再說話了。

韓啟看秦念。「還是我陪妳去吧。」

秦念低聲問韓啟。「師父不是不讓你出村嗎？」

韓啟道：「我去跟他說一聲，想必他擔心妳安危，會准我去的。」

康琴不高興了。「不行不行，啟哥哥怎麼能陪秦念一起去呢？你們孤男寡女的……」

楊氏也道：「是，韓哥兒可不能辱了念兒清白，她往後還要嫁人呢。」

秦念冷冷瞥了楊氏一眼。「我的清白，不關你們康家人的事。」

楊氏惱了。「妳這說的是什麼話，一個姑娘家，就這麼不看重自己的清白，害不害臊？再說，妳跟著妳娘進了我們康家門，就是我們康家人，若做了什麼丟人的事情，丟的也是我們康家人的臉。」

秦念道：「若說我是康家人，那你們把我當自家人了嗎？哼，我從來都不是康家人，所以我的事與康家無關。」語氣冷硬得很。

康有利心中另有計較，忙打圓場。「好了好了，念兒把話扯遠了。妳要去，我們也不攔著，我們相信韓哥兒的為人，不會壞妳名聲的。」

「爹……」康琴急得要哭了。

秦念拉著秦氏囑咐道：「娘，我和啟哥哥這就動身去縣城，您要好好照顧自己。」

「放心，我會照應妳娘的。」康有利這話接得太快，讓人一聽就覺得，他是不小心暴露了自己的心思。

楊氏和康琴各自橫了他一眼。

片刻後，秦念回到家中，隨便收拾兩件破衣裳和一點肉乾、餅子，跟著韓啟出了門。

第三十七章

康家四口看著秦念與韓啟遠去的方向，心中各有所想。

此時天色已黑，康琴想著等會兒便要歇息了，不由嘟囔一句。「這個晚上，他們要怎麼睡啊？」

康震也有些惱火，但自知打不贏韓啟，心裡正憋屈著。

康有利知道兄妹倆往歪處想了，道：「你們都在想什麼呢？念兒才多大的孩子。」

康琴癟癟嘴，自去做飯。不一會兒，廚房便傳來咚咚的響聲。

楊氏朝廚房的方向大聲喊道：「妳的心思就別放在韓哥兒身上了，他是不會看上妳的。」又拉住兒子。「有利，這些天你在家，找媒婆問問，這附近村子有沒有好些的人家？琴兒也到該出嫁的年紀。」

康琴聽到楊氏的話，連忙拿著鍋鏟跑出來。「爹，我不嫁給別人，我就要嫁給韓啟！」一扭身，氣呼呼地又進了廚房。

「這丫頭真是不知死活。」楊氏嗔了一句，又嘆一聲。她何嘗不想讓孫女嫁給韓啟，但韓啟回回瞅見康琴，都是橫眉豎眼，說話行事從不給她一丁點面子。總之，韓啟和康琴是沒戲的。

不過……她孫女得不到的，秦念那死丫頭也別想得到。等過兩年秦念成人，就讓康震娶了她。

楊氏想到這裡，又把康震拉到一邊，低聲問道：「先前你說要與念兒成事的，到底有沒有成呀？」

康震苦著一張臉。「沒呢。奶奶，念兒那丫頭可厲害著，不是那麼容易親近的。」

楊氏咬牙。「這事你可得抓緊些，不能讓韓啟那小子得逞了。」

康震望著村口的方向，心道韓啟和念兒要出去好多天呢，也不知道他還有沒有機會。

廚房裡，康琴一邊往灶裡加柴火、一邊想著幾個月前到村裡來找秦念的錦衣公子。若是嫁不成韓啟，能嫁給那樣的公子也好啊！就是不知道那位公子是何許人。唉，只怪當初沒問出個底細來。

不過想想也是奇了怪了，秦念怎麼會認識那樣的公子？

因獨自在家，秦氏吃過晚飯，洗漱後，便回了自己屋裡織布。

一晃到了深夜，秦氏揉著眼皮，放下手中的活計，吹滅油燈上榻歇息。

夜半時分，天邊一輪彎月懸於山巔之上，整個白米村寂靜得只餘蟲聲獸鳴。

哐噹……

院裡一條黑影從圍牆上落下，不小心絆倒了院裡一只用來裝雜物的罈子。

但這動靜並沒有驚醒屋裡人，黑影朝著門走去，掀開薄薄的草簾，取出利器，慢慢將裡面的栓子移開。

門鬆動輕響，吱呀一聲，黑影緊張地撫著胸口，所幸沒有驚動裡面的人。

烏漆抹黑的屋子裡，伸手不見五指，但黑影能明確地找到那張床榻，搓搓手，展開雙臂，以全身之力撲了上去。

「啊……」

撲上床榻的人頓覺胸口如遭石頂，疼得想翻身而起，但緊接著是一聲悶響，背上猛地遭受棒擊，咬牙慘叫，接著又來一棒，還有一棒……

不知道挨了多少棒，人已經從榻上被打到榻下，直到屋裡亮起燈來。

村裡太寂靜，哪怕那人咬著牙不敢大聲疼叫，也把隔壁的康家人吵醒了。

康震提著一盞燈籠，帶著楊氏和康琴跑過來，本想喊康有利一起的，沒想到他竟然不在屋裡。

康震以為他去了茅房，就先過來看看，對楊氏說：「定是嬸嬸那邊遭賊了。」

康琴卻覺得不太對勁，因為那慘叫的聲音有點熟。

楊氏更是黑了臉，自家兒子的聲音，她哪聽不出來？

果真，秦氏屋裡，赫然站著三個人，分別是秦氏和秦念，還有韓啟。而躺在地上呻吟的人，正是康有利。

「哎喲！兒耶，你怎麼被打成這樣了？」

屋裡的燈光雖昏暗，但康有利被打的慘樣，還是能看得十分明白。

楊氏幾步跑上前，蹲到他身邊，把他扶起來。

「康奶奶，妳怎麼不問問妳兒子，大半夜的，他跑進我娘房間做什麼？」

秦念冷冰冰的聲音在屋裡響起，激得楊氏心底如灌進了冰球，怒得猛拍兒子腦門。「你說，三更半夜跑來這裡做什麼？」

康有利的腦袋本就挨了幾棒，這會兒又被楊氏打，哎喲叫了一聲，慘兮兮道：「唉，我也不知道啊，怕是犯了夢遊症。」

呸！還真會狡辯。

秦念暗暗痛罵一聲，又冷聲質問道：「康大伯，你這夢遊症倒是厲害，還能爬樹翻牆？」

康琴卻好奇起來。「秦念，妳不是去縣上了嗎？」

昏黃的燈光下，秦念那張精緻的小臉冷若冰霜，看向康琴。「昨日我不在家時，家裡來了賊，把我娘嚇壞了，於是想出這個法子，打算來個甕中捉鱉。卻沒想到，這賊是妳爹。」

「妳……」康琴氣不打一處來，秦念這是想給她爹下套呢！

康有利則聽得冷汗直冒。

「什麼賊不賊的，我看妳大伯真是夢遊了。」楊氏說著，朝康震招了下手。「來，扶著你爹，我們走。」

秦念想上前阻止，卻被秦氏拉住。

秦氏低聲道：「差不多就行了，畢竟是一家人。」

韓啟也小聲地說：「今晚打得夠慘，下次怕是不敢再來。」

秦念想著，母親還要在康家做人，便不再攔著了。再說，攔又有什麼用，難道還報官？那豈不是汚了母親的名聲。

等康有利被老娘和兒子扶進院子時，秦念在他們身後說了一句。

「康大伯，往後夢遊可得選好地方，別再夢到我家來，不然下次不小心把你當成了賊，拿的不是棒子，而是菜刀，那就不好了。」

康有利聽見這話，猛地一個踉蹌，差點栽在地上，幸好康震扶得穩，又把他拉起來。出得院門，氣壞的康琴朝院裡啐了一聲。「這屋子淨出狐媚子，小的勾搭啟哥哥，老的勾引我爹爹。」

「琴兒，妳少說幾句。」康震雖不是好人，但也明白他爹這事做得不對。他想著秦念，是因為秦念將來是要嫁給他的，但秦念的娘是二叔的媳婦，他爹怎能妄想呢！

回到屋裡，楊氏把孫子和孫女趕去睡覺，把兒子好一頓臭罵，罵他黑良心，居然連自己親弟弟的媳婦也要霸占。

康有利一直狡辯，說他是夢遊。

但楊氏又不是傻子，是不是夢遊，她一個活了大半輩子的人，還會不清楚？

接下來數日，康有利窩在家中養傷，連大門都不敢出。

由於當日韓啟也在，康有利不敢去找韓醫工拿藥，只得用家裡早些時候存的米酒來搽，所以傷好得很慢。好在只是皮肉傷，骨頭沒有被打斷，不然往後怕是連錢都賺不了了。

秦念也安心下來，這些天除了做膏糖，逢天氣好還上山採藥。前日碰到李苗氏，說是用藥湯熏洗身子後，已經好轉，於是拿了李二叔剛打的獐子要送給秦念，但秦念怎麼都不肯收，道那些藥不值幾個錢，但獐子賣給趙家，能得好幾十銖呢！

待到秦念走，李苗氏對自家男人說，往後對秦念可要加倍的好，平時送她去鎮上，也得多幫些忙。

李二叔當下便應了，說秦念是個懂事孩子，對她好，總是會多幾倍還回來。

半個月後，秦念打算把她做的梨膏糖和桂花膏糖，還有積攢下來的藥草一併送到鎮上的濟源醫館。但貨有點多，得雇輛車才行。

膏糖都放在韓啟家，當秦念把家裡的藥草送過去時，發現門口停著一輛牛車。

秦念好奇了。

白米村很窮，再加上出村得過一條小溪，牛車、馬車無法進出，所以村子裡並沒有牛車。別說沒有牛車，連頭牛都沒有。

坐在牛車上的人正是李二叔。

李二叔瞧見秦念揹著滿竹簍的藥草，笑道：「念兒，今兒我幫妳送貨。」

秦念問：「李二叔，這牛車哪裡來的？能出得了村嗎？」說完又覺得不對，能進村，怎麼就不能出村了。

李二叔道：「念兒，妳不知道吧！韓哥兒出了錢讓我幫妳買牛車，還把出村的那條路修通了，不僅能過溪，還能駕車。」

秦念聞言，頓時有點激動。近來韓啟除了跟她上山採藥，平日總是神龍見首不見尾，也不知道他在忙什麼，原來是要給她這麼大的驚喜。

第三十八章

這時，韓啟揹著一簍膏糖出來，準備放到牛車上，秦念連忙先將背上的藥草擱好，再走到韓啟身旁，幫他把背上的竹簍抬上車。

待到竹簍放妥，秦念才問：「啟哥哥，這牛車當真是你買來的？」

秦念聽老人家說過，多年以前，牛的價格在二、三千銖錢左右。但前些年戰亂，馬不夠打仗，連牛也用上了。再加上各種天災人禍，牛跟馬一樣，數量銳減，所以現在的牛非常貴，少說要七、八千銖錢，多的話可能要一萬多錢。

韓啟笑著看她。「往後妳可是要做大買賣的人，哪能總靠著兩條腿去跑。」語氣一頓。「我本來想買馬的，但鎮上沒賣馬，得去縣裡找，李二叔又不得空，所以先買頭牛用著。這樣一來，牛得閒時，還可以幫村裡的人耕田。」

「牛就夠用了，用不著馬。」

「嗯，如今暫時只去鎮上，往後等妳要跑縣裡或京城，再買匹馬給妳。」

此刻，秦念與韓啟相對而立，瞧著韓啟那張溫潤如玉的俊臉，心神一動，突然把韓啟拉到一邊，低聲開了口。

「啟哥哥，你給我買了牛，往後還要買馬給我，你倒是說說，在你心裡，到底把我當成你的什麼人？」

當然是媳婦呀！

但韓啟只道：「妳是我爹的徒弟，我做師兄的給師妹買牛買馬，那是應當的。」

別說買牛買馬，憑著秦念在他心中的地位，為她做牛做馬也願意。

不過秦念年紀太小了，與她說得太明白不好，顯得他不正經。

秦念有點失望，但不過一會兒就想通了。她知道韓啟是喜歡她的，可能現在還年少，談不上是愛，但能為她花上這麼多錢，還處處幫她、護她，她該滿足了。

她又想起一事，順嘴問了句。「村上的路和溪上的橋，也是你雇人修的？」雖是廢話，但也得問清楚些。

韓啟往牛車走。「嗯，這樣村裡的人也方便。」明明是為了她，卻又把村民扯上。

李二叔在一旁幫忙整理牛車上的藥草和罐子，聽到韓啟這麼說，便插了一句。「韓哥兒可真是替白米村的人做了一件大善事呢！」

待到膏糖都放上車了，秦念再次把韓啟拉到一旁，仔細問他。「你買牛車和修路、修橋，總共花了多少錢？」

韓啟一笑。「沒多少，反正我不出村子，手上的錢也花不掉。」

「到底多少嘛？」

「真的沒多少，妳就別計較了。等會兒進屋把剩下的膏糖搬完，妳跟李二叔快出發，早去早回。」韓啟頓了頓，又說：「對了，本來我要算工錢給李二叔，但李二叔死活不肯收，說平日得妳照拂，幫忙送貨也是應該的。」

秦念思索一下，道：「那我就算你花了二萬錢，往後會還你的，到時你可不能不要。」她已經占了韓啟太多便宜，不能再讓韓啟為她付出這麼多，不然心不安。

韓啟蹙起俊眉。「念兒，妳真的不必計較這些事……」

秦念推著他進屋。「好了好了，我們趕緊進去，把那些膏糖搬出來吧。」

韓啟見秦念攔住他的話，也就不多說了。反正她要給錢，他是絕對不會收的。

待到牛車上的膏糖和藥草安置妥當，韓啟與秦念一起坐在車後，離開了韓家的院子。

李二叔趕著車，到了村口就停下來。

韓啟跳下車，仔細查看修好的石橋，又檢查牛車是否穩妥，最後才說：「李二叔，這座橋沒問題，你過吧，早去早回。」

秦念坐在車上，看著修得堅固平整的石橋，心道韓啟此舉當真是造福了白米村的百姓。

過了橋，與韓啟道別後，李二叔笑著道：「念兒，我們白米村可都是借了妳的光，才有這座橋的。韓哥兒是我們白米村的恩人，妳也是我們白米村的恩人呀！」

秦念含羞道：「我何德何能，哪能擔當恩人這兩字，李二叔就別折煞我了。」

李二叔笑了笑，心想哪裡承不了，不說買牛車和修橋之事，光她跟著韓醫工習醫，為白米村積了多少德，村裡的人可是明眼看著，也都記在心裡。只可憐她沒隨她娘落個好人家，待在滿心滿眼壞心思的康家，著實可憐。

秦念想起李二叔幫她送貨之事，問了起來。「李二叔，以後我雇你幫我送貨吧？」

李二叔回頭看秦念一眼。「念兒，往後若用得上我，直接叫我幫妳送就好。」

「李二叔，這可是長久的事。若是一次、兩次讓你幫忙還好，可我是要跟濟源醫館合作生意的，還是商量好工錢，這樣我叫你幫忙，也叫得安心一些。」

見李二叔好像還要拒絕的樣子，秦念又道：「再說了，你幫我送貨，也得占你半日工夫，若是碰著什麼事，說不定得花一整日。所以你就別再推辭，我們說好一趟多少錢，不能比你上山打獵要少。」

李二叔心道秦念為人當真是好得沒話說，不由有些興奮。「那妳看著給吧，意思意思就行了。」

秦念想了想，道：「要不，等我送了幾趟貨再算算，看除去本錢後，能賺得多少。反正，不能虧了你。」

李二叔點頭應下。

從白米村到濟源醫館，要經過趙家。

前些天，秦念去看過趙家主母，上次的藥方效果不錯，趙家主母的症狀已經減輕不少，秦念便重新診脈，調整藥方。這次送貨，得順便去趙家問問趙家主母的情況。

這時，守門的趙家家僕正探頭往外看，發現一輛牛車遠遠駛過來時，定睛看了許久，認清來者是李二叔和秦念時，立時打開朱漆大門，笑著迎出去。

「念兒姑娘，管家吩咐小的在此候著，這兩日若不見您來，就得去白米村找您。」

秦念從牛車上跳下來，見家僕滿臉喜色，便知趙家主母的病應該是好得差不多了。

家僕把秦念迎進門，這次李二叔也被客氣地請進去，平時他可是被關在門外等候的。

管家已經在院子裡等了，非常恭敬地彎腰把秦念迎進去。

趙家主母正在後花園賞花，秦念見到她時，看她走路氣力足，不喘也不咳，走近一瞧，氣色也好了不只一點，紅光滿面，比秦念第一次見到她時，似乎要年輕了十多歲。

站在趙家主母身側的，是一位與她有幾分相像的公子，雖不說有多俊朗，但五官端正，一派儒雅書生的氣度。

公子隨著趙家主母走到秦念面前，心中暗自驚嘆，如此小的年紀，竟然能治好他母親多年的頑疾，太不可思議了。

他對秦念躬身拱手。「多謝念兒姑娘治好我娘的病。」朝守在廊上的丫鬟揮手示意。丫鬟福身，便退下了。

趙家主母拉起秦念的手，滿臉慈祥地問：「念兒，妳今年多大了？」

秦念想了想，答道：「快十三了。」差點脫口而出，說她十六歲。

趙家主母一雙細長的眼睛笑得瞇成一條縫，因她笑得和善，眼角幾道皺紋倒是為她增了幾分寬厚氣質。

「念兒，妳這般小，還沒有婚配吧？」說是這樣說，但她還挺擔心的，生怕秦念與人指腹為婚，或早早就訂了人家。

秦念發現趙家主母打量她的眼神有點不對，旁邊的公子看著她時，也有種說不清的感覺，突然有點尷尬，垂眸道：「我年紀還小。」

趙家主母露出驚喜之色，又看兒子一眼，見兒子亦是滿臉歡喜的模樣，便對秦念道：「念兒，我家雖不是王公貴族，但家境在鎮上來說，算是數一數二的。」

她看了兒子一眼，接著道：「我兒趙奇正在縣裡的書館讀書，來年進太學有望。要不……明日我帶著我兒去妳家提親，先將你們的親事訂下，待妳及笄再成親，如何？」

「這……」

已活過一世的秦念面對如此誘惑，非常鎮定，對趙家主母施了個禮，低首道：「念兒多謝主母抬舉，我心……」已有所屬，這四個字還未說出口，便覺不對。如今她還不滿十三歲，若說她心有所屬，定會讓人覺得她小小年紀便有這般心思，實在有違常理，於是改口道：「我年紀還小，只想先把醫術學好學精。至於婚事，得過幾年再說。」

趙家主母見秦念表現得很鎮定時，心中驚詫。一般來說，像秦念這樣生活在山溝裡的姑娘，若是能攀得上富貴人家，定會歡天喜地，高興得恨不得跳上幾腳。可秦念卻無半分笑臉，還表現出一副小大人的模樣，拒絕了趙家主母。

仔細一想，秦念或許真與平常人家的姑娘不一樣，識字懂醫，一心只想學醫救人吧。她看向兒子，想讓兒子說點什麼。

趙奇早就按捺不住表白了。「念兒姑娘，若是要過幾年再說，那我便等妳幾年。」

方才他抬眼見到秦念時，見這姑娘年紀雖小，但眉目精緻如畫，一顰一笑還透著一股非常不一般的氣質，這麼一瞬的工夫，便覺得要共度餘生的人是她了。

秦念看著趙奇，很想叫他不要等了，再等她也不會嫁給他的。但這些話她不能說，於是對著趙奇淡淡一笑。

「多謝趙公子看得起我，只是我無心婚配，一心只想學醫，怕是會耽擱了你，所以還請不要在我身上浪費工夫。」

趙奇有些失望，但心下只覺得秦念是年紀太小，現在說這個，她不懂，也接受不了。

第三十九章

這時，方才應了趙奇吩咐的丫鬟，捧著檀木匣子過來，向趙家主母和趙奇行禮後，把匣子遞給趙奇。

趙奇把木匣子塞到秦念手中。「念兒，之前我娘請過不少醫工，都不能根治她的病。反倒是妳，小小年紀，卻把她的病治好了。這些是給妳的診金，好生拿著。」

秦念本也打算來拿診金的，所以沒有推卻，心想不過是銅錢，為什麼要用這麼好的盒子，怕是這盒子比裡面的錢還要寶貴吧！

她打開盒子一看，卻被裡面晃眼的金餅嚇著了。

天啊，足足十個金餅，以一萬錢相當於一個金餅來算，這裡有十萬錢。

這哪裡是給診金，說是給聘禮還差不多。

秦念忙把匣子合上，朝趙奇懷裡一推。「趙公子，這太多了，我受之不起。」

趙奇沒想到秦念不要錢，這姑娘是不是學醫學傻了？

他想將木匣子推回到秦念手上，但秦念往後退了幾步。

趙家主母見狀，對秦念說：「念兒，妳把我的病治好，相當於救了我的性命，這些錢是妳應得的。」

秦念看著趙家主母，滿目嚴肅。「夫人，您的藥都是您自己買的，我不過是看了診，開方子而已。若是要給診金，就按一般的價錢，給一百銖便好。」

以醫工的診金來說，醫治趙家主母這病，一百至一千銖不等，但有的醫工碰到豪爽的富戶，拿個萬錢也尋常。所以一百銖的診金，算是最低的價錢了。

趙奇又勸道：「念兒，這錢妳備在手上，往後有什麼事也好應付，還是拿著吧。」將木匣子再次推到秦念面前，怕她不收。

秦念搖頭。「不，這太多了，我還是那句話，受之不起。」

趙家主母見秦念態度堅決，便不再勉強，微微側身吩咐身帝的丫鬟。「妳去拿五千銖給念兒姑娘。」

丫鬟躬身應下。「是。」

秦念忙道：「不用，一百銖就好。」

這次，趙奇也表現得一臉堅決。「念兒，這五千銖妳一定要拿著，不然我可要送到妳家裡去了。」

秦念聽到這個就怕，不敢再拒絕，只輕輕說了三個字。「那好吧。」

丫鬟取了五千銖來，秦念見還是原本的木匣子，只是接過手後，比方才重許多。打開一看，五吊銅錢堆得滿滿的。

秦念對趙家主母微微彎身。「多謝主母。」說罷又看向身邊伺候的家奴，見家奴手中拿著一串藥包，道：「這些藥是早先備好的，也是我自己上山採的，雖不值幾個錢，但藥效很不錯。主母的病剛好，還會有些陰虛火旺之症，這些藥的藥性平和，日常拿來調理都好。」

家奴忙將藥包遞到丫鬟手中。

趙家主母笑道：「念兒姑娘有心了。」

接著，秦念告辭，趙奇將秦念送到門口。

這時，秦念想起趙家主母說，趙奇在縣內的書館讀書，而康岩也在那裡，他們兩人莫非是同窗？

不過她也沒打算問，想到前世種種，就希望這世與康岩不要再有交集，不然，怕是又會重蹈前世覆轍。

離開趙家後，李二叔趕著牛車去濟源醫館，沒走多遠，就笑著探問道：「念兒，我聽那守門的說，趙家主母相中妳了，想把妳訂給趙家公子。」

秦念淡淡一笑。「沒有的事，我一個山裡丫頭，怎能配得起趙家。」她倒不是自卑，只是不願讓李二叔多想。

李二叔心中了然。「念兒，妳與韓哥兒是極好的一對，怕是妳放不下韓哥兒吧！」

秦念不知道該怎麼說，沈默下來。

李二叔許是覺得秦念身為白米村的人，能被趙家看中，他臉上也有光，所以有點興奮，話便多了起來。

「韓哥兒雖不像趙家那般家大業大，但憑他的本事，往後妳跟著他，吃穿定是不用愁的。再說了，有錢的人家也不是那麼好相處，一般都會娶上好幾個女人，宅院裡人一多，豈不是鬧得慌。」

秦念調侃他。「李二叔，你知道得還挺多的。不過我還小呢，說這些尚早。」

李二叔卻道：「念兒，說早也不早，再過個兩年，妳就可以嫁人了。」

說閒話的工夫，牛車已經駛到了濟源醫館門口。

秦念從牛車上跳下來，沒管車上的貨，先進醫館找羅禧良，卻瞧見一個年輕的小婦人，懷裡抱著約莫七、八個月大的男嬰。

此刻男嬰不哭也不鬧，但小婦人急得直抹淚，夥計告訴小婦人，醫工出了門，不知道幾時回來。

醫者仁心，秦念見狀，立即走到小婦人身邊，看著她懷裡的男嬰問：「他是怎麼了？」

小婦人見面前的是位看起來約莫十二、三歲的女孩，只以為是可憐她兒子的，哭道：「我兒已經有好些天不吃奶水，也不喝粥湯，還腹瀉了多日。嗚……這可怎麼得了，若是一直這樣，怕是撐不下去。」

秦念伸手握住男嬰的手腕，仔細探了脈，又見他面黃肌瘦，神情淡漠，便鬆了探脈的手，伸向男嬰的肚腹，準備按上一按。

小婦人警覺起來，將男嬰往旁邊挪。「姑娘，妳這是要做什麼？」

在旁邊觀望的夥計忙道：「這位念兒姑娘是通醫術的，我家醫工不在，趕緊讓她好生瞧瞧妳兒子。」

小婦人有些不敢相信，但還是把孩子挪回原位，讓秦念按他的肚子。

秦念按完肚子，又摸孩子的小腳，才道：「妳兒子晚上睡覺時，是否會半睜著眼睛？」

小婦人一臉驚詫地點點頭。

秦念道：「如今天氣正暖和，可妳兒子四肢發冷，肚子起皺而無彈力，鼻息微弱，口唇也沒顏色，這些都是嚴重的脾胃虛弱之症，十分險急，須得趕緊下藥治療。」

小婦人聽她說得頭頭是道，心中一喜，忙問道：「姑娘且說，要如何治？」

秦念道：「我幫妳配些藥，妳拿回去煎湯。」轉身問夥計。「有石柱、人參吧？」

夥計點頭。「有有有。」

接著，秦念讓夥計拿了適量的石柱和一根人參，又叮囑小婦人。「這藥拿去切開後，用米炒熟，再燉成汁給妳兒灌下。記得不要再讓他受涼，孩子一受涼，就會傷到脾胃。」

小婦人接過藥包，連連點頭，但想著這藥方裡有人參，怕出不起錢，聲音弱弱地問：「那診金多少？」

秦念看得出小婦人臉上的難色。「妳能給得了多少，就給多少吧。」

小婦人忙把荷包裡的所有錢掏出來，共六十銖錢。

秦念只拿了三十銖，對小婦人道：「快些回去，趕緊按著我剛剛說的，把藥汁灌給妳兒喝下。還有，若是好轉，妳得再帶他來一趟，調理一番。」

小婦人對秦念躬身，千恩萬謝地抱著兒子匆匆離去。

母子倆走後，夥計為難了。

「念兒姑娘，那小婦人拿去的可是一支人參，雖不是多麼值錢的深山野參，但也值好幾百銖錢咧！」

秦念微笑道：「不用急，那些錢，我替她付了。」

夥計有些疑惑。「念兒姑娘，妳與那小婦人素不相識，為何要替她出錢，給她開這麼貴的藥？還有，她有六十銖錢，妳卻只拿一半。」

秦念噗哧一笑。「你的問題好多呀！」解釋起來。「我與小婦人的確素不相識，但她兒子餓了好些天，還一直腹瀉。若是大人，還可以拿黨參什麼的代替人參，慢慢調理好。但這孩子太小，又是急症，非得用人參才能讓他好轉，不然拖太久，會要了他性命。

「至於我只拿三十銖錢，是想著她荷包裡總共也就六十銖錢，若是全拿去，萬一她家裡沒了存銀可怎麼辦？她總得過活呀！所以索性只拿了三十銖錢，給她留一些。到時，她兒子病情有好轉，還得過來拿藥，也得費些錢。」

啪啪啪……

這時，門口傳來擊掌的聲音，秦念扭頭一看，正是羅禧良。

羅禧良走到秦念面前，笑道：「真是沒想到，念兒姑娘這般小的年紀，竟然有如此的氣度和胸懷。」又搖搖頭。「可惜妳是女子，要是生成男子，怕是能上朝做官也說不定。」

秦念聽了，學大人模樣地抱拳。「羅醫工過獎了。」說罷，一臉嚴肅地看著他，質問道：「羅醫工，你開了這醫館，為何不在這裡坐診？」話裡，微微有了怒意。

第四十章

羅禧良感覺到秦念眉目間的怒色，眉頭微蹙。「平時我在縣上的醫館，也經常是想來就來，想走就走的。」

秦念聞言，立時擰緊了眉。「你給了鎮上的百姓莫大希望，卻經常不坐診，這樣會讓病人得不到及時的醫治，誤人性命。」想著方才那嬰孩，要不是她在這裡，後果不堪設想。

羅禧良卻沒有想到這一層，他是習慣了縣裡的生活，因為縣裡的醫館有他父親坐診，而他只是在醫館忙不過來時，才去搭把手。

秦念越想越生氣，轉身對夥計道：「若是過幾日那小娘子來說她兒子情況有好轉，你便給她參苓白朮散調理，另外再加上白豆蔻一粒、少許藿香。」

夥計摸著後腦勺。「參苓白朮散？」

羅禧良忙道：「我知道，我來配就是。」

秦念冷冷瞥他一眼，心裡卻想著，他還算是個懂醫的。

羅禧良見秦念是真的生氣了，笑嘻嘻地道：「好好好，往後我會每日坐診。」

秦念指著門口的方向。「就算你真在醫館待不住，那也得在門口立塊牌子，寫清楚你幾時坐診，日子要固定下來。」

羅禧良聽到這些話，腦子裡有個想法驀地冒了出來。

「念兒姑娘，我聽聞妳把趙家主母的病醫好了，剛剛妳幫那小婦人的孩子看診，也看得不錯，證明妳的醫術是非常不錯的。」

秦念撇撇嘴，沒說話，不過受到誇獎，心情好了不少。

「念兒姑娘，不如妳我輪著到醫館坐診如何？」

「啊？」秦念沒反應過來。

「我按診金與妳分成，妳可以按妳的時間到醫館來坐診。」羅禧良的目光死死盯在秦念臉上，有點緊張，怕小姑娘信不過他。

秦念瞇眼想了想，又搖搖頭。「不成不成，我雖診治過幾個人，但目前我的醫術僅限於醫書上的，還有許多是不明白的，若是診錯了，那可就不得了。」

羅禧良笑道：「能把醫書上的知識應用到病人身上，已經非常了不起，有許多赤腳醫工只有一、兩成醫術就幫人看診了。」

這個秦念倒是認同。一般百姓得病，多半是尋些土方法自治，若是村裡能有懂點醫術的老人，那會被當成活菩薩供著。而這些略懂醫術的老人，只是憑著幾十年的自身經驗來醫人，識幾個字的，還能看上一、兩本醫書。至於診得好與不好，那就難說，症狀輕的倒沒問題，碰上些症狀重的，也只能順從天命。

秦念記性驚人，韓啟給她的醫書很多，還有韓醫工畢生的行醫筆記，更比那些赤腳醫工厲害。

猶豫許久，她依然不敢，再次搖搖頭。「還是辛苦羅醫工多多在醫館看診。」說罷，指著醫館外的牛車。「我拿了不少梨膏糖和桂花膏糖來，另外還有一些藥草，像蒼術、桑葉、白芷等十多餘種。對了，還有五靈脂。」

羅禧良驚喜。「五靈脂也能找到，真是好本事。」

五靈脂是鼯鼠和飛鼠的乾燥糞便，好多人不懂，都覺得髒。但真正懂醫的人知道，五靈脂內服可以行血止痛，治婦女經閉、產後瘀血作痛等；外治可用於蛇、蠍、蜈蚣等毒物咬傷，以及各種瘡疥。還有其他效用，可謂是能治諸多症狀的良藥。

秦念道：「現在才初夏，山中的五味子、地黃、茯苓和連翹等藥材長勢極好，待到入秋後，就可以多採些來。」

羅禧良看著瘦小的秦念，突然起了好奇心。「妳小小年紀，又是個女孩，平日都是妳自己去採藥嗎？還是與妳哥哥一起？」他記得第一次見到秦念時，她身邊有位個頭與她一般高的少年，好像是她的哥哥。

「平時我哥不隨我採藥，都是我和……」

當秦念想提到韓啟時，卻不知道該如何向他人介紹，是說師兄，還是情郎？當然不能說是情郎了，她連十三歲都不到。

「都是和我師兄一起去的。」

「師兄？」

沒來由的，羅禧良聽著這話，心裡有點悶。

「我們去把藥搬進來吧！」秦念提醒道。

夥計連忙從藥櫃後走出來。「我去我去，公子您歇著就好。」

在外面的護院屠三，已經卸下一些罐子來，準備往裡搬。

羅禧良見秦念也出去動手搬了，想著自己可不能在這小姑娘面前表現得太過於懶惰，於是也跟著走出去，幫忙拿膏糖罐子。

秦念見男人們都在搬罐子，便將牛車上的幾簍藥草拿下來。

等膏糖和藥草進了醫館，秦念尋把椅子歇著，等羅禧良開價。

剛剛羅禧良說過，藥草價錢按在縣上醫館進貨的價錢，至於膏糖，則要秦念自行開價。

秦念想了一下，一罐梨膏糖是三十錢，因為梨子都是買來的，所以本錢高些。而桂花膏糖的材料都是她從山上採的，只花費時間和力氣，便說梨膏糖一罐二十銖錢，桂花膏糖是一罐十銖錢。

羅禧良開了一罐桂花膏糖，品嚐一下，憑著他的經驗，這桂花膏糖和梨膏糖的本錢理應都是一罐二十銖，用三十銖賣出去。

秦念見羅禧良堅持，便不再多說了。

這次秦念送來的膏糖和藥草，羅禧良結算，總共九百多銖。這麼多錢，完全超出了秦念的預想。

當秦念拿到錢時，又說要把剛才那小娘子拿人參的錢算在她帳上，羅禧良卻說這筆錢算醫館的，不必由她出。

秦念不想讓羅禧良虧了這筆錢，臨走前趁著他不注意，留下五百銖錢。

片刻後，屠三站在羅禧良身側，在門口看著漸漸遠去的牛車，道：「這念兒姑娘可真不是一般的姑娘呀。」

羅禧良看著坐在牛車後、低頭高高興興數著銅錢的小姑娘，輕輕一笑。「的確不是一般的姑娘，年紀如此小，心性卻十分成熟。」成熟得讓他自嘆不如。

「公子，您還要去吳村幫人看診嗎？」

「當然，不過是明日再去。往後出門走村看診，定得把時辰安排好。」

羅禧良想了想，道：「在門口立塊牌子，每日辰時到午時看診，午後不在醫館，晚上有急診可以敲門。」

「好。」

屠三去安排牌子的事，心道往後公子可有得忙了。

其實羅禧良並非遊手好閒，自來到鎮上後，便揹著藥箱，把幾個村莊走了個遍。一來是為了幫人看診，二來也是想讓人知道，鎮上新開了醫館，若是有病可以到鎮上去看。但凡他上門看診，若遇上窮得揭不開鍋的人家，都沒有收錢；要收錢的，也收得很少。

進醫館後，羅禧良看到了櫃下的五百錢，便把錢收好，打算下回乘機還給秦念。

另一邊，回村的路上，李二叔一直在可惜那五百錢。

「念兒，這沒錢治病的人有多少呀，如果這樣逢人就幫忙出診金，妳能扛得住？」

秦念淡淡一笑。「既然碰上了，那就得幫。再說生病的是個小嬰孩，若是因為沒錢買人參而耽擱病情，我會愧疚一輩子的。」

李二叔點點頭。「說的也是，還是俗話說得好，救人一命，勝造七級浮屠。」

秦念捏著手中的錢袋子，突然想到第一次跟醫館合作賺了錢，應該上集市看看有什麼好買，於是讓李二叔拐了個彎，去了集市。

一會兒後，李二叔見秦念買得歡，忙提醒她。「念兒，錢可得省著花，不該買的就不買。」

秦念知道李二叔的好心，笑道：「知道了，我就買點零嘴給村裡的小孩吃，再給我師父和啟哥哥，還有我娘買些布料。」

於是，秦念給翠枝買了零嘴，還有一些分給鄰居小孩的吃食。再買了一大堆布料，打算用這些布料給她娘和哥哥，還有師父、韓啟各做一身衣衫。當然，李二叔在這裡，也少不了翠枝那份，買了塊粉嫩嫩的棉布給她。

李二叔心道，這丫頭真是太實誠了，看她買的那些料子，壓根兒沒有自己的分，忍不住問了句。「念兒，妳怎麼不替自己置一身好衣裳呢？」

秦念搖頭笑道：「我能穿得暖就好，上回啟哥哥在山裡獵了鹿，還把皮子給我娘，讓我做了皮襖和兩雙靴子呢。」現在天氣好，也不上山，她捨不得拿出來穿，還是穿舊麻布鞋。

李二叔看著她穿著打了好幾層補丁的衣裳，搖了搖頭。不是他家的閨女，他也管不了，只是看著這丫頭皮相生得這麼好，卻總是穿著破破舊舊、又短又小的衣裳，實在浪費了這好身段、好年紀。

接著，秦念又幫家裡和韓家購置了些家用的東西，這才上了牛車，打道回村。

第四十一章

這一來二去，等回到白米村時，已近傍晚。

村口那座新修的橋剛映入秦念眼簾，便見有位灰衣少年站在上面，夕陽的霞光籠罩在他身上，一身金輝，耀眼無比。

「是啟哥哥。」秦念心裡像是開了一朵花兒一樣美。

韓啟見到牛車，唇角揚起笑，小跑著朝牛車迎過去，不等李二叔揮鞭停車，便一躍跳上去，穩穩地坐在秦念身邊。

他低頭見牛車被買來的東西擠得連點空隙都沒有，卻不見藥草和膏糖，唯有一股淡淡的藥香和甜香味留在秦念身上，說不出的好聞。

「看來藥草和膏糖，那家醫館全收了。」

秦念點頭。「嗯，全收了，說是還不夠呢！趙家也給了不少診金。」說著拉開沈沈的錢袋封口，遞到韓啟眼前。「啟哥哥，你看。」趙家那個裝錢的盒子太招眼了，所以她把錢全裝進了錢袋裡。

韓啟看她那上揚的眉目一眼，見她這般開心，他也就開心了，接過錢袋在手上掂了掂，又遞還給她。

「這錢，妳可得好好收著。」以前他連一整箱的金餅子都不稀罕，現在卻稀罕這幾千個銅錢了。

秦念收下錢袋，突然撿了塊用來墊罐子的破麻布，把錢袋裡的銅錢盡數傾倒在上面，包起來，往空罐子裡一塞。這空罐子之前裝了五靈脂，裡面有著一股難言的味道。

韓啟好奇。「幹麼把錢裝進去？」五靈脂是秦念用心去找的，但撿的時候，韓啟怕污了她的手，是他幫著撿的，自然知道那不怎麼乾淨。

秦念遠遠看著路上的村民，低聲道：「自然是怕康家人惦記。」

韓啟笑了。「還是妳聰明。」轉念一想，又凝了神色。「今日妳出去賣藥之事，康家人已經知道了，方才我出來時，楊氏還堵著我問妳幾時回來，想必是會攔截妳的。」

村裡有了牛車，又修了路，對白米村來說，可是件了不得的大喜事。今日村裡一批又一批的人來看這座橋，而且都知道了這是為了讓秦念出村賣藥所建。樹大招風，康家人一定會惦記著秦念的錢。

這些是韓啟沒有想過的，心裡忐忑了一日，直到這刻見秦念曉得把錢藏起來，心才稍稍安穩一些。

秦念坐在牛車上時，便已想到這個。平日韓啟送幾顆雞蛋，楊氏都會到家裡來搶，更別說是賣藥材的錢了。

以前她賣何首烏賺的錢，謊稱是交了學醫的束脩，這趟出去賺的錢，不可能再瞞過去。

「啟哥哥，不如，我的錢放在你那裡吧！」以前秦念就這樣想過，但她知道韓啟最不喜歡管錢的事情，怕此舉會煩擾到他。

果真，韓啟拒絕了。「這可不成。我常與妳一道上山採藥，我爹又會出去看診，上次我家裡就丟了錢，也不知道是誰跑去拿的。」

這件事，他一直沒提過，兩個月前韓家丟了一吊錢。幸好韓醫工謹慎，把從京城帶來的金餅全數換成銅錢，再這裡放一串、那裡放一串，更多的是埋在連韓啟都不知道的地方。

一吊錢就是一千錢，對於白米村裡的村民來說，可是個大數目，好些人從沒見過這麼多錢。所以，偷錢的賊許是見著有一千錢，便喜孜孜地跑了，沒繼續在屋裡翻找。

這時，秦念突然讓李二叔將牛車停下。

待到牛車停穩，秦念跳下車，在水溝邊撿了一堆石子，還專挑那些尖利的撿。

韓啟一看便明白了，輕輕一笑，心道這小妮子當真是個不好對付的。

秦念回到牛車上後，先是隨著牛車去了韓啟家。

雖然這牛車是韓啟買來給秦念用的，但因康家那一窩像土匪一樣的人，只能把牛車停在韓家。

今日，韓啟又讓人在家門口修了一座牛棚，好用來停牛車。

待李二叔要走之時，秦念把替翠枝買的零嘴和布料交給他，另外又給了五十銖錢。

李二叔連忙將錢推回到秦念面前。「念兒，這錢給得太多了。」

秦念道：「李二叔，我這趟出去，可耽擱了你一整日的工夫。這一整日若是上山打獵，也能賺這麼多錢。」

李二叔忙搖頭。「不不不，我打獵運氣最好的時候，也才賺這麼多，大部分時候獵回來的東西，都只能賣個二、三十錢。念兒，妳如果真要給，那就給個二十銖或三十銖吧。」

秦念把五十銖錢硬塞到李二叔手上。「李二叔，我也不是天天都出去送藥材的，一個月也就出去那麼一、兩回。往後若我出去的次數多了，再將價錢說低些。」

李二叔見秦念如此堅持，便不多說了，收好錢，滿面笑意。「念兒，妳替我家翠枝買了零嘴，還買了料子，又給這麼多錢，我這是有多好的運氣，才能遇見妳這個東家！」說罷，又對韓啟揮揮手，告辭回去。

韓啟帶著秦念進屋喝水，又從鍋裡拿了塊還溫著的餅子給她吃。

秦念當真餓壞了，捧著餅，一雙明眸笑看著韓啟，滿心滿眼都是幸福。

「念兒吃慢點，別噎著了。」

秦念搖搖頭，猛地又咬了一口嚼著，吃得嘴上都是碎屑。

不知為何，她在別人面前都表現得很穩重，唯有在韓啟這兒，不自覺就嬌氣了起來。

韓啟忙從懷裡掏出還帶著體溫的帕子，舀了一瓢水浸濕後擰乾，再拿著帕子，仔細地幫秦念擦嘴巴。

到底是少女，秦念還是有些害羞的，待韓啟將帕子按在她臉上時，一顆小心臟已是小鹿般亂撞，忙一手接過，自己擦了起來。

待到吃完，臉也擦乾淨，秦念再去韓醫工屋裡打招呼。

韓醫工性子安靜，不出診的時候，都把自己關在屋裡看醫書，寫字或是讀詩書。

門是虛掩著的，秦念喊了一聲。「師父。」

「進來吧。」

秦念和韓啟一前一後進了屋，秦念走到韓醫工面前，將今日賣藥之事細細說給韓醫工聽，又說買了些燈油以及家用必須的物品，都擱置在廚房。

平常韓醫工若是要買些什麼，都是託村裡的人幫忙從鎮上買來。他過得勤儉，要買的東西也不多。

韓醫工聽了，微笑著點點頭。「念兒，妳出去了一整日，趕緊回家吧，別讓妳娘擔心。」他坦然接受了秦念幫家裡購置的東西，就是想著別讓秦念顧忌太多。

秦念抿唇嗯了聲，躬身告辭，便揹著竹簍回去。

第四十二章

此刻天色將黑，秦念見屋前的槐樹下，楊氏和康琴，還有康震都在樹下席地而坐。一見到秦念揹著竹簍走來，腰上沈沈地掛著大錢袋，他們便如打了雞血一般站起來，朝秦念奔過去。

在院裡做家務的秦氏聽見動靜，也忙出來，心急火燎地，就怕康家人搶了秦念的東西。

楊氏領頭跑到秦念面前，一手扠著腰、一手掌心朝上向秦念伸過來。「秦念，快些把今天賣藥的錢拿出來！」

秦念後退一步，手死死捂著自己的大錢袋。「康奶奶，我賣藥的錢，憑什麼要給妳？」

楊氏大聲喝道：「妳隨妳娘嫁到康家，便是康家的人。妳賺的錢，自然歸康家所有。」

這時，鄰居們聽到聲音，都跑出來看熱鬧。

剛剛秦念在回來的路上，繞道給這些鄰居的孩子送零嘴吃，他們都知道秦念回來了，更感恩秦念賺了錢還有心想著他們。

秦念見人越圍越多，連忙低頭掩面，哭了起來。

「自從我和我哥隨我娘到康家以後，就過著人不像人的日子，我娘的嫁妝也悉數被你們搶去，還逼著我娘帶著我和我哥天天下地做工，一天只給兩頓粥水，放的米都能從粥裡數得出來。

「年前，我病了一場，後來才知道是被康奶奶下了毒，差點丟了小命。我好不容易醒悟過來，決定不再受你們欺負，自力更生，可你們還不依不饒。妳說，你們康家人到底要把我們逼到何時何地，難不成要逼死才行嗎？」

這些事，是村裡人都知曉的，人人都覺得這娘兒三個委實可憐，這回聽了這麼一番真真切切的控訴，便齊心對著楊氏大罵起來。

「康家婆子，妳趁著妳小兒子不在，就欺負他們，這事做得太不厚道。」

「是啊！康家婆子，就算是奴隸，起碼也能吃個肚兒飽，這樣才有力氣幹活。妳看你們一家子這兩年來對這娘兒三個做的事，把他們瘦得皮包骨，直到秦念被韓醫工醫好後，她想著法子賺錢，這才好過點，也長得像個人樣了。康家婆子，妳一把老骨頭了，還是為了兒孫多積點德吧！」

楊氏的臉早就臊得一陣紅、一陣白了。

康琴見鄰居們都幫著秦念說話，又眼饞秦念腰上掛的錢袋，於是暗暗推了推康震，低聲道：「哥，你直接把秦念的錢搶過來吧！」

康震橫了康琴一眼。「要搶妳去搶。」

康琴癟著嘴。「我不敢。」

楊氏也怒瞪康琴。「說個屁話，現在誰都不要去動秦念，待會兒等人散了，我自會讓她好看。」說罷，臉色一轉，笑咪咪地對鄰居道：「你們都誤會了，他們哪是被我們餓成這樣的，是不習慣白米村的水土，吃多了總是鬧肚子，才會這樣消瘦。這不，他們在這裡待了兩年，也就習慣了，養得好了些。」

這番說詞，鄰居們當然不信，但此時楊氏已經笑了起來，都是鄉親，不好伸手打笑臉人不是，所以沒有人再多說什麼。他們也害怕遭到康家人報復，尤其是康震，在村裡就是個小霸王，平時偷雞摸狗，還時不時欺負老小。

秦氏也不好讓婆婆太難堪，攬著秦念道：「念兒，我們趕緊回家去吧。」

秦念目中帶淚，弱弱地看著母親。這番演技，她覺得自己可以上戲臺演話本子了。

康震見鄰居們還在看熱鬧，揮手趕人。「都回去都回去，各家有各家的一本經，你們少管閒事。」

鄰居們害怕康震，皆作鳥獸散了。

秦氏有點忐忑地帶著秦念往家中走，康家人則跟在她們身後。

待到秦氏母女進門，不等她們將院門關上，楊氏便一腳跨進門檻，圓滾滾的身體擠進來，康琴和康震立時跟上，康震還反手將門關了。

院外有折回來偷看情況的鄰居，暗地裡跺腳拍手，直道不妙，秦氏母女怕是會被康家人欺侮。

鄰居們猜得沒錯，楊氏一進院子，便快步上前攔住秦念，康琴則從側面扯下秦念腰上的錢袋。康震還顧忌著往後要娶秦念，不敢明著動粗，只是在旁看著。

秦念死死護住自己的錢袋，近來跟著韓啟練武，力氣大了不少。

楊氏見康琴處於下風，連忙幫著一起扯，秦念也加了把力氣，待到楊氏和康琴扯得死緊後，忽地一鬆手，楊氏和康琴便往後一摔，摔得四仰八叉。

她們搶到錢袋，也顧不得找秦念的麻煩，一骨碌站起來就往外面跑，康震幫忙開了門。

秦氏見這麼沈的錢袋就這樣硬生生被康家人搶了，心頭恨極，卻又無能為力，不由坐在地上，大哭起來。

「這一家子都是什麼人呀！我作死嫁到這白米村來，坑害了兩個孩兒，嗚……」

秦念正欲將母親拉起來，讓她別哭，但餘光掃見站在院門外的鄰居，忙也抹著淚，嚎啕大哭。

「娘，康家人欺人太甚，是不讓我們娘兒三個活了。您跟繼父自成親以來，也沒有待在一起多少天，卻要為康家人做牛做馬。娘，您說我們這日子該怎麼過下去呀！嗚嗚……」

秦氏聽了，忽地止住哭聲，目光呆滯片刻後，突然道：「我們走吧！現在就走，再也不回白米村了。」

秦念道：「娘，哥還沒有回來呢！」

「娘……」

一道少年的哭吼聲自院外傳來，秦氏心中一喜，扭頭見是兒子秦正元。

秦正元衝到秦氏面前跪下，抱著母親和妹妹大哭。

「娘，兒不在家，康家那些人又欺負妳們了。」他抬袖一抹淚，牙齒咬得咯咯作響，目光掃向康家大院，猛地將懸在腰間的長劍從劍鞘裡拔出來，起身就要衝過去。

秦氏見兒子眼眸裡充斥著殺氣，又見他提劍，連忙一把抱住他的腰身。「正元，你要幹什麼？」

秦正元狠狠道：「我要去宰了他們。」

秦氏哭著說：「兒呀！你切莫做這等惡事，大不了我們離開康家，再也不回白米村。」

「娘，繼父來了。」

秦念一聽，目光掃向院外，看著杵在門口的康有田。

秦正元目光中殺氣漸散，對院外的康有田大吼一聲。「康有田，你看到了吧！路上還說不信你娘會做出對我們不善之事，剛剛鄰居們說的話，你可聽見了，你們康家人就是把我們娘兒三個當成奴隸，甚至比奴隸還不如。親眼看到他們搶念兒的錢，你還有什麼話好說？」

秦念也挺直了腰桿，哭訴道：「自我病好後，便自力更生，想著法兒，冒著生命危險進山裡採藥賺錢，你親娘卻要來搶。平日別人送來的吃食，也被你親娘帶著康震和康琴拿走，這日子沒法過了、沒法過了！」

康有田那張被太陽曬得黝黑的臉繃得緊緊的，秦正元說得沒錯，之前打死他都不信他親娘會是這樣的人，但剛剛鄰居們說的話，他全聽到了。這兩年回家探親時，總覺得新娶的娘子越發清瘦，繼子也沒長個頭，但回回秦氏只說她是不思飲食，卻不知是他娘沒讓他們吃飽過，還把他們當奴隸使喚。

方才那一幕，更是令他腦子裡一轟，一片空白。他娘和兩個姪子什麼時候變成土匪了，進來搶了錢袋就跑，連他和秦正元站在樹下都沒看到。

第四十三章

康有田一跺腳，準備去康家大院找楊氏說理，便見楊氏跌跌撞撞地捧著手，哎喲哎喲哼叫著，朝這邊小跑過來。

楊氏一見小兒子，猛地呆住，問了句。「有田，你什麼時候回來的？」

這時康琴和康震也從他們院裡跑出來，都是捧著手，不停哀叫著。

「娘，您怎能趁著我不在家，如此對待我的娘子？」

聽見小兒子的質問，楊氏頓時氣得一口老血要噴出來。「你這個吃裡扒外的，你看為娘的手，被她們禍害成什麼樣了。」

她一邊用力抓著又紅又腫的手背、一邊朝秦念的方向啐了一口。「秦念妳這個死妮子，那錢袋裡裝的根本不是錢，全是石頭。石頭裡也不知道被妳摻了什麼藥……哎喲哎喲，癢死老娘了！」

這時，秦念扶著秦氏出了院門，秦正元提著還未入鞘的長劍，劍尖朝楊氏一指。

「妳這個老妖婆，搶了我妹妹的錢，還好意思跑到這裡來質問我妹妹！」

秦念看著他，不明白才出門一趟，他怎麼變得這般口舌伶俐，居然還有本事與楊氏這老妖婆對峙，莫非真是歷練出膽子來了。

秦氏也覺得兒子舉止變化太大，但心裡莫名有了股安全感，好像兒子真的長大了，可以成為她的依靠，可以保護她和女兒了。

楊氏猶在罵著。「你妹是我康家人，賺的錢不自己交出來，還不許老娘上門去拿嗎？」

秦念厲聲道：「康奶奶，妳不是拿，是搶。我之前就說過，自妳下毒害我起，我和我哥就不再是康家人。」

楊氏的手癢得撓心抓肺，氣得腦子都要炸開了，火冒三丈，大聲罵道：「上次沒毒死妳這個野種，這回妳就尋思著來毒老娘，看老娘打不打死妳！」肥胖身子朝秦念撲過去。

康有田見楊氏要打秦念，忙上前護在秦念面前，楊氏那隻利爪一不小心就撓到他臉上，生生撓出四道鮮紅的血痕來。

早在秦正元找到康有田時，便把家裡的一切情況如實相告。康有田還不敢相信老娘會如此狠毒，如今親耳聽到老娘承認下毒，也不得不相信了。

楊氏的指甲裡藏著餘毒，康有田立時覺得臉上奇癢無比，但也只能忍著，先把她拉開。

秦念險險躲過楊氏那一爪，連藏身在屋頂上的韓啟都被嚇了一大跳，差點要跳下來救人，好在康有田擋住了。

楊氏被兒子抱住，完全近不了秦念的身，氣得罵人。「你這個吃裡扒外的東西，不幫著你娘，還護著外面的野種。」把手攤到他面前，邊哭邊撓。「你看，我這雙手怕是就此廢了，現在癢得恨不得去廚房拿把刀剁了。」說完轉身就要往屋裡跑，一副要去找菜刀的模樣。

「娘，不要！」

畢竟是親娘，康有田又是孝子，出於本能，又一把抱住楊氏，忍著臉上的癢，轉過頭看秦念。

「念兒，就算我娘有再大的不是，妳也不能下毒害她呀！」

秦正元不服氣。「只許你娘下毒害念兒，就不許念兒下毒害你娘了嗎？」

秦念聽著哥哥說出的這番話，心裡格外舒坦，秀眉一揚，對楊氏道：「康老婆子，實話跟妳說了，我這招，的的確確就是用來防妳的。妳若是不起這個貪心，不來搶我的錢，根本就不會被這錢袋裡的石頭和毒藥傷到，現在的結果就是報應。」

方才回去屋裡的鄰居們，早聽到外面的動靜，又跑了出來，湊在一起看熱鬧。

之前他們只是猜測秦念生病是秦氏搞的鬼，沒想到這作妖的老太婆竟然一口承認了，議論紛紛。此刻又聽秦念說出這些話，覺得十分解氣，個個交頭接耳。

「真是報應呀！」

「如果她真能把自己的手剁了也好，免得再去禍害別人。」

這些話說得雖小聲，但也被楊氏聽了幾句，惱羞成怒，猛地一屁股往地上坐，再往後一仰，出人意料地打滾嚎哭起來，嘴裡出來的話盡是自己被秦念那野種害了，連著兒子也不要她了，活該被人毒死。

康有田看著老娘犯渾，又見鄰居們指指點點地笑話她，頓時覺得康家祖宗的臉都被他老娘丟光了，抬頭見到大哥康有利站在門口，揮手大喊：「還不過來幫忙，把娘抬進去。」

康有利也覺顏面盡失，本想轉身回屋，索性什麼都不管的，但見康有田橫著一張臉，只得上前，與康有田一道把賴在地上打滾的楊氏抬進屋。

康琴手癢的情況僅次於楊氏，哭著撓手，對康震道：「哥，我手癢，怎麼辦？」

康震的手沒事，當時是楊氏和康琴把手伸進錢袋裡，康琴的皮膚嫩，被尖尖的石頭扎出道血口子。本來沒流什麼血，但毒滲進去，她撓著撓著，把傷口撓大了，那種又疼又癢的感覺，簡直讓她想死。

「琴兒，我們回去。妳忍著點，哥帶妳去洗手。」

「嗚，沒用，洗不掉的，毒都滲進皮膚了。哥，我會不會死掉？」康琴說罷，竟是被嚇得大聲哭了起來。

秦氏看不過去，便問秦念。「妳這弄的是什麼東西，居然把她們癢成這樣。」

秦念搖頭，低聲道：「我也不知道，是啟哥哥摻進去的。」

秦氏只得上前，跟康琴說：「快去找韓醫工吧！」

康琴也不想讓秦念醫治，但想著，若讓韓啟知道她是因為搶了秦念的錢而中毒，豈不是羞死了。

她轉身要回屋，康震卻一把拉住她。「我們還是去找韓醫工，別到時候把手撓壞，留了一手的疤。」

康琴一聽會留疤，頓時嚇壞，拔腿就往韓家跑。

這時，韓啟咬著一根狗尾草，蹺腿半臥在屋頂上，看著康琴那狼狽的模樣，冷聲一笑。

康家人去韓家的去韓家，進屋的進屋。秦氏也拉著一雙兒女回院子。鄰居們看完了戲，各自散去。

天色盡黑，韓啟從屋頂上一躍而下，沒有去秦念家，而是朝自家方向走去。

前面的康琴因為手癢的緣故，走得慢，忽地聽見後頭有腳步聲，回頭一看，是一清俊少年，不正是韓啟嗎？

關鍵在於，韓啟是從康家的方向來的。

康琴心裡一驚，看來韓啟剛剛也在她家門口看熱鬧了，就像以前一樣，總是默默地在一旁瞧著，將她的糗事盡收眼底。

韓啟個子高，步子邁得快，不一會兒便走到康琴身邊，看也不看她一眼，逕自走了。

好一個冷漠無情。

為什麼他對秦念就好得如同一團火？

康琴越想越氣，但氣歸氣，她又有什麼辦法呢？手癢得很，無論如何得先去韓家把手治好，不然真會像哥哥說的那樣，留下疤痕，那往後就不好嫁人了。

韓啟回到家後，便去廚房吃晚飯。

鍋裡貼的餅子還是熱呼呼的，再配著燒茄子和菌子湯，餓極的韓啟沒一會兒就吃完了。

韓醫工屋裡傳來說話聲，正是康震帶著妹妹康琴在看診，但兩人沒有多久就走了，什麼藥都沒拿。

韓啟收拾好廚房後出來，韓醫工看著他，出了聲。

「啟兒，康琴手上的毒是你下的吧？」

「嗯。」韓啟坦然承認。

「即便想幫念兒出頭，也不能下如此狠手，你怎會變成這樣？」韓醫工怒視著韓啟，氣得不得了。他真是想不到，平日待鄉親和善得巴不得掏心掏肺的孩子，怎會變得如此狠辣？

韓啟冷哼一聲，目光中帶著戾氣。「這藥是下在念兒錢袋裡的，康家人若是不去搶錢袋，也不會中毒，這是她們自作自受。」

韓醫工並不知道這件事，聽得韓啟如此一說，便也覺得是這麼個道理，心裡的氣消了大半，只覺得這樣做不太妥當。

「往後還是不要用如此激烈的方法。」

韓啟看著他。「這只是讓她們嚐嚐皮癢之苦，又沒傷及她們根本，哪能說是用了極端之法。再說了，這次若是不好好懲治她們，她們往後還不知道要如何欺負念兒。」

韓醫工微微嘆了一聲，頷首道：「你說的也是，但還是得拿出解藥，不然待到明日，她們手上的皮肉怕是會壞了。」

韓啟猶豫許久，才自懷中掏出一只藥瓶，遞給韓醫工。「若非顧忌念兒的母親是康家的媳婦，我就不拿出這解藥，讓她們爛了手也好，省得往後總是伸手找念兒要東要西，要不到就搶。」

韓醫工接過藥瓶，又嘆了一聲，負手朝外走去。這聲嘆，包含了太多的思緒，一來是康家人可惡可恨，二來是韓啟對秦念的那份情意，往後怕是要辜負了。

剛剛康琴來找他看診，他一看便知是中了什麼毒。一個月前，他便見韓啟在搗弄，當時問起，韓啟只說是想做出些解毒的方子來。要做解毒方子，定要先製毒，用在小鼠身上，再試解。卻沒想到，這藥是用來防康家人的。

韓醫工把藥送去康家後，本想去看看秦念，但想著都晚上了，秦氏的男人康有田也已經歸家，多有不便，於是就回去了。

第四十四章

秦念這邊，與方才的哭哭啼啼完全不同，正一臉興奮地低聲跟母親和哥哥說她今日去醫館送藥之事，說完才正兒八經地問起哥哥來。

「哥，你剛在康家人面前的表現太棒了，口舌什麼時候這麼順溜，能講出這些話來。」以前秦正元遇事總是躲在秦念身後，也不敢理直氣壯地跟康家人講理，康家人說東他不敢往西，雖這幾個月來有所好轉，但也不到今日這種程度。

秦正元斂起笑臉，一臉肅穆地拿起擱在身旁的劍，沈聲道：「還是韓啟說得對，對惡人的仁慈，就是對自己的殘忍。他教過我，路上若是遇上惡人匪徒，定要拿出比惡人更加狠的氣勢來，哪怕是做做樣子，也得做得十足，才能把惡人嚇跑。」

他抬臉看著秦氏。「娘，不瞞您說，我剛出鎮子，便碰到匪徒，嚇得要死。就在那幾名匪徒拿著大刀要砍殺我之時，我……」他將劍高高舉起，再一落。「我手起劍落，砍了為首的匪徒一劍，硬生生砍斷他的手臂，把其他幾位匪徒嚇跑。」

秦念吃驚不已，她只想著哥哥這一路會有凶險，但沒想到會凶險成這樣。想像哥哥碰到那些惡人時的場景，若是不砍了那匪首的手臂，定是哥哥一刀穿心了。

秦氏聽得兒子這些話，捂著胸口，覺得後怕不已，眸中有淚。「正元，讓你受苦了。」

秦正元卻爽朗一笑，搖頭道：「娘，我沒有受苦，我還要感謝娘能讓我出去歷練一番。您可知，自那一劍之後，我感覺自己渾身充滿了力量，走在路上遇到惡人，不待他們近我的身，便能作勢嚇上一嚇，讓他們不敢傷害我。

「這一路上，我想好了，往後對待康家人，他們若是敬我們一尺，我便敬他們一丈，若還似以前那樣欺負我們，我定不會讓他們好過。」

秦念忽地一拳捶在哥哥胸膛上，笑道：「哥，你長大了，真的長大了，往後小妹要倚仗你了。」

秦正元臉一紅，嘆了聲。「唉，都怪我以前性子太弱，一個當哥哥的，還得靠妹妹來撐腰。」背脊一挺，捶捶自己的胸膛。「往後只要有哥在，定不會讓娘和念兒受別人欺負。」

「阿蓮，都是我不好，讓你們受苦了。」

一道怯弱的男聲傳進屋裡，娘兒三個朝門口望去，康有田滿臉愧疚地杵在那裡，不敢往裡面挪。

秦氏一見著康有田，清麗的面容立時凝起來，鬱結在心的所有委屈，都在這一刻蓄勢待發，沈不住要噴發出來。

她猛地起身，橫康有田一眼，走到屋裡唯一的破斗櫃前，把抽屜全部拉開，先是在上層的抽屜裡找出一塊布巾鋪在榻上，再將櫃裡的衣物一件件往布巾上放，又吩咐秦念。「念兒，把妳的東西也收拾起來，我們走。」
秦念有點發懵，以為母親盼了繼父這麼久，應該是激動興奮，怎麼鬧著要走了？
康有田見好不容易娶進門的俏媳婦收拾東西要走人，嚇得黑臉都慘白了，連忙衝進屋裡，一把將秦氏往後攔腰一抱。
「阿蓮，妳不能走。」
秦念見狀，連忙拉拉秦正元。「哥，我們先出去，讓娘跟繼父說一會兒話。」她倒想看看，是秦氏真要走，還是作勢嚇康有田的。
秦正元跟秦念走出秦氏的屋子，一同進了秦念的房間。
秦念的房間就在秦氏屋子的隔壁，因秦氏說的是氣話，聲音有點大，兄妹倆幾乎能全聽到耳中。
「康有田，自我與你成親以來，你在家待過幾日？以前你娘和你哥一家子人欺負我們娘兒三個，我顧忌著我是新嫁娘，不能趁著你在家就倒苦水，好些事便不與你說。可你娘見我老實，便越發欺負我。我是康家媳婦，那也就算了，我能忍，但她居然給念兒下毒，要不是村裡來了位醫術高明的韓醫工，念兒這條小命怕是就交代在你娘手裡了。」
「阿蓮，我真不知道我娘是這樣的人。這樣如何，往後我不去外面作工了，就待在家裡，種點薄田，能混個溫飽，也就夠了。」

「康有田，我實話與你說，我受夠你娘了，不想再當康家人的奴隸。若你不想和離，想與我好好過日子，那行，我們跟大哥分家。你娘不喜歡跟我們過，我也怕她再害念兒，就讓她跟著你大哥，往後每個月月初分些糧食給她。至於你哥他們一家子，我們是不會管的。」

「這……阿蓮，分家這事，我們過幾日再說好嗎？」

「不成，要不分家，要不和離，你看著辦吧！」

秦氏怒聲說完，便把康有田推出去，再砰的一聲，將門拴實了。

康有田不停地拍門。「阿蓮，有話好好說，好好說嘛！」

秦正元按捺不住，想出去跟繼父說道說道，但秦念一把拉住他，低聲道：「娘既然說出了這番狠話，我們就看繼父會如何抉擇。」

秦正元有些著急。「可繼父要過幾日再說。」

秦念道：「分家是大事，繼父一時腦子轉不過彎，那就讓他感受娘的怒火。倘若他還是不肯，我們再看娘的做法。」

秦正元點頭。「好吧！也只能如此了。」

屋外敲門的康有田敲喊了好多聲，秦氏就是不開門，又還說了好幾回狠話，不分家就和離，和離不了，她帶著一雙兒女走人，反正她在康家這兩年也沒有得到過什麼，還受了兩年多的委屈，給康家做了兩年的奴隸。

最後康有田熬不住了，就怕媳婦一怒之下，真的跑了，於是放低聲音道：「行行行，分家吧！的確是我娘和我哥他們不對，讓你們受了天大的委屈。分家也好，分家了，我們過我們的，往後每月定量給我娘糧食和柴米油鹽便是。」

哐噹一聲，秦氏將房門打開了。「你說的當真？」

康有田回道：「當真。」

秦氏指著院外。「那你現在去跟你娘和你哥把這事說清楚，若是說不清楚，就來跟我說清楚，我們和離。」

康有田看著媳婦那雙梨花帶雨的大眼睛，眼皮子下是厚厚的黑眼圈，重重地一點頭，轉身走了。

秦念和秦正元從屋裡出來，秦念問母親。「娘，如果繼父不願分家，妳真的會和離嗎？」

秦氏看著女兒，鼻頭一酸。「念兒，娘心中有愧，娘曾說過，娘是為了你們兄妹倆才嫁到康家來的，可自你們隨娘到康家後，過的就不是人一樣的日子，還險些丟了小命，所以剛才娘與你們繼父所說的，都是真話。他若是不肯分家，那我便帶著你們走。」抹了一把眼淚。「天大地大，難不成我們娘兒三個還活不下去了。」

因為韓啟的緣故，秦念不願意母親與繼父和離，重要的是，繼父對母親還算不錯，如果往後繼父能待在白米村不走，與母親好好過日子，那母親的後半生便就有了依靠。至於她和哥哥，他們都大了，往後自有自的本事，也自有自的去處。

但沒過一會兒，隔壁康家就傳來吵鬧聲，是康有利在罵康有田，楊氏也罵康有田，其中還摻雜著康琴和康震的聲音。

秦念嘟囔道：「也不知道老實巴交的繼父能不能說贏康家人。」

秦正元冷哼一聲。「要是說不過，那我們就離開白米村。」

秦氏低聲道：「我們且看看吧。這家是一定要分的，不分我們就走。」其實她對康有田已經有了感情，說是要走，但心中極為不捨，畢竟她帶著一雙兒女，嫁人也不容易。若是不嫁人，她一個寡婦，就更不容易了。

隔壁忽地傳來一聲大吼，連這邊都能聽得清清楚楚。

「行，不分家，不分家我就帶著阿蓮和她兩個孩子遠走他鄉，再也不回來。」接著一聲巨響，像是院門被踢倒的聲音，緊接著康有田回了自己的屋子。

第四十五章

秦氏看著康有田氣沖沖地進來，心忽地軟了，但她想到康家人對秦念做的那些事，就覺得這次必須硬氣一回。

康有田走到秦氏面前，突然抬手打了自己一耳光，自責道：「阿蓮，都怪我沒本事，這家是分不了了。我們明天一早就走吧，我帶你們離開白米村，到外面去討生活。」

秦念無言了，她有點頭大。

秦氏也想離開康家人，往後清靜，過自己的生活，再也不怕康家人欺負她。但她覺得，若是她跟著康有田這樣走了，定會背負不賢不孝的名聲。而康有田就更慘了，不僅是不孝的名聲，光是不贍養老人，便能告官，讓他去吃牢飯。

她拉住康有田，低聲道：「不行，我是不會這樣跟你離開白米村的，如果真要離開，也是我帶著兩個孩子離開。」

「阿蓮，妳是鐵了心，不分家就要和離嗎？」康有田真是騎虎難下。

秦氏點頭。「是，不分家就和離。以前我跟你說過，我嫁給你，是為了我的兩個孩子。要是你不能保全他們，讓他們受委屈，那我跟你在一起幹什麼？」

「往後我就待在家裡，自不會讓我娘和我哥他們欺負你們。」康有田還想爭取。

秦氏搖頭。「不成的，不分家，我們就得日日與你娘和你哥他們有牽扯，縱然你在家裡，但也得幹活。你娘的脾氣，你是不知道，她見著縫，都會過來踩我們一腳。」

她想著還有康家大伯的事情沒辦法說呢，如果不分家，康家大伯想來就來，她沒法安生，於是接著道：「所以，這事沒得商量，家必須分。」說罷便進了屋，將屋裡的油燈點亮，接著收拾自己的衣物。

秦念為了激康有田一把，也連忙進了自己房間收拾衣物，還讓哥哥把擱在榻上的幾件破衣服收拾了。

康有田看著媳婦是下了決心不分家就和離，沒轍了，轉身又去了隔壁。

康家大院裡，楊氏的手正塗著韓醫工拿來的藥，藥一抹上就不癢了。

等到抹完藥，她再從櫃裡拿出一套衣裳換上。之前她在地上打了個滾，滿身塵土，現在想想當時這般撒潑，的確是做得有點過了，心中後悔萬分。

她剛換上乾淨衣服，便見小兒子又折回來，以為定是兒子想通了。什麼帶著媳婦和兩個野種離開白米村，她知道康有田絕不會做出這樣忤逆母親的事情來。

孰料，康有田一進老娘的屋子，便硬生生地道：「娘，我想好了，這家必須分，若是不分，阿蓮就要與我和離，我又得另外討媳婦。您說，我都這麼大年紀了，要去哪裡再娶。」

楊氏聞言氣極，出門朝秦氏院子那方向啐了一口，大聲吼道：「一個帶了兩個拖油瓶的女人，還敢跟我兒說和離。哼，這事想都不要想，敢和離，看老娘不打斷你的腿。」

康有田聽著這話，更能體諒媳婦這兩年在康家的艱難和困苦，也大聲道：「娘，分家這事，我也不與您和大哥商量了，反正從明兒起，我便將田地分了，往後不出去做工，就在家裡種地，只種我這房的，大哥的地，自有大哥和震兒可以去種。往後每月，我自會給您糧米油鹽，盡我應盡的那份孝心就罷。其他的，恕我無力再管。」這話是衝著廚房吼出去的。

這時，康有利和一雙兒女正在吃飯。康有利將弟弟這番話聽得一清二楚，連忙擱下碗筷跑出來，但他剛出廚房門，便見弟弟邁出門檻，還想說些什麼，卻又什麼都說不出來。

上次在秦氏屋裡被痛打一頓之後，他就像隻縮頭烏龜一樣，躲在家裡不敢出門。剛剛弟弟提分家，他也怕把秦氏逼急了，說出半夜摸到秦氏床上之事。他先前就十分擔心，但見弟弟沒提這事，也沒有表現出異樣，想著秦氏還是要臉面的，自然也不敢把這件事拿出來說。

康震和康琴見父親垂頭喪氣地折回廚房，齊齊問道：「爹，難道真要分家？」

康有利唉聲嘆氣。「分就分吧，不分能怎麼辦？近來秦氏和正元也沒有幫著家裡幹活，我們連吃都吃不飽。」指著桌上乾巴巴的餅子。「你看，連個配菜都沒有。」

康震橫著臉。「爹，我是不會下地幹活的，我將來可是要做大事的人。」

康琴冷眼看他。「哥，你整日拿著缺了口子的砍刀在家裡揮來舞去，沒有一點章法，我看你打條狗可能還行，與人打那便算了。人家啟哥哥就不一樣了，那一劍一式，簡直是仙人下凡。」

康震本就畏懼韓啟的武功，還豔羨韓啟送給秦正元的好劍，如今被妹妹嘲諷一番，猛地拍筷而起，對康琴大吼。

「韓啟算個什麼東西，不過是學武早了些。待我往後學有所成，定會比他還要厲害！」

康琴本就手疼，剛剛雖提起韓啟，犯了花癡夢，但說完後立時又想起自己的糗事被韓啟看到，心裡委屈，這會兒被哥哥一摔筷子，便忍不住大聲哭了起來。

康有利煩心得很，暴喝一聲。「哭什麼哭，要哭回自個兒屋裡哭去。」

康琴得不到安慰，反挨一頓罵，抹著眼淚跑進自己房間，趴在榻上狠狠哭了起來。

另一邊，康有田回到媳婦屋前時，又拍著門。

「阿蓮，我已經跟我娘說了，明兒便把家裡的地分了，往後我們種我們自己那份。大哥的，就不管了。再按妳說的，每月我們固定送些糧食油鹽給我娘。」

吱呀一聲，門被打開了。

秦氏清麗秀美的面容嬌滴滴的落入康有田的眼中，心頓時化了。

「你說的話可算數？」

「算數，明日一早我就去分地。」

秦氏微微側開身子，讓康有田進來，又道：「你沒吃晚飯吧？我去做給你吃。」

康有田臉上有了笑意，應了一聲，覺得心裡暖暖的，腹間也湧出一股溫熱。

這夜，秦氏的屋裡終於有了溫情。

次日一早，秦念醒來時，天色已大亮，進了廚房便見母親正在燒火做早粥。母親面色紅潤，心情看起來十分不錯。

「娘，沒見到繼父，他去哪裡了？」

「說是去分田地了，你哥也跟著一塊兒去了。」秦氏的臉上禁不住揚起笑。

秦念舀了水進盆裡，準備洗漱，又道：「不知康家那邊會不會鬧？」看著母親。「娘，若是鬧的話，那該怎麼辦？」

秦氏的笑臉凝住，看著女兒。「我也不曉得該怎麼辦。」

秦念聽了，心道昨日那不分家就要和離的決絕，看來經了一個夜晚，已經沒有了，有的只是無措。

「娘，您可得記住，若是康家人鬧，死活不肯分，那您也跟繼父鬧，不分家就和離。我想，繼父一定不會捨棄您。」

秦氏想起自己昨日對康有田的態度，差點因為一夜溫存，便將這事給忘了，連忙點頭。

「嗯，我知道了，反正這家必須得分。」

秦念聽得母親如此表態，這才放下心。

令秦念意外的是，康家那邊並沒有鬧，聽哥哥回來說，康家大伯還去地裡，跟繼父一起分地，兩人在中間挖了一條溝渠。不過田地難以分得公平，繼父便主動要了少的那塊。

秦念聞言，頓時覺得像是卸下千斤重擔一般，心道定是康有利怕她和母親把他半夜摸進母親房間的事捅出來，所以妥協了。

秦氏心情極好，為慶祝分家成功，替丈夫接風洗塵，特地拿出存在家裡的肉乾，又讓秦正元去溪邊，看看能不能捉條魚來，準備等到晚上時吃頓大餐。

今日秦正元運氣也好，在溪裡捉了兩條魚，雖說魚小，但好歹也是道葷菜。他在回家的路上，聽說村裡有獵戶正殺著獵來的野豬，回來後告訴秦氏，秦氏十分高興，忙讓他把魚擱下，趕緊去買豬肉，還要他買些豬下水來。

到了午時，秦念也在山邊採了些平常的藥草和野菜，回來後灌了一肚子水，便去歇息。午歇後，康有田扛著鋤頭去地裡。這次他回來，順道帶了不少白米村沒有的蔬菜種子。

白米村背靠西北大山，地裡多數都種黍米和麥子，再種些芋頭、胡瓜、芥菜和冬葵等等。這次康有田帶來的種子，有青瓜和蠶豆，還有芝麻。他想著家裡的地不少，還帶了些葡萄和西瓜種子，想給媳婦和兩個孩子當零嘴吃，也不知道能不能種得起來。

秦氏見丈夫要去地裡，也收拾一番，想跟去幫忙，卻被康有田攔住。

「阿蓮，往後妳就在家裡做做家務和飯食便可，地裡的事情就交給我。」

秦氏想著，地裡的活可多了，皺眉道：「那怎麼行？」

康有田撫著她的肩。「這兩年多來，讓妳受苦了。這回我既然決定不再外出做工，便是要與妳好好生活，把妳養得白白胖胖。」

秦氏嬌嗔一聲。「我可不要胖。」

康有田哈哈笑了起來。「好好好，娘子不想胖，那就不胖，但一定要讓妳吃飽飯，也不會讓妳累著。」

秦氏像新婦一樣，嬌羞地低頭笑了一聲，又推著康有田。「趕緊去吧！能做多少是多少，切莫太辛苦。」

康有田重重點頭，揚著笑臉走出院門。就這走出院門的工夫，還回頭看了自家媳婦好幾眼，像是看都看不飽似的。

秦念一直待在屋裡，趴在窗戶上偷看呢！聽著繼父說出這番話來，十分替母親開心，覺得母親的生活終於有盼頭。

母親有了繼父的保護和照顧，她便能安心學醫和採藥賺錢了。

秦氏也知道女兒忙得很，待到丈夫出了門，便朝秦念屋裡喊了一聲。「念兒，家裡的事情有我照應著，妳去韓醫工那邊吧！」

秦念忙跑出來，看著母親紅潤的臉蛋，心底暗笑一聲，又問：「娘，哥去哪裡了？」

「妳哥說西邊埡口有人家獵了頭野豬，我給了錢，讓他去買豬肉，看看有沒有豬肚、豬腰什麼的，也買來煮湯。」

秦念想著豬肚滋養脾胃，豬腰補腎氣，吃吃倒是好的。

「娘，我去師父那裡了。」

「嗯，去吧！」

第四十六章

秦念已有兩日沒跟著韓啟練功，昨日韓啟叮囑過她，武功一日不練就會退步，所以她打算找韓啟先練上半個時辰的武功，再幫韓醫工做點家務。

到了韓家，韓啟正像日常一樣在院子裡，踩著藥碾子切碾藥材，此刻見到秦念過來，連忙鬆開腳，走到秦念面前。

「念兒，分家分成了嗎？」見秦念揚起笑臉，感覺應該是有好消息。

秦念點點頭。「嗯，還是跟康家大伯一起去分的，這事算是成了。」

「那就好。妳繼父真的不再出門做工了嗎？」

「不去了，他說要守著我娘，再也不讓我娘受他娘欺負。」

「那往後妳可以專心學武習醫了。」

「嗯。啟哥哥，我想跟你說件事。」秦念扯著韓啟的衣袖。

韓啟抿唇點頭，盯著秦念。

「我想尋一天與我哥去鎮子北邊的玫瑰莊園。」秦念咬著下唇，還是開了口道：「你能跟我多說說那莊主嗎？」她知道韓啟不願提及白米村以外的人和事，或許不會跟她說，但她想試一試。

韓啟朝門外看了看。「我爹剛出診去了，我與妳說幾句吧。妳想聽些什麼？」

秦念興奮得扯著韓啟的衣袖跳了兩下，完全一副小女孩心性。

「那莊主多大年紀，應該有孫兒了吧？他平常愛好什麼？性格如何？啟哥哥，你能把你知道的都告訴我嗎？」

韓啟搖頭。「念兒，我是小時候去過的，對莊主了解得並不多，但當時聽我娘……」神情也微微一沈。「她說過，莊主認識的人都是權貴，性子也清冷，似乎不太好打交道。至於他的年紀，應該與我爹爹差不多，四十多歲。當年我去的時候，他看起來還很年輕，我不記得他有幾個孩子，只知道那時有見到一個小女孩，算起來，她應該比妳大一、兩歲。」又頓了下。「我知道的就這麼多。」

秦念聽到這裡，心裡有點失望，剛剛還揚起的眉頭蹙了起來。「他認識的人都是權貴，那他會不會瞧不起我們這些鄉下人？」

韓啟沈吟片刻。「應該不至於。」

秦念眼睛一亮，抬臉看他。「怎麼說？」

韓啟目光悠遠。「那時我在莊子小住了幾日，有一天，他園子裡的花奴弄壞了他精心培育的一盆五色玫瑰，那盆花是他耗了三年去培育，花費非常大的心力才種成的。

「當時，他的手下要打死那位花奴，但他卻揮揮手，說算了。我娘問他為何不責罰花奴，他說責罰又有何用，難道人還不如花，這花到底是與他無緣，最後此事不了了之。」

秦念鬆了口氣。「看來他還算是位心胸豁達之人。」
韓啟點頭。
秦念道：「啟哥哥，趁著師父還沒有回來，教我武功吧！」
韓啟說：「我們去三疊泉下練如何？」
三疊泉是村東的瀑布，那瀑布一層接著又一層，共三層，所以稱為三疊泉。
秦念欣然應允。「好呀！」

兩人一路跑到三疊泉，算是舒展了筋骨。到了泉下，韓啟指著周圍高低不平的大石，解釋起來。
「念兒，自妳學武以來，一直都在家裡練習。家裡環境單一，這裡地形複雜，倘若妳往後在外面遇上壞人，多數也是在偏僻之地，在這裡練習，可以鍛鍊妳的應變能力。」
「啟哥哥，你真有心。」秦念低頭看著腳上的破布鞋，心道下回得穿鹿皮靴子來才行，這一塊塊的石頭，還真是硌腳。
韓啟剛剛才注意到她的鞋子，不由嗔了一句。「念兒，讓妳娘幫妳做的鹿皮靴，怎麼總是不拿出來穿？」
秦念看著天上的太陽。「天氣熱了，怕悶腳。」
韓啟嘆了一聲。「悶腳也比硌腳好呀！妳看妳這雙鞋子，腳趾都露出來了。對了，妳不是買了好些布嗎？讓妳娘幫妳做雙布鞋。」
秦念搖頭。「那是買來給你和師父，還有我娘和我哥做衣服的。」
韓啟摸摸她的小腦袋瓜。「妳呀，光顧著給我們買，怎麼不替自己添置點？」
秦念輕搖他的衣袖。「好啦好啦，不說了，你趕緊教我吧！」
山間潭水邊，水霧瀰漫，一高一矮兩條清瘦的身影，伴著嘩嘩水聲揮舞兩柄木劍，一聲又一聲的吆喝，成了這山澗裡最動聽的聲音。
他們這一練，便過了原定的時辰，眼見夕陽西下，兩人皆被汗水浸透了衣衫。
「啟哥哥，好累好累。」
「回家吧！」
於是，兩人這才各揹著一把木劍回去。
本應是秦念先回家的，因為這裡離她家比較近，但她突然想到母親要哥哥買豬下水回來，而韓家的藥房裡有桂皮和八角，再加上家裡的生薑，味道應該不錯，於是又隨著韓啟去了他家。
「啟哥哥，你和師父到我家去吃飯吧！」
韓啟忙擺手。「不了不了，我爹從來不喜歡到別人家吃飯。」
「是我家，不是別人家。」秦念覺得韓啟說得生疏了。

韓啟笑道：「傻念兒，我的意思是說我爹，也就是妳師父。他除了自家屋裡的廚房，哪兒都不願意去，所以別為難他了。」

秦念癟著嘴。「那好吧。」也是她意料中的事情。

不過此刻她有點後悔，當時她一心想練武，沒想到應該去埡口找哥哥，讓他多買些肉來孝敬師父。

到了韓家後，秦念進去拿桂皮和八角，各拿了一、兩個。韓啟卻嫌拿得太少，進了藥房，用麻紙各包兩包出來，交給秦念。

「啟哥哥，要不了這麼多。」

「留在家裡用就是。」

秦念也就不拒絕了。

秦念捧著桂皮和八角回到家裡時，正碰上母親捧著罐子在門口躊躇。

秦念走近，已經聞到一股生肉的腥味。

「娘，您是要把肉送到康家大院去嗎？」

秦氏點頭。「嗯，雖是分家了，但有著好東西，也不能吃獨食不是。」

秦念道：「娘，既然要送，幹麼不進去。」

秦氏嘆氣。「我攛掇著妳繼父分了家，康家奶奶不知道會怎樣嫉恨我，怕把肉端過去，會被她摔出來。」

秦念一笑。「娘，您想多了，康奶奶是個多貪吃的人，難道您還不知道？就算把您摔出去，也不會讓這肉摔到的。」

秦氏還是猶豫。

秦念伸手。「娘，那我去送吧。」

秦氏想想，搖搖頭。「不行，我是康家媳婦，還是由我去送。」

秦念收回手。「娘說得對，不管怎麼說，您要在康家做人的，不如趁著這機會，跟康奶奶和好，也省得繼父為難。」

雖然她一千一萬個討厭楊氏那老妖婆，但她娘是康家媳婦，明面上還是得跟康家人好好相處，不然時日久了，繼父肯定夾在中間難以做人。

「那我過去了。對了，我還讓正元給妳師父買了五斤好肉，妳趕緊進屋拿了送過去。」

秦氏交代完，便起步去了隔壁的康家大院。

秦念看著母親的背影，心道母親想得還挺周全的。

這次買肉的錢，可不是她掏的。原想請母親幫忙收著她賺的錢，但母親總說自己是康家人，不能拿她的錢，不然到時康家人會把錢搜刮走，所以讓她自己好好藏著，她便每回只給母親一些家用。

一次買了這麼多肉，看來是繼父掏的錢了。

秦念心想，若是繼父待母親好，那她往後會還以繼父百倍千倍的恩情。

她進院子，見哥哥正在洗豬腸。

秦正元不會做吃食，但能打下手，於是她對他道：「哥，你跟娘說，這豬下水等我回來了再做。」

秦正元嗯了聲，又指著廚房。「灶上那罈子肉，是買來給啟哥哥和韓醫工的。」

秦念點頭，進了廚房後，放下桂皮和八角，再捧起盛著肉的罈子，飛奔去了韓家。

——未完，待續，請看文創風959《藥香蜜醫》2

LOVE 流浪貓狗介紹所

為流浪貓狗加油 和貓寶貝 狗寶貝 廝守終生(一定要終生喔！)的幸福機會

對人來說，貓寶貝狗寶貝只是生活的一部分，但妳（你）對牠們來說，卻是生活的全部，領養前請一定要考慮清楚——

▲ 溫馴喜人的鄉宗妹妹 馬達

性　　別：女生
品　　種：米克斯
年　　紀：約1歲半
個　　性：活潑、愛撒嬌、極度親人（限女生）、愛乾淨、膽小
健康狀況：已結紮，已完成狂犬病、五合一、八合一、
　　　　　十合一等疫苗注射，有定時驅蚤和吃心絲蟲藥
目前住所：高雄市苓雅區（高師大和平校區狗舍）

本期資料來源：高師大愛護動物社FB

『馬達』的故事：

剛在燕巢山區發現馬達時，牠一看到人就瘋狂旋轉尾巴，彷彿用盡全身的力氣搖著，擺動的模樣像極了螺旋槳，因此幫牠取了「馬達」這個名字。

因為高師大位於市區，只要一丁點噪音就會被附近的住戶抗議，所以馬達在志工的訓練下，除了能適應在都市生活中不吵不鬧，並乖乖等待社團志工來帶牠去散步外，還學會等等、坐下、趴下、握手等小才藝來增加穩定性。

年紀小小的馬達兼具了成犬的穩定和幼犬的可愛，甚至會熱情的給予大抱抱跟甩飛機耳；看到跟牠親近的人去摸其他狗狗時，還會吃醋的湊過來爭寵；當大家要離開時還會跑到面前來，伸出狗掌擋住，再加上小怨婦般不想分離的眼神。這樣惹人憐愛的馬達，其實十分容易受驚嚇，可能是之前在山區時有過被男生欺負的關係，所以對於身材壯碩的男生，牠需要花費較多時間去相處，但熟悉後，就會像顆軟糖一樣黏著不放。

長得特別高大的牠，親人親狗，還有過跟幼稚園小朋友相處的經驗。牠很聰明，也很傻，會在您心情不好時，溫柔的用鼻子磨蹭著安慰您；在做錯事被罵時，又會垂下腦袋，緩慢的將身體挨近您賣乖，至於哪個反應是聰明，哪個是傻，就交給各位親身體驗評斷吧！不論上高師大愛護動物社FB私訊，或是撥打0908172780找王小姐，都是您與馬達認識的好方法，Let's Go！

認養資格：

1. 適合力氣比較大的認養人，至少每天需空出1小時帶馬達散步，
   且當有男生想摸牠時，請注意不要讓馬達被嚇到。
2. 請當成家人一樣愛護牠，謝絕放養或當成顧農地/看門之類的工作犬。
3. 須同意簽愛心認養切結書。
4. 須同意送養人日後之追蹤探訪，對待馬達不離不棄。

來信請說明：

a. 個人基本資料：姓名、性別、年齡、家庭狀況、職業與經濟來源等。
b. 想認養馬達的理由。
c. 過去養寵物的經驗，及簡介一下您的飼養環境。
d. 若未來有結婚、懷孕、出國或搬家等計劃，將如何安置馬達？

榛苓

一同來尋找，誰是妳此生的甜蜜藥方呢？

他教她熬的膏糖甘潤如蜜，甜得她想貪心，
願以兩世相思當藥引，換取與他廝守一生的解方……

文創風 958-960《藥香蜜醫》全三冊

和哥哥隨著母親二嫁到白米村康家，成天挨餓受欺不說，還差點被康家人毒死，
保住小命實在太不容易，重生的秦念決定養好身子，替母親和哥哥出一口惡氣，
往後得吃好穿好、兜裡有錢不說，想在這種虎狼窩討生活，不立起來可是不行！
而醫好她的韓醫工與韓啟父子真是她的大恩人，尤其韓啟，更讓她惦念了兩世，
他教她習醫採藥，練武強身；康家人趁繼父不在欺負他們母子，也是他使計維護，
還拿出韓家的中藥秘方，指點她熬出甘甜潤肺的梨膏糖，讓她拿到鎮上賣了換錢。
除了親爹娘與哥哥，唯有韓啟能這般待她了，但她心裡埋著一個存了兩世的疑問——
這樣出眾的他，為何甘願蝸居山中不肯出村一步，連陪她去賣梨膏糖都不行呢？
前世她沒找到答案，但今生她不會再錯過他了，定要與他醫生醫世醫雙人，
憑他倆的本事，就算一生待在山裡又何妨，也能活出甜甜蜜蜜的好滋味來！

白折枝

炊煙裊裊，純情萌動

6/8(二)上市

收服古代男神，做道專屬我的盤中飧！

身為一名廚子，注重色香味俱全，
既然色字排第一……
有點重「色」輕友也是正常的吧？

文創風 961-963《炊妞巧手改運》全三冊

人都離不開吃，做吃的生意，絕對不愁銷路。
葉小玖來到此處，不願依循原身追尋「愛情」致死的命運，
而是停下腳步、挽起袖子，打算依靠她一手廚藝闖出一片天。
不過單打獨鬥並非明智之舉，所幸她很快找到能信任的對象，
與這故事中的倒楣鬼男神——唐柒文一家合作，
只要避開狼心狗肺的「男主」，想必她與他的命運都能改變！
從大清早擺攤賣早點開始，日子樸實而忙碌，
雖說生活不如現代便利，可勝在踏實，還有斯文美男養眼。
這古代男神彬彬有禮、溫潤如玉的氣質，與現代人就是不同，
幫她取下髮絲間不小心沾上的柴草，也要先來一句「得罪了」。
可是，把東西取下後，他居然就跟見鬼一樣地轉身就走了！
她摸了摸頭頂……嗚嗚嗚，昨天沒洗頭，把男神嚇跑了怎麼辦？
原身本該有的情緣，不會被她的油頭給毀了吧？

文創風
958

藥香蜜醫 1

國家圖書館出版品預行編目資料

藥香蜜醫 / 榛苓著. --
初版. -- 臺北市 : 狗屋出版社有限公司, 2021.06
冊 ; 公分. --（文創風 ; 958-960）
ISBN 978-986-509-215-3（第1冊 : 平裝）. --

857.7 110007280

著作者 榛苓
編輯 安愉
校對 吳帛奕
發行所 狗屋出版社有限公司
地址 台北市104中山區龍江路71巷15號1樓
電話 02-2776-5889～0
發行字號 局版台業字845號
法律顧問 蕭雄淋律師
總經銷 知遠文化事業有限公司
電話 02-2664-8800
初版 2021年6月
國際書碼 ISBN-13 978-986-509-215-3

本著作物由北京晉江原創網絡科技有限公司授權出版

定價260元
狗屋劃撥帳號：19001626
網址：love.doghouse.com.tw E-mail：love@doghouse.com.tw